淺青色時光。

LaI——著

Light
Cyan Time

楔子　未盡的青春

那天。

他們遞花擁抱，最後一次合照，最後一次繞校園，最重要的事當然是——把那些曾經折磨他們的參考書，痛快的丟進回收場！

趙琦站在遠處，看著大家笑鬧，像是要盡全力揮灑這個夏季的烈日，深色領帶被風揚起，裙襬在空中形成美麗的弧度。

茫茫人海中，趙琦總能第一眼就發現他。

心電感應般，同時間他也不經意的回望，漂亮的眼眸見了她，脣邊的笑意頓時蕩漾開來，宛如燦陽無比閃耀。

一如往常，他向趙琦招手，他身後站著好多人，齊刷刷的白色制服，摻雜著笑語嬉鬧。

「喂！琦琦在幹麼呢？快過來啊！」

「琦琦——跑步、跑步！」

「一個都別想落單喔！琦琦別發愣了，這麼愛發呆，上了大學該怎麼辦？」

「琦琦！」

「琦琦……」

大家都在喊她，邁開雙腳，趙琦迫不及待的向前跑去。

眼一睜，赫然發現自己趴在一疊白燦燦的考試重點紙上，外頭豔陽高照，頭頂上的日光燈一閃一閃的亮起。

「午休時間結束，十五分鐘後模擬考。」

沒有太多不滿的聲音，大家早已習慣看書、睡覺、考試這種單一模式，如此枯燥乏味的生活還得持續一個月。

無所謂，反正她習慣了。

筆芯摩擦考卷發出沙沙的書寫聲響，眼睛盯著題目腦袋卻停止思考。

任由思緒隨著夏日暖風飄遠，如果想念一個人的心情，能隨著這陣風去流浪、繼而不返，那該有多好。

她就不會發現，原來自己已經這麼、這麼——喜歡一個人。

第一章　初戀，你好

「琦琦，爸爸幫妳把書櫃組裝好了。」

「喔好。」

聽到爸爸的聲音，在庭院澆花的趙琦立刻丟下灑水器，蹦蹦跳跳的跑上二樓。

她的書桌旁有一扇窗，白天不開燈的時候，陽光便灑落在她的房間，亮晃晃的，特別有朝氣。

環顧一眼自己的房間擺設，趙琦露出滿意的笑容。

他們又搬回這裡了呢，這裡將會是她今後到老的家，因為爸媽說這是他們最後一次搬家了。

當下聽到時，趙琦以為他們在開玩笑，畢竟因為爸爸工作的緣故，他們不知道搬家幾次了。

她也不是責怪他們，只是她真的好希望能在一間學校好好讀到畢業。

雖然爸爸每次都會在搬家後對她說，「我們琦琦這麼可愛討人喜歡，無論去到哪間學校，一定能馬上交到好朋友。」

才怪，一個都沒有。

趙琦低頭無奈的笑了笑，不過現在既然都說不搬了，她就能好好在一所學校讀書、交朋友。

思及此，她愉悅的哼著歌，將房內的家具都擦拭一遍，接著將高一參考書整齊的放上架子，然後是她的幼稚園相冊，國小畢冊，她邊細數邊放上書櫃。

拍了拍手上的灰塵，她發現箱內還有一本相冊，應該是媽媽從舊家帶來，順手放進她的箱子。

趙琦坐在地毯上，翻開第一頁，內頁是她從小到大的照片。剛出生的時候，學會走路的時候，還有第一次上幼稚園的時候。

她看了幾頁之後便將它放回架上，就在同時，一張照片從中滑落，趙琦眼明手快的在空中攔截它。

定睛一看，照片後頭壓的日期，推算起來是她小學一年級的時候。

趙琦往後一翻，有些愣住。

女孩紮著雙馬尾，穿著小碎花裙，長長的鼻涕掛在臉上，哭得稀里嘩啦，很醜很難看。

照片的右邊伸出一隻手，小手握著的是一團衛生紙。

那個人的模樣被切掉了，似乎是中途才決定遞給她衛生紙，結果被女兒哭了還不來安慰的惡毒趙氏夫婦不小心拍入鏡。

之後她又去找了相冊的其他照片，看著照片中兩隻小小人兒，牽著彼此的手，笑得宛如夏季燦陽。

她這才看清男孩的五官，身高足足高了她一顆頭，淺淺的笑容，健康的膚色，以及站在他身旁自己憧憬的閃爍目光。

「小哥哥……」躺在床上嘴裡不自覺唸出聲，她後知後覺的一頓，驚愕的坐起身，記憶排山倒海而來。

看見照片才讓她想起這個人，依稀記得當初要從這兒搬走的時候，她哭得有多麼慘烈，就算爸媽拿出她最愛的小熊軟糖，她也很有氣魄的搖頭說不要。

大吵大鬧到左鄰右舍都來安慰她，但她根本不在乎，她只想一直跟照片中的小哥哥在一起。

她擺弄了下照片，舉在空中上下打量，試圖從他小小的五官想像他長大後的模樣。

「都十年沒聯絡了，不知道還記不記得我？」

她看著照片中勾起淺笑的小哥哥，自言自語：「算一算現在也該是大學生了，大學有這麼多漂亮的女生，小哥哥那麼帥肯定被人追走了。」

趙琦感嘆時間飛逝，隨手將照片壓在桌墊下，拿起地板上的鵝黃色絲質窗簾，她聽見爸媽在樓下搬動家具的聲音，心想不麻煩他們，顫顫巍巍的站上書桌。

她高舉著手，略為笨拙的將窗簾桿扣上窗框兩側，接著伸直手想將另一頭推上，孰料用力過頭，失去重心的她，搖搖晃晃差點摔出窗外。

她嚇得拍了拍胸，就在同時，餘光瞄見斜對窗有一團黑影閃過，趙琦本來有些怕，但好奇心還是驅使她望了過去。

古樸的墨綠色木門映入眼簾，門上方懸著鐵灰色鈴鐺，外頭擺著好多奇形怪狀的盆栽，那是一家古董店。

她目光凝滯，發現窗邊站著一個人。

那人沉著一張臉，黝黑臉孔上是雙黑得發亮的眼珠子，像是隱沒在森林的一匹狼，不動聲色的潛伏著，緊抿雙脣，讓人難以靠近。

趙琦吞了吞口水，屋內的漆黑幾乎將對方的五官掩沒，她只感覺到一股寒氣。

那、那是人吧？

「琦琦，房間整理好了嗎？」

媽媽的聲音忽然傳上來，趙琦抖了一下肩膀，轉頭朝樓下喊道：「差不多了。」

「那趕快下來，爸爸說要帶我們去吃好吃的喔！」

「好——」

趙琦應聲，將視線轉回對面窗口，卻發現原先站著人的地方空無一物，只剩舊舊的暗色窗簾隨風擺盪。

心底一陣發毛，她快速跳下桌子，跑下樓去。

用餐時，趙琦忍不住問道：「我小時候是不是常跟一個男生玩在一起啊？」

「哦？沒想到我們琦琦還記得妳的小男朋友？」爸爸笑道。

「小、小男朋友？」趙琦驚叫，「爸！你不要亂說，我們才不是……」

「現在知道害羞啦，之前成天纏著人家要娶妳。」

媽媽也跟著失笑，「就是啊，妳總愛跟在人家屁股後，每天醒來就吵著要跟對方玩。」

娶她？趙琦一口飯頓時難以下嚥，她、她怎麼會說出這麼厚臉皮的話啊！

「劉爺爺還住在這兒呢，其餘的鄰居大多都搬走了。」爸爸感嘆道，「有空去和老人家打聲招呼，他之前可疼妳了，什麼好吃好玩的不是給孫子，都是給妳。」

趙琦皺了皺眉，七歲那年，是她人生第一次搬家，好多事需要重新適應，她依稀記得那陣子她常哭著回家。

一睜眼，在一座陌生的城市，看著陌生的店家，以及陌生的左鄰右舍。

身旁沒有半個熟悉的人，她找不到小哥哥，沒有人可以說話，沒有人陪她玩，沒有人會安慰她……

面對一次次的失落和忍耐，時間無情的流逝，生活無常的推移，久而久之趙琦習慣了搬家這件事。

大腦是聰明的，會自動刪除不重要的記憶，留下需要的訊息，所以小哥哥這個人逐漸就被她遺忘了。只因不再需要。

「搞不好還能遇見妳的小男朋友喔！」爸爸刻意調侃。

趙琦一頓，從自己的思緒中回過神，小臉莫名一紅，「爸！」

不過……如果可以，真想再見見他，不知道他現在長什麼樣？過得好不好？

媽媽將話題一轉，略為嚴肅的說道：「我幫妳報名補習班了，趁寒假這段時間，銜接這邊學校的進度，學測要到了。」

趙琦努努嘴，儘管有點不願意還是應了聲。

回到家後，媽媽催促趙琦上樓洗澡，走去浴室前，趙琦下意識的往窗外一望。外頭黑壓壓的一片，只剩路燈微弱的黃光。

洗完澡後，她上了社群網站，一如往常的沒有任何慰問或關心話語。

她雖然習慣了居無定所，但沒有一個能說心裡話的朋友，還是讓她感到遺憾。

她都已經高二了，願望卻還跟新生一樣——希望有一天能夠交到好朋友。

翌日一早，趙琦就被媽媽挖起床，要她換衣服吃早餐，等等準備去補習班旁聽。

她帶著睡意，咬著蛋餅，「媽，我不想去補習班，寒假才短短一個月……」

她想玩。但這句話她沒說出口，因為媽媽的臉色已經垮下了。

「再一年就要學測了，等妳考完，想去哪裡玩媽媽都不會阻攔妳。」見趙琦陰鬱的小臉，媽媽轉而安撫道：「就辛苦一年，考上好大學，往後有四年的時間任妳玩，好不好？」

趙琦扁著嘴，她知道媽媽是為她好，然而她就真的不是讀書的料……

「我知道了。」

她們來到一間私立補習班，是附近鄰居介紹的，雖然費用很高，但授課模式是小班制，還有課後輔導，成效很好。

媽媽拉著她坐在櫃檯聽老師介紹目前的方案，結論就是補愈多愈便宜。

「媽，我只想補數學，其他不需要。」

「怎麼會不需要？多一個人幫妳，總比自己苦讀好。」媽媽也不管她的意見，毫不拖泥帶水的拿出現金，「我女兒之後要選三類，我們就補全科。」

趙琦急忙扯住媽媽的手臂，「媽！我什麼時候說我要選三類？我要選一類。」

「三類好啊，機會也多，讀文組沒有用。」媽媽轉過頭不予理會，笑呵呵的向櫃檯老師詢問價錢，順便商量補這麼多科，能不能便宜一點。

趙琦臭著一張臉，櫃檯老師看得也尷尬，但還是掛著敬業的笑容，拿起電話，「我請二年級的助教帶妳去適應環境。喂？子沅，你們班有新生，麻煩下來櫃檯。」

掛上電話後，她笑笑的說：「子沅老師是我們補習班出了名用心的助教，相信妳的成績一定能變得更好。」

趙琦還在氣頭上，根本不願回應，一旁的媽媽連忙解釋道：「她第一天上課還有點緊張。」隨後扯了扯趙琦的手臂，示意趙琦別讓她丟臉，「媽媽還有點事情要處理，下課之後打給我，我來接妳。」

「嗯。」儘管心情不悅，她還是淡淡回應，就怕媽媽生氣。

媽媽走後，趙琦聽見樓梯傳來腳步聲，一雙長腿出現在眼前。

他將身體靠在樓梯扶手上，視線落在下方的櫃檯老師身上，「新生在哪裡？」

「趙琦，他就是二年級的助教劉老師，今後有什麼問題都可以問他。」櫃檯老師微笑道，「子沅，好好照顧人家啊，趙琦是轉學生。」

黑瞳平靜的移往趙琦身上，他淡淡的應了聲，便招手讓趙琦跟他上樓。上樓的時候，誰都沒有說話。

趙琦心裡疑惑，照她從小上補習班的經驗，所有老師一開始都會很熱情，使勁的裝熟攀談，不過最後往往都是成績說真話。

趙琦偷偷打量眼前的老師，高眺的身形，深邃的五官，黝黑偏白的皮膚，高挺的鼻梁上掛著黑框眼鏡，身上飄著淡淡的柔軟精香味。

來到二樓，一打開門，約莫十幾位的學生都在低頭自習，安靜的不可思議，教室裡唯一的聲音是寫字翻書聲。

最後方是劉子沅的座位，桌上堆滿考卷和講義，雖說如此，但他熟練的翻找出資料，可看出一切亂中有序。

他轉著筆，拿著剛剛櫃檯老師給他的基本資料，「柳高？」頭也沒抬的問。

趙琦愣了下，「……對。」

「三類？」

「嗯。」

劉子沅接著抬頭，「妳選的？」

沒想到他會問這個問題，她微微一愣，遲疑的回答：「對……」

「我看妳之前的數理成績不是很好。」劉子沅直白的說，眉頭微皺著翻起資料，趙琦有些緊張，絞著手指沒有說話。

總不能說是被媽媽逼的吧。

「算了。」他隨手丟下資料，接著遞給趙琦一張紙，「在這兒填下妳的大學前三志願。」

趙琦迷茫的接下紙張。

劉子沅看出她的疑惑，淡淡說道：「寫任何妳想去的學校，未來妳將會在那間學校看到妳的名字，書不會白讀，因為我也不想做白工。」

趙琦被這串話澈底震撼了，這老師也太有自信了吧？如果她填第一志願，他也能幫她嗎？可是以她現在的實力，恐怕連私校前三志願都達不到……

「寫完拿給我。」他隨手指了前方一個長髮女生旁的空位，要她過去坐。

趙琦小心翼翼的入座，默默的將書包掛在椅子後方。

劉子沅看了一眼手錶，「下課十分鐘，待會兒要上課的講義先拿出來。」語落，教室才開始有些吵雜聲和笑語。

「嘿，妳好。」一頭瀑布般的烏黑長髮，垂落在女孩瘦弱的雙肩上，她轉過身時，伴隨著一股清淡的紫羅蘭花香。

趙琦愣了愣沒有答話，面對一個這麼漂亮的女生，對方如此熱情，她不禁有點怕。

「我叫明舒苓。」女孩似乎一點也不介意，開朗的自我介紹，「妳呢？」

「我是趙琦。」

明舒苓笑彎了眼，「我剛聽到妳和老師的對話，妳是柳高的？」

「嗯，對。」

「我也是耶！很高興認識妳。」明舒苓漾起大大的笑容，「妳是幾班的啊？我對妳沒什麼印象……」她可愛的搔著頭，黑白分明的大眼好奇的瞧著她。

「啊，我是轉學生，學校還沒通知我分到哪一班。」

「下學期轉學？」

「因為爸爸工作的關係，我們滿常搬家的。」她習慣的答道。

每到一個新環境，這些問題總是重複出現，詢問她的身家背景，問她之前住在哪裡……基本的話題談論完後，互動也就終止了。

她與對方最終不會成為朋友，因為他們依舊有自己的朋友圈，而她還是自己一個人。

「真的啊？辛苦妳了。」不同於其他人，明舒苓溫暖的拍了拍趙琦的肩。

趙琦愣愣的看向她，明舒苓湊到她身旁一看，「妳會填這張表嗎？」

她回過神，「大概知道，但臨時要決定有點想不到。」

明舒苓頗有同感的說自己當初也是，接著她問道：「琦琦，呃……我可以叫妳琦琦吧？」

「嗯……可以。」

「琦琦，妳有沒有夢想？」

趙琦又傻住了，明舒苓擔心自己說錯了什麼，連忙道歉。

「啊！沒事的。」趙琦趕緊擺了擺手，「因為沒有人問過我這樣的問題。」

「沒有人？」

趙琦笑得尷尬，答話的聲音隨之變小，「我常搬家，所以幾乎沒什麼好朋友。」

「妳爸媽呢？都沒問過嗎？」

「我爸工作很忙。」她斂下眼眸，「不過我倒是知道我媽對我的夢想。」

明舒苓皺眉。

「她希望我能成為醫生、律師或是工程師那類的。」趙琦聳肩，藉此讓這句話顯得輕鬆。

但明舒苓的眉頭擰得更深，「這些是妳喜歡的嗎？」

她笑了笑，沉吟了一聲，沒有正面回答，「唔——反正我現在沒有特別想做的事，我媽也是為我好，希望我以後有份好工作。」

明舒苓定定的看了她一眼，似乎還想說些什麼，但趙琦已經轉過身拿起筆，慢慢的寫下志願。

她嚥下到嘴邊的話，轉而說道：「沒有夢想沒關係，現在開始找，一件一件事去試，總有一天會找到的。」

趙琦停下寫字的動作，水性藍筆的筆水在紙上暈出一圈藍。

「我有一個朋友啊，之前也是這樣，雖然我覺得那是他太懶了。」明舒苓搖頭笑道，「不過他上高中以後就不一樣了，現在還被教育部推派去美國參加遊學營。」

趙琦驚奇的眨眨眼，看向明舒苓，她噙著漂亮的笑容。

像是受到鼓勵，趙琦也跟著笑了，「好，我會努力。」

同時，劉子沅站在講臺上敲了敲面前的桌子，引起學生的注意。

「準備回座位，上課了。」儘管語氣平和，卻有股不怒而威的氣勢。學生紛紛安靜走回位子，吵雜聲轉瞬間靜止。

他走到趙琦身旁，「給我吧。」

趙琦乖乖的遞上前，帶著些微的緊張，抬頭瞅了他一眼，想看他會有什麼反應。

劉子沅簡單瞥過一眼，什麼也沒說就收進資料夾，「講義我訂了，這幾天先和明舒苓一起看。」

「好。」

「她是補習班二年級的第一名，也是柳高校排前十名，妳們都是三類，課業有什麼問題都可以問她。」他快速說道。

趙琦呆呆的點了頭，心裡不禁讚歎明舒苓長得漂亮，又會讀書，真羨慕——

此時，明舒苓卻抽了抽嘴角，「吼！老師！你不要每次都讓我不知道該接什麼話。」

「我是稱讚妳。」

明舒苓受不了的抓了抓頭髮，這種人與人之間說話的微妙，她也不知道該怎麼和劉子沅解釋，

「真是的，跟你說過上萬次了你都不懂！我以後要自己介紹。」

劉子沅敷衍的應了聲，「隨妳。」

待他走遠，明舒苓拉近和趙琦的距離，「妳別看劉子……啊，我是說老師看起來難相處，他其實很認真，算是這家補習班的王牌喔，給他帶過的學生，幾乎都能上理想學校。」

趙琦點頭，「他看起來好年輕。」

「嗯，當然啊！他是大學生。」明舒苓調皮的說道，「但總是一副老氣橫秋的模樣，心智年齡可能有四十了。」

語落，兩人同時瞧了瞧站在講臺上抄寫聯絡簿的男子，趙琦歪著頭，隱隱覺得這瘦高的身影愈看愈熟悉……

「明舒苓，下課留下來擦黑板。」劉子沅的聲音忽然飄來。

遭點名的當事人立刻垮下小臉，趁劉子沅沒看見，偷偷在背後扮了一個很醜的鬼臉，一旁見狀的趙琦被她不符合形象的模樣嚇到，沒忍住的笑了。

晚上九點，趙琦放下因抄筆記而發痠的手腕，她甩了甩有些出汗的手。

明舒苓已經跑到講臺前擦黑板，順便和一旁的劉子沅鬥嘴，而對方依舊一臉雲淡風輕的模樣。

趙琦真的很好奇，劉子沅有沒有淡定以外的情緒。

「今天給妳的題本，下禮拜交給我。」劉子沅拋下話，收拾東西後走下講臺，眸光瞥過趙琦，「過來找我。」

突然被點名的趙琦愣著，不確定這句話是不是對她說，站在原地不知該如何是好。

劉子沅的餘光見她沒跟上，又喊了一次：「趙琦。」

「喔。」她意識到真的是在叫她，立刻跟在他屁股後。

學生陸續散去，劉子沅坐在椅子上，修長的手指熟練的將考卷歸檔，紙張摩擦的聲音在空蕩的教室顯得格外清晰。

「老師……你找我有什麼事嗎？」

劉子沅依舊在忙自己的事，許久才緩緩開口，「今天上課怎麼樣？」

趙琦沒有猶豫很久，簡短答道：「很好。」

她實在不想和劉子沅獨處這麼久，總覺得這個人總是有本事把氣氛搞僵，讓人感到壓迫。

「沒有別的？」他語調平穩，卻讓趙琦倍感壓力，摸不著頭緒。

「嗯，老師上課說的我都懂。」

劉子沅忽然安靜，他用滑鼠點了點，印表機立刻發出轟轟的運轉聲，約莫幾秒，三、四張考卷就印出來了。

「這些考卷拿回去寫，後天交給我。」劉子沅遞給她，「妳的數理基礎不好，尤其是三角函數，全部不行。」

趙琦錯愕的接下還熱熱的卷子。他是怎麼知道的呢？

「有些科目，聽懂跟會寫是兩回事。」黑框下的雙眼瞟向她，「回去吧。」

趙琦點頭，心裡因對談結束鬆了一口氣。

下樓時，正好看見明舒苓上車的身影，對方笑靨如花的朝她揮手，「琦琦，明天見！」

「再見。」她揮了揮手，直到看不見車屁股才放下。

補習班的鐵門拉下一半，櫃檯的燈也關得差不多。趙琦看了一眼牆上的時鐘，已經九點三十分了，媽媽卻還沒來。

眼看她就要成為最後一個學生了。

背後傳來下樓梯的腳步聲，劉子沅捧著一疊考卷出現在樓梯轉角。

「子沅啊，你今天還要加班？」櫃檯老師笑咪咪的問。

劉子沅點點頭，走進櫃檯將教室鑰匙放進抽屜，看了一眼趙琦，卻問櫃檯老師：「今天誰負責關門？」

「我啊，否則我怎麼還在這兒？」櫃檯老師哀怨的說，「倒是你，工讀還這麼認真，小心累壞了！寒假都沒有想去哪裡玩嗎？」

「沒有。」劉子沅坐在電腦前，答答的打起考題。

櫃檯老師對於他的冷淡與不易親近習以為常，依舊帶著微笑繼續和他閒聊，「身為學生就好好玩吧，以後就沒機會了。」

「嗯，我知道。」他的目光沒移開螢幕，幽藍的亮光反射在他的鏡片上，讓他的眼神顯得更加清冷犀利，「只是現在有更重要的事。」

「你真是我們補習班的榮光、神蹟啊！我們補習班上輩子一定救了你，讓你願意在這賣肝賣腎。」櫃檯老師拍拍他的肩。「對了！你這小子交女朋友了沒？補習班春心蕩漾的女高中生為了從我這兒套話，都想破了頭。」

劉子沅完全沒有興趣回答。

櫃檯老師自認無趣，要不是今天要待到十點，她才不想一直貼劉子沅的冷臉。於是轉過頭笑笑的和趙琦搭話，「怎麼樣？今天上課還好吧？」

趙琦心不在焉的點頭。

「助教老師帥吧？」

「嗯。」趙琦繼續點頭。心想媽媽怎麼還不來？如果剩她一個人，她會很尷尬。

「喔——看來劉老師又煞到一個小高中生了。」櫃檯老師高呼。

趙琦回過神，發現自己說錯話連忙搖頭，「不、不是！我說錯了！」在她急於否認的同時，劉子沅正好轉過頭來，她登時一愣。

直接在當事人面前否定是不是不太好啊？但承認也有點奇怪啊……

劉子沅銳利沉穩的黑眸掃過她，趙琦心臟都要停止了。

「妳媽媽來了。」眼神最後落在她身後，趙琦差點軟腳。

她飛也似的跑出去，中途發現忘了帶走手提袋，趕緊折回去拿，最後倉皇的逃了出來。

一上車，媽媽笑呵呵的道歉，「抱歉，媽媽剛才有點小迷路。」接著立刻問趙琦今天的上課心得，「怎麼樣？還好嗎？」

趙琦點頭，「第一天就有作業了。」還是最討厭的數學。

媽媽聽了很滿意，「看來這家補習班沒有白收錢。」

趙琦看向窗外沒說話，忽然想到，剛剛劉子沅是怎麼認出她媽媽的？明明沒有見過啊……

趙琦趴在車窗看著漸漸遠去的補習班，一抹熟悉人影站在門口，她看不清楚對方的表情，但直覺那個人正看著這個方向。

同樣昏暗的夜晚，讓她想起搬家那天，也有這種令人不安的感覺。

❄

接連幾天，趙琦早出晚歸，一整天都待在補習班，所幸有明舒苓作伴，讓她不至於對補習班反感，只是劉子沅的存在依舊讓她壓力很大。

開學前一週，補習班放假，讓學生準備開學的東西，順便過一過所剩無幾的寒假。

中午，劉子沅在臺上宣布幾件注意事項，還有一連串回家作業，就讓學生收書包回家。

明舒苓前幾天邀請趙琦去她家玩，她當然想，只是媽媽不同意，幸好那晚爸爸替她說了話。

「才剛搬回這邊，認識些新朋友也好，不是聽說人家成績很好？一定不是壞朋友。」爸爸說道，「我們這巷子和琦琦同齡的小孩子一個都沒有，偶爾讓她和朋友出去玩有什麼關係？」

媽媽勉強同意了，但還是叮嚀她要在五點前回家幫忙倒垃圾。

「我先去樓下繳餐費。」明舒苓開心的說，「快點下來喔！」

「好！」

明舒苓臨走前，和劉子沅說了再見。

他微微點頭，難得露出笑容，「回家小心。」

「老師也別太晚下班啊。」

「嗯。」

待明舒苓下樓後，趙琦忙著收拾書包，渾然不覺教室只剩她一人。

今天是她補習以來最開心的一天，於是心情愉悅的哼了幾句。眼一抬，正巧和整理考卷的劉子沅對上眼，她馬上僵住，嘴裡的曲調瞬間收斂，「呃……」

但劉子沅跟往常一樣，沒什麼太大的表情，僅是一邊做事，一邊看著她。

他似乎不喜歡浪費時間。

趙琦像個小媳婦兒似的走到門口，還想著要不要說點什麼時，劉子沅率先開口：「聽說妳要去明舒苓家？」

她有些驚訝的仰頭，「……對。」

「嗯，注意安全。」

「好。」趙琦緊張的點點頭，眼神不敢直視劉子沅，「再……再見！」說完，她飛也似的跑下樓，樓梯間還能聽見她書包內的東西匡啷響著。

劉子沅輕輕抿了唇，對於她倉促膽小的反應覺得好笑。

明舒苓晃著手提袋，想著趙琦怎麼還沒下來時，就看見一個人影匆忙衝下樓梯。

「怎麼跑那麼急？」

「呼——呼——」趙琦喘著氣，一張臉紅撲撲的，心跳好快，「沒、沒有，我想說不要讓妳等太久。」

她咯咯一笑，「什麼啊，我又不會跑掉，何況我媽還沒來。」

「是喔。」趙琦順了順氣。

「明舒苓，媽媽來嘍！」

「喔好！」她和趙琦一同和櫃檯老師說再見後，便拉著趙琦跑向門口，「我媽人很好，妳不要覺得不自在。」

趙琦點頭，任由她拉上車。

「媽，這是我跟妳說過的，我在補習班認識的新朋友，趙琦。」

「阿姨好。」

明媽媽轉過頭來露出和藹的笑容。

趙琦見過她幾次，但從來沒有真正說過話，只覺得她就像明舒苓一樣，給人一種很溫暖、很和善的感覺。

她們先到一家麵包店挑選今天的點心，明舒苓選了好幾種口味的蛋糕，甚至還因為什麼都想買而感到困擾，幸好明媽媽說因為今天趙琦來玩，破例讓她都買。

聞言，明舒苓開心的歡呼。

趙琦跟著笑了起來。趙琦從沒和家人逛過這種店，因為媽媽不喜歡甜食，她覺得這些都是加工食品，對身體不好。

明舒苓家是一棟高級公寓，外頭是一處小型社區，有魚池、涼亭和遊樂設施，還有警衛巡邏。

「我家住在十二樓。」

「好高啊。」

「風景很好喔。」她按下電梯關門鍵。

電梯停在十二樓，她們陸續走了出去。趙琦在門外新奇的四處觀望，明舒苓家的設計是她最嚮往的風格，簡約卻不失美感，而玄關處的鞋架是一人一個，還擺放了一盆粉嫩的蝴蝶蘭。

明舒苓讓趙琦快點進門，給了她一雙小兔子圖案的室內拖，穿上去軟綿綿的，趙琦愈來愈喜歡這裡了。

室內陽光充足，乾淨明亮，光滑的木質地板，精緻高雅的水晶燈懸掛在天花板上，牆上掛著幾幅油畫，還有一張全家福，十分溫馨。

「琦琦，快來快來！」明舒苓雀躍的聲音從她房間傳來。

「好。」

「噹啦！這是我的房間喔。」她揮舞著手，拉著站在房門外的趙琦進來。

趙琦忍不住發出讚歎，「好漂亮喔！」完全就是公主的房間。

粉白的色調，蕾絲窗簾隨風飄舞，還有一架純黑鋼琴，書本整齊的放在三層櫃上，床單是天空的顏色，看上去蓬鬆溫暖。

「因為我媽有狂熱的少女心，喜歡蕾絲花邊或是可愛的東西，所以我們家才會看起來這麼夢幻。」明舒苓小聲說道，「我跟我爸都受不了她，但沒辦法，誰叫她是家庭主婦，家裡歸她管。」

沒多久，明媽媽就端著今天買的蛋糕、麵包進門，與明舒苓一樣熱情的要她多吃一點。

明舒苓挨在她身旁，往嘴裡塞了一口蛋糕，含糊不清的說：「我媽總是對外人比較好。」

趙琦笑著說：「阿姨已經很疼妳了。」

明舒苓努嘴搖頭，「才不呢，等到俞衡回來，妳就知道差別待遇有多大。」

「俞衡？」趙琦挖了一口草莓蛋糕，「妳不是獨生女嗎？」

明舒苓蹦蹦跳跳的坐在鋼琴椅上，晃著光潔的腳說道：「我跟俞衡現在同班，我們的媽媽是大學朋友，所以我們很小就認識了。」

趙琦羨慕的眨著眼，畢竟她沒什麼好朋友，又是獨生女，一個玩伴都沒有，「所以你們現在住在一起啊？」

「說起來有點複雜。」明舒苓笑了笑，看不出任何嫌麻煩的情緒，反倒多了一絲害羞，「因為阿姨工作忙，俞衡他也不是很會照顧自己，重點是怕他學壞，所以我媽就提議讓他來我家住。多一個人也比較熱鬧。」

趙琦點了點頭。

「家庭主婦都不嫌麻煩了，我們其他人也就沒什麼意見。」明舒苓聳肩，眉眼笑得彎彎的，「再說，阿姨一個人照顧他確實很辛苦。」

「那他人呢？」

「他參加教育部舉辦的美國短期遊學營一個月，今天回來，如果妳待久一點也許可以看到他。」

「喔——聽起來好厲害！他就是妳之前在補習班提到的那個朋友嗎？」

聞言，明舒苓白淨的臉蛋浮現紅潤，少有的害臊，「嗯啊，我開學介紹給妳認識。」明舒苓開心的說道，「要不要聽我彈琴？」

「好啊。」

趙琦躺在身後那張軟床，耳邊傳來悠揚的琴聲，她聽著聽著也就迷迷糊糊睡著。

她夢見自己在一片草原奔跑，空氣清新，陽光明亮。她跑得好快，身體頓時變得輕盈，最後甚至飛了起來。

她張開雙臂，迎面而來的風，吹散她齊眉的瀏海，夢裡的她笑得好開心。

忽然，腳底一涼，環顧四周，才發現自己正在墜落。

她使勁想往上飛，身體卻使不上力，身體快速的跌落，周圍的場景成了高樓大廈，她能從建築物的玻璃窗看見自己倉皇的臉。

她想尖叫卻發不出任何聲音，趙琦害怕的環住雙肩，在空中蜷曲著身體，她緊閉著眼，接受自己正在墜跌的事實。

忽然，一陣暖風吹來，拂過她冰冷的臉頰以及僵硬的四肢，趙琦頓了頓，緩慢抬起埋在雙膝的臉蛋。

她正漂浮在一片藍天下，她緊張的檢查身體是否安好，發現自己被籠罩在一層暖黃之中。

她驚奇的左動右動，同時，感覺到有人迎面朝她走來。

那人對她伸出手，她也不知道為什麼自己的手就這麼伸出去，在將要碰觸到對方的同時，她霍地張開眼。

趙琦眨著酸澀的眼睛，呆呆的坐起身，外頭的太陽已快下山，橘黃色的光投進室內。

她緊張的看了一眼牆上的時鐘，四點半。

趙琦揉著眼，腦袋昏沉的拉開身上的被子，「是舒苓幫我蓋的嗎……」

轉開門時，明舒苓正準備進來，「琦琦妳醒了啊？正要叫妳的說。」

「抱歉，我睡著了。」

「沒關係，正好俞衡也回來了，我們剛剛都在收他給的禮物。」明舒苓笑道，「這是他送我的音樂盒。」

雕刻精細的木製底座上，是會旋轉的星空玻璃球。

「好漂亮！」趙琦接過，上下端詳。

「妳喜歡嗎？」

「嗯！」趙琦大力點頭，雙眼閃閃發亮。

「那我把它送給妳。」

「咦！」趙琦一愣，立即將手上的東西塞回明舒苓手裡，「不行，我不能收，這是妳朋友送妳的。」

見她緊張，明舒苓笑著要她看向床邊。

趙琦一轉身，發現一字排開各式各樣的音樂盒。

「我已經有很多了，那個傢伙最沒新意了。」

她伸出手打開趙琦的手掌，將音樂盒放在她掌中，「這就送妳吧，算是俞衡給妳的見面禮。」

「但、但我不認識他……」她被動的接下。

「遲早會認識啊。」她說道，嘴角不自覺揚起，「俞衡人很好的，妳認識他就知道了。」

趙琦還是有些猶豫，明舒苓看了一眼時間，「喔！快五點了！快快！妳要回家了，我去叫我媽載妳。」

她還想說什麼，明舒苓就跑走了，接著又催促趙琦快點收東西。

「妳要是沒準時回家，我怕下次妳就不能來了。」明舒苓比趙琦還緊張，叨叨絮絮的替趙琦打包蛋糕，「這些蛋糕給妳帶回家吃。」

趙琦婉拒的話還來不及說出口，明舒苓已將她空出的手塞得滿滿的。

「媽！妳好了嗎？琦琦快要來不及回家了！」

「妳不要催阿姨……」趙琦覺得怪不好意思的。

「我媽最愛拖了。」她說著，就衝進臥室，「吼！媽！妳又不會下車，不用化妝，墨鏡戴著就好了！」

趙琦不好意思介入母女的吵嘴，抱著一堆她給的東西，傻傻的站在走廊微笑。

倏地，斜後方的浴室門被人打開。

趙琦一開始沒太在意，只是隱約感覺有人，她餘光一瞥，一抹人影從裡頭走了出來。她下意識的轉頭，那人背對她走進房間。

半掩的房門，讓她瞧見對方精壯的身材，目光就這麼落在他線條優美的蝴蝶骨，對方肩上披著毛巾，髮梢掛著水珠，光裸的上身沾著水，緩緩滑落至地板。

趙琦趕忙閉眼轉頭，假裝鎮靜的繼續看著明家母女爭吵，以至於沒察覺那人緩緩浮現在脣邊的笑。

明媽媽將趙琦送至巷口，趙琦有禮貌的向她們道別。

「我們開學見，知道班級後記得要跟我說喔！」明舒苓提醒，「我可以帶妳熟悉校園，拜拜！」

「好。」

目送明舒苓家的車駛離，趙琦心情很好的捧著一手禮物，耳邊傳來垃圾車的聲音，她才想起今天要幫忙倒垃圾。

她匆忙跑回家整理垃圾，再次跑出家門，剛好趕上垃圾車。

趙琦拍拍胸口。差點又要挨罵了。

轉頭回家的同時，瞥見一抹熟悉的人影，她瞬間定格，僵硬的回身想再確認一次自己是不是眼花。

她看著一身家居服的男人，不可置信的瞠大眼，「老、老師？」

劉子沅的眼神沒有絲毫波動，淡淡瞟了她一眼，「從明舒苓家剛回來？」

「是……」趙琦的腦袋根本不能思考，「老、老師住在這裡？」她問了一個白痴的問題。

「嗯。」

「是這一間嗎？」她指著古董店的門。

「對。」他的語調幾乎沒有起伏。

趙琦傻在原地，回想起搬家那天——

「所、所以我搬家那天，是老師站在二樓窗口看我嗎？」

劉子沅並沒有被揭穿的困窘，反而還給起了建議，「換窗簾這種事，還是別自己做。」

趙琦完全不知道該說什麼好，微微點頭，場面有些尷尬，她停頓了一下，隨口問道：「老師今天沒有加班？」

「嗯，想早點回家休息。」

趙琦覺得難得，對劉子沅也多了些好奇，她鼓起勇氣問道：「大學應該比較晚開學吧？」

「沒有晚多少，多一個禮拜而已。」

「老師不出去玩嗎？」可能是發現劉子沅就住在自家對面，多了份親切感，也比較不畏懼他了。

「得處理完你們這些學生的考卷和作業。」

她努嘴，這句話聽起來像在指控他們是難搞的小孩，也不知道哪來的膽子，她反駁道：「怎麼會是我們的問題？」

劉子沅微微挑眉。

趙琦見他沒說話，被他看得心裡發毛，心虛的低下頭。

「嗯，就是。」聞言，趙琦驚愕的抬頭，看他沒有預想中的慍怒神色，脣邊反倒多了一絲很淺的笑意。

趙琦蹙眉，內心有幾分熟悉的波動……

「等你們考完，我才能做我想做的事。」劉子沅說道。

趙琦下意識的問：「什麼事？」

「出給妳的數學考卷寫完了嗎？」她沒跟上劉子沅跳躍式的問話，一時半刻沒反應過來。想回話時，劉子沅已經轉身準備進屋去了，「別因為放假就鬆懈，要二下了，妳離妳的志願還很遠。」

趙琦看著他單薄瘦高的背影，聽著他的話，心裡忽然惆悵起來。

馬上就要開學了，雖然擔心趕不上大家的進度，但她更怕的是……沒有朋友。

如果是這樣的話，接下來的日子會比考不好更難熬。

自從巧遇劉子沅，除了意外發現他們是鄰居，更令她驚訝的是，那戶人家正是劉爺爺家。

所以……劉子沅就是小哥哥嗎？

趙琦懊惱的趴在窗臺前，覷了一眼那棟墨綠色大門的房子。

「但個性太不一樣了吧……一定不可能！」她搖頭。

劉子沅給人的距離感，已經不是千里之外而已，光是不說話就讓人尷尬得喘不過氣。

記憶中的小哥哥很寵她，所以她才喜歡黏著他，小哥哥一點都不像劉子沅這般冷冰冰的，一板一眼，讓他不滿意就要她寫滿山滿谷的練習卷。

真不知道明舒苓是怎麼和他相處的？

說到練習卷……

「數學、數學考卷還沒寫！劉子沅一定會罵死我。」趙琦慘叫，匆忙翻著書包。

劉子沅到底是不是小哥哥，這事就這麼被她丟到一旁，不想了。

❄

「二年九班是妳的班級。」開學前兩天，趙琦接到學校電話，通知她即將就讀的新班級和一些注意事項。

「禮拜一記得先來學務處報到。」

「好，謝謝老師。」

掛了電話，趙琦緩了緩思緒，興奮的在床上跳來跳去，下一秒立刻被樓下的媽媽罵。

她要打電話給舒苓，告訴她這個大消息才行。

「舒苓、舒苓！我跟妳說！剛剛學校打電話給我……」電話接通後，未等對方說話，趙琦就自顧自說起來，中間刻意停頓了一下，想讓她焦急，孰料明舒苓也沒應聲，她只好摸摸鼻子接著說，「我們同班了耶！」

「……」

「妳之前不是說妳二年九班，剛剛老師跟我說新班級……」趙琦難掩欣喜，「說我是二年九班！」

趙琦簡直要飛上天了，總算可以不用再次在陌生的地方，面對陌生的人群，明舒苓的存在，對她來說就像黑暗中的一束光。

話筒裡沒有絲毫聲音，趙琦狐疑的看了手機螢幕一眼，分明還在通話中，而她也確實從電話中聽見對方微微的呼吸聲。

正當她想接著開口的時候，對方說話了。

「喔，那真是太好了，相信舒苓聽到會很開心。」

「……」

趙琦震驚的再次看了一眼手機螢幕，通話名字是舒苓沒錯啊！怎麼會是男生的聲音？

她再次將手機靠回耳朵，對方低沉的嗓音又響起，帶著一絲玩味和戲謔，「妳好啊，久仰大名。」

趙琦尷尬的說不出話。

「我聽舒苓說了不少妳的事，半句不離琦琦，耳朵都要長繭了。」

趙琦不知所措，聽著對方唸出自己的全名，沒來由的心跳加速，緊握著手機的手微微冒出薄汗。

「我、我……」

「我聽她說，妳很容易緊張，看起來是真的呢。」話筒傳來低低的笑聲，對方像在逗弄一隻無措的小倉鼠，「尤其是面對陌生人。」

「呃，我、我……才沒有！」

啊！該死的結巴！

他又笑了，「很快就不會是陌生人了，晚安。」

趙琦以為通話要結束了，殊不知對方又補了一句，「喔對了，我也是九班唷。」

喀！

通話被切斷，但那聲語助詞的「唷」字還迴響在她腦海。

所以，他到底是誰啊？

❄

開學第一天，爸爸順路載她到學校，雖然想讓爸爸陪她進去，但她已經是高中生了，這麼做不成熟。於是趙琦自己一個人，帶著緊張期待的心情走進校門。

「琦琦加油！」爸爸降下車窗朝她打氣，趙琦覺得丟臉，揮揮手要他快走。

因為怕迷路，所以她提早半小時來學校，七點的校園，懸上一層朦朧的薄霧，空氣有些溼冷，加上偏低的溫度，趙琦拉攏了制服外套。

她站在中庭研究了一下校園地圖，發現學務處在行政大樓的二樓，她一邊觀賞新校園，一邊走去學務處。

順利找到學務處，主任和她說了些學校的基本規定，不免要拿之前的例子來唬她一下，順便提到自己的豐功偉業，是如何神通廣大的擺平這些壞學生……

就像剛入學的新生一樣，趙琦聚精會神的聽著，不敢有一絲不耐煩。

「主任！開學典禮要開始了，今天你要致詞。」幸好一旁的老師提醒，才打斷主任準備接下去述說大學的光榮史蹟。

「啊，差點忘了。」主任拍了一下自己的後腦杓，「妳直接去禮堂吧，我得來找找我的演講稿。」

趙琦傻傻的點了頭，走出辦公室，還想問禮堂在哪裡時，卻發現走廊空無一人，各班似乎都帶隊進入禮堂了。

她有些緊張，憑著直覺四處亂跑，卻怎麼也找不到像是禮堂的建築物，反而來到更陌生的地方。

她覺得疲累，心想，乾脆回教室等吧。

正當她轉身時，一隻胖花貓驕傲的從她眼前走過，懶懶的瞥了她一眼，無疑是貓眼看人低，特別挑釁。

趙琦朝牠做了一個鬼臉，胖花貓完全不理她，甩著長尾巴，一溜煙的就跳進草叢，露出高傲的筆直尾巴，穿梭在綠草中。

「喂，你去哪裡啊？」趙琦喊牠，有些喪氣的問：「你知不知道禮堂在哪邊？」

胖花貓不知是聽懂了，或只是因為聲音而回頭，總之牠回頭看了趙琦，當然眼神還是很不屑就是了。

「你知道？」她問，「那我跟著你好了，反正我現在回教室也不是，也找不到禮堂。」趙琦自言自語，拉了拉書包，決定跟著胖花貓。

一人一貓，形成一種搞笑的組合，在校園裡遊蕩。

胖花貓淨走些難走的路，雖是微涼的春季，趙琦一路走來還是滿頭大汗，全新的制服也沾上些微的泥巴。

趙琦疲憊的撥了撥瀏海，「我真不該相信你的……」她嘀咕，看著眼前的灌木林，再看一眼已經在另一頭對她搖頭擺尾的臭貓，她崩潰的大喊：「不是吧！」

她邊碎唸，邊艱難的縮著身體，率先伸進一隻腳，再將身體壓低，試圖穿越狹隘的灌木林，

「我今天還穿裙子，要是被別人看到，我會恨死你這隻臭貓……」好不容易跨過了，趙琦氣喘吁吁的拍了拍身上的落葉殘枝，隨後抬眼想看看究竟到了什麼地方。

「哇喔——天啊！好美喔！」趙琦忍不住驚叫。

繁茂的翠綠色的枝葉遮住天空打下的刺眼陽光，唯獨留下閃閃發亮的斑駁光點，點綴這片小森林，明亮卻不炙熱，依稀還能望見水晶色的天空與白雲。

趙琦簡直被這裡美得說不出話來。

「胖花貓，你好厲害喔！怎麼會發現這樣的地方？」趙琦幾乎移不開眼，就怕錯過這片小森林的任何一刻變化。

「嗯，不是喔！正確來說是我發現的，這傢伙老是搶我的功勞。」

「……嗯？」趙琦眨了眨眼，貓說話了？貓怎麼會說話？

她回過頭，卻看見胖花貓舒服的窩在一件白色襯衫裡，白色襯衫的主人單手枕著後腦杓，另一手撫摸著胖花貓的軟毛，慵懶自在的靠在樹幹旁，似笑非笑的看著趙琦。

「嗨。」

「……」

「我說你這傢伙啊，去哪裡帶這麼一個人來？」對方順了順貓毛，語調含笑的質問早已睡得呼嚕響的胖花貓，「你要是每次都帶個人過來，這裡就不是祕密基地了。」

趙琦一動也不敢動，看著眼前和她穿著相同制服，玩著貓的男孩，下意識的後退一步。

男孩察覺到她的動作，抬起烏黑的眸子，嘴角翹著，「既然都被妳知道了……」他將身上的胖花貓移至一旁草堆，緩慢的起身，拍了拍身上的草屑，朝趙琦走近。

趙琦有些害怕，驚恐的張望四周，理所當然，這裡沒有其他人，她的身體不由自主的縮著，聽著對方沙沙的腳步聲，一步一步朝她前進。

她低下頭，緊閉著眼。

嗚嗚！她才第一天上學啊……好不容易有了明舒苓這麼棒的朋友，為什麼會遇到這個像是流氓的傢伙啊！

男孩好笑的看著因害怕而縮成一團的趙琦。他抬起了手，趙琦的身體縮得更厲害。

「這裡。」他拿起卡在她髮絲裡的樹葉，「有東西。」在趙琦眼前晃了晃。

趙琦愣愣的點頭，動了動唇，「……謝謝。」

「不客氣。」

他們互看了幾秒，趙琦的尷尬症立即發作，她支支吾吾問道：「你、你怎麼會在這兒？」

「這應該是我要問妳的吧。」

「我跟著貓來的……」

男孩看著剛從草地上醒來的貓，移動著短胖的四肢，慢慢的走過來磨蹭他的腳，「真奇怪啊，魚子醬平常不太親近人。」

他蹲下身將牠抱起，順著牠的毛。

趙琦在心裡默默認同，剛才一路走來把她折騰慘了，「你是牠的主人？」

「不是。」他搖頭，「魚子醬是流浪貓，名字是以前的學長姊幫牠取的，叫久了牠也習慣了。牠時常亂跑，學校四周都是牠的地盤。」他邊說邊笑，骨節分明的手指搔著牠的下巴。

「牠好像很喜歡你。」趙琦有些羨慕。

「當然啊，我經常帶食物給牠吃。」他哼笑，「還是要識實務一點吧。」

趙琦被他的語氣逗笑，但發現對方忽然看向她，便快速收起笑容，小聲喊道：「魚子醬？」聽到名字的胖花貓靈巧的動了動耳朵。

她立刻被魚子醬萌了一番，下意識伸手要摸牠。

「喂！等等……」

「喵！」

「啊！」

趙琦來不及避開魚子醬的利爪，手背立刻多了幾條抓痕。

魚子醬自男孩的懷中掙脫，跳上圍牆，豎著高傲的尾巴，帶著不可侵犯的姿態走進樹叢。

「哎，真是！臭小子……」男孩邊說邊抓過趙琦的手仔細檢查，「等等到保健室一趟吧，放著不管可能會感染。」

趙琦點頭，觸及到男孩溫熱的手掌有些不習慣，她微微掙脫。

男孩也發現她的舉動，說了聲抱歉，「魚子醬畢竟是野貓，盡量別隨便碰牠。」

「好。」

同時，學校的鐘聲響起，趙琦嚇了一跳，「啊——開學典禮！」

「那種無聊的典禮，沒去也無所謂啦。」

聽他這麼一說，趙琦才後知後覺的發現他也蹺了開學典禮，「你……沒去沒關係嗎？」

「嗯，頂多被訓一頓，反正跑教官室對我來說是家常便飯。」他聳肩，「倒是妳可別把這個地方說出去。」

趙琦立即大力點頭，「我不會說。」

「要是有第三個人知道，」男孩故意瞇起眼，嘴角不懷好意的勾起，「妳要對我負責。」

趙琦被他正經的模樣給嚇得愣眼，「負、負責?」

男孩理所當然的點頭，「當然啊，這裡是我的祕密基地，除了妳沒有人知道，要是被發現肯定是妳的錯。」

趙琦沒見過說話這麼厚臉皮的人，「搞不好早就有人發現這裡了……」她唯唯諾諾的回應。

「那還是妳的錯。」

「怎麼會是我……」

「我已經在這第二年了，妳才剛到這間學校，不許頂嘴。」

趙琦還想說些什麼，對方橫了她一眼，她立即像隻小狗，無辜的扁著一張嘴。

男孩滿意的拍了拍趙琦的頭，朝她伸出小指，「來，打勾勾。」

趙琦警覺的將手握成拳頭狀。

「我得確保妳真的不會說。」

「我……我真的不會說。」趙琦支支吾吾。

「嘴上說的話，怎麼會有說服力?」

「……」

「過來。」

趙琦鼓著一張臉，慢吞吞的伸出一隻手，男孩受不了她的緩慢，自己走了過去，拉起趙琦的手。

「誰要是將這個祕密基地說出去，會下地獄喔。」一聽這種可怕的毒誓，趙琦害怕的想縮回手，無奈男孩的小指已強硬的扣上，「約好了。」

趙琦頓時覺得像受到詛咒一樣。

怎麼學期才剛開始，她就覺得厄運纏身，竟被小混混黏上。

她要自己別多想，還是趕緊回教室比較重要，上課第一天就遲到，似乎不太好。本來想偷偷溜掉，結果卻在原地打轉了好幾回。

男孩好笑的看著趙琦臉上充滿焦急，像隻無頭蒼蠅般，來來回回走上走下。

「喂，要去哪兒？」

逃跑計畫被發現，她驚恐的抖了一下肩膀，隨即冷靜的站直身，「我、我……運動！」

「噗哧！」

「……」

「好，那我不打擾妳，記得我們的約定。」男孩撿起地上的書包，俐落的掛在一邊的肩上，「我先走啦。」

趙琦揪著裙襬，自尊心告訴她別跟上去，剛剛來的路她一定還記得，才不需要靠他呢！

但看著那抹身影就快消失在翠綠之中，趙琦開始有些慌，雖然這裡很漂亮，但一個人待著卻有些詭異。

「喂！喂！等等我……」

見無人回應，趙琦簡直快哭了，踉踉蹌蹌的追上對方的腳步。

男孩見她委屈的噘著嘴，不自覺失笑，但見趙琦在瞪他了，只好咳了幾聲，問道：「知道二年九班在哪裡嗎？」

她搖頭，隨即覺得怪，「你怎麼知道我的班級？」

男孩側頭一笑，「還知道妳的名字呢。」他刻意放慢語速，嘴角含笑，「妳好啊，趙琦。」

第二章　暖風

「這學期我們班來了一位轉學生，大家拍手請她上臺。」

每到新學校，自我介紹就是例行公事，趙琦自知避不了這程序，但面對陌生的環境與臉孔，依舊令她焦慮不已，儘管搬家多次，始終沒能克服這份恐懼。

導師朝站在外頭的她招了招手，「趙琦，進來啊。」

她唯唯諾諾的走上臺，感受到同學們好奇的視線，還有時而交頭接耳的動作，都讓趙琦感到不安，擔心大家不喜歡她。

趙琦一走上臺，握緊了在講桌下的雙手，心頭涼涼的。

「大、大家好，我是趙琦。」

她有些無助的看了導師一眼。

「說說自己的興趣啊，什麼都可以，讓大家多認識妳一些。」導師微笑著引導她。

趙琦再度將視線投向眼前黑壓壓一片的同學們，大家都使勁的盯著她瞧，讓她尷尬得不得了。

忽然，她在眾多陌生的臉孔中，發現了一張熟悉的笑臉，「琦琦，加油！」明舒芩激動的朝她揮著小手，用氣音喊道。

看著熟悉的人，趙琦緊繃的心情瞬間一鬆，知道明舒芩在臺下看著她，她似乎多了一些自信。

她彎起一抹笑，「因為爸爸工作的關係，我很常搬家，但這是最後一次搬家了，所以希望在往後的一年半，我們能相處愉快。」

趙琦微微頷首，同學們紛紛鼓掌。

「哈囉！趙琦！」

「很高興認識妳！」

「歡迎來到二年九班——」

臺下幾位比較活潑的學生接著喊道。

趙琦從沒受過這種待遇，大概是以前的她太過害羞，總是希望自我介紹快點結束，也因為這樣，她一下子就被大家遺忘。

「妳的位子在第六排第五個。」

「好。」

趙琦走下臺，也不知道是誰，在她經過的時候，忽然伸出一隻腳，她來不及反應，就這麼被絆了一下，她有些錯愕的往後一看。

只見身穿一襲白制服的男孩，撐頰挑釁的看向她，嘴角更是毫不遮掩的揚起惡作劇的笑容。

是那張討人厭的臉，從剛剛認識到現在都在欺負她……她不滿的看了他一眼。

「喂，項俞衡你不要欺負琦琦。」坐在他旁邊的明舒苓揍他一下，「偷接我電話，我還沒找你算帳……」

趙琦眨了眨眼，「項……俞衡？」

聽到趙琦唸著他的名字，當事人除了被明舒苓打得哀怨，還不忘回頭朝趙琦揮手，「嗨！」簡潔的一個字，讓趙琦有種被耍得團團轉的感覺。

她佯裝沒有聽到，抿著脣，逕自走回座位。

項俞衡看趙琦居然對他使起性子，也沒有反感，只是覺得這傢伙反差也太大了吧？

剛在祕密基地對他既敬畏又害怕，一點拒絕之意都不敢表現出來，現在居然可以直接無視他了。人到有人撐腰的場所，膽子也會跟著變大，看來明舒苓給了她很大的信心。

「別又想欺負她。」明舒苓在旁威脅道。

項俞衡壓根兒沒被震懾，反而得寸進尺伸出長臂笑嘻嘻的揉著她的腦袋瓜，「不然欺負妳嗎?」

明舒苓瞪他一眼，精緻的臉孔頓時有些困窘。

儘管兩人不斷鬥嘴，卻能感受到他們的感情是好的。

坐在他們前方的同學見狀，紛紛起鬨，「班長夫婦又在打情罵俏了啦!」

班上幾位比較調皮的男生，也開始嘻嘻哈哈的笑鬧，效仿著他們的互動，誇張的模樣看上去特別噁心逗趣。

導師插腰搖著頭，趙琦在後方看著也忍不住摀嘴笑出口，她似乎來到一個很歡樂融洽的班級。

「我看你們倒是學得有模有樣。」一道從容的聲音打斷大家的笑聲，項俞衡修長的手指扣著下巴，慵懶無害的視線掃了過去，嘴角揚起的弧度，著實讓人毛到心裡去。

眾人幾乎是一秒被鎮壓，紛紛稍息坐好，「班長大人!我們知錯了!」一票人立刻露出諂媚假笑。

「現在，轉回去，眼睛看黑板。」項俞衡一聲令下，他們一個動作接著一個動作，整齊劃一，沒有人吭聲。

趙琦被這情景給嚇愣，她、她……現在是來到軍營嗎?她前一秒還想說這裡是能快樂學習的好班級。

她眨了眨眼，看著項俞衡起身，就算沒有站在講臺，他仍舊獨攬全班的目光，「待會全校要進行大掃除，因為新學期還沒換掃地工作，所以大家就照原本的分配做事。」

大家一致的點頭，沒有人有異議。

趙琦在心裡讚歎，那時在祕密基地，她還以為他是整天混吃混玩等畢業的學生，和現在認真的模樣簡直判若兩人。

「學校會來檢查，別讓他們找上我，否則我就親自下去抓人了。」修長的手指敲著桌面，他環視了一眼，彷彿天生就擁有領導者的氣息，全班無人反對，反而十分配合。「待會衛生股長會告訴大家評分標準。」

趙琦也不自覺跟著點點頭，想著待會兒她就看誰需要幫忙好了。

導師宣布幾件重要的事，包括明後天要模擬考，說完之後，就將剩下的時間交給班長項俞衡，很放心的回辦公室了。

項俞衡上臺介紹關於這學期的主要活動、新規定，以及今後要留下來晚自習的注意事項。

「晚自習是自由參加，但參加了就別給我蹺課。如果有特殊原因，請來告訴我，我會替你們轉達給學校。」項俞衡面色嚴肅，邊說邊將長袖襯衫捲至手臂處，露出健壯的手臂。

他拿起講桌上擺著的一疊通知單，「再來，三月底是我們的畢旅，待會兒我會發下通知單給大家，禮拜五前將回條交給我。」

身為副班長的明舒苓忙著寫黑板，不難看出兩人相當有默契，一人負責口頭問答，另一人負責板書，供大家抄寫。

明舒苓不只一次在她面前提起項俞衡，說著他的好、他的聰明，還有俐落的做事風格。每當明舒苓說起他時，臉上的表情總是洋溢著快樂。

項俞衡住在她家這件事，明舒苓說是祕密，她只告訴趙琦一個人，希望她不要說出去。

人生頭一次和朋友有了祕密，趙琦開心都來不及了，才不願跟別人分享，所以她立即發誓絕對會保密。

趙琦撐頰，一手在筆記本上塗塗寫寫。

她一直嚮往明舒苓和項俞衡這樣的關係，知道有一個如此理解你的人存在，每個艱難的瞬間，都是支撐你的力量。

「趙琦。」

聽到自己的名字，趙琦一瞬間還以為幻聽，但環顧四周發現大家的焦點都放在她身上，她立即繃緊神經，「……嗯？」

前方的項俞衡忽然勾起笑，修長的身影微微向前傾靠講桌，「我剛說什麼？」

慘了！她剛剛滿腦都在想有的沒的事，完全沒聽他說話。

見趙琦沒答話，項俞衡挑了眉，「不知道？」

趙琦羞愧的低頭，緊閉著眼，真希望現在有個洞讓她鑽，即便臺上的明舒苓想幫她，但因為對象是項俞衡，尤其在他認真的時候，幾乎是惹不起……

明舒苓在心底悄悄的和趙琦道歉。

臺上的項俞衡幾乎是一秒斂起笑，神情轉冷的說：「等等過來找我。」

「好。」收到命令的趙琦幾乎要腿軟了，項俞衡私下和談公事完全是兩個人啊！

臺上的他，無論是行為舉止，還是說話方式，都有條有理，無論同學問什麼問題，都像在他預料中，答得游刃有餘。

大家考量的問題，項俞衡都顧慮到了。

趙琦開始有點佩服他了，雖然在祕密基地時活像個小惡霸，沒想到認真起來卻挺讓人信服，還有點兇啊。

之後換衛生股長講解打掃的檢查標準，就讓大家各自去掃自己的負責範圍。

趙琦本來想詢問衛生股長有什麼地方需要幫忙，才一起身，就被項俞衡叫過去。

「說說剛在想什麼。」

「……」

「應該是比我宣布的事，還要重要很多的事吧？」

「……沒有。」

他揚眉，趙琦明顯感受到他的低氣壓，緊張的等著挨罵，孰料過了幾秒，沒聽見他的聲音，倒是額頭被人彈了一下。

「唔！」

趙琦吃痛的捂著額頭，哀怨的看著眼前正取笑她的項俞衡，「下次可沒那麼容易放過妳。」

「喔好……謝謝。」

「我這是確保每個人的權益。」他絮絮叨叨的說道，「何況妳是轉學生，對學校的運作都不了解。二下會是個很忙的學期，如果不好好跟上，接下來的日子會一團亂。」

趙琦點頭，其實這些她都知道，畢竟她轉學了不少次。但除了爸媽，從來沒人替她在乎這些事，因為這些都與他們無關，然而現在項俞衡卻在為她操心。

思及此，趙琦輕輕的笑了，從一大堆資料抬頭的項俞衡正好捕捉到這畫面，他微愣，「被我罵很開心嗎？」

趙琦一時反應不來，困窘的表情寫滿了臉。

「看來是呢。」項俞衡邪邪的笑了。

「才、才沒有。」

「那妳笑什麼？」

項俞衡又恢復成初次見面時，那副玩世不恭的模樣，不斷的捉弄她，惹得趙琦不說話也不是，反駁又會被曲解意思，讓她當下又氣又惱。

忽然一雙細白的手臂，從旁用力扣住項俞衡的脖子，「都說別欺負她了。」

項俞衡掙扎道：「妳們二對一不公平。」

「琦琦妳別理他，項俞衡就是標準的嘴巴壞，愛捉弄別人。」明舒苓放開勒住他脖子的手，笑道，「以後他再取笑妳，儘管跟我說，我會幫妳！」

看著明舒苓義氣的拍了拍胸，趙琦傻傻的點了點頭，接著就看他們追打了起來。

「趙琦走！妳來幫我擦窗戶。」

「喂！你那麼高自己擦，琦琦不夠高還要爬窗，這麼危險你別讓她做。」

「我要是跌下來，多少人心疼我啊。」

「少臭美。」

不知道為什麼，這樣平常不過的情景，看在趙琦眼中就是特別心暖。

放學時，班導私下詢問她第一天上課的狀況，趙琦難得沒有猶豫的點頭說喜歡。

最後老師再次提醒模擬考要帶的東西，就放大家回家。

「老師再見！」

教室立刻傳來收拾書包的細碎聲，以及椅子摩擦地板的尖銳聲響，三五成群的說話聲，輕易就蓋過走廊的鐘聲。

「我今天一定要去試試被校版推爆的那家鬆餅店的味道。」

「喔！我也看到了，真有這麼好吃嗎？」

「搞不好還能巧遇霍閔宇學長——聽說是他最常光顧的店。」

「人家早就有女朋友了。」

「看看又不犯法，搞不好過沒多久就分手了啊。」

「哎唷——見不得人好！」

「哈哈，走啦！」

趙琦下意識的望向那些女生有說有笑的背影，轉頭看著手上的畢旅通知單。

離三月只剩一個月了。

她默默的嘆了一口氣，「這時候轉學還真不是時候啊。」

「琦琦！我們一起去補習班吧。」明舒苓喊了她一聲，發現她手上的單子，興奮的問道：「我覺得這次的行程很不錯耶，一定要去！」

明舒苓看她心不在焉的點了點頭，「怎麼了啊？妳不喜歡嗎？」

她聽見明舒苓擔心的口吻，立刻浮起笑臉，用力的搖了搖頭，「我、我很喜歡，但就是有點怕……」

畢業旅行是所有學生最期待的事，因為能跟好朋友一起玩耍、過夜，做很多很多從來沒有一起做過的事。

但她是個轉學生啊，誰都不熟悉，還在這尷尬的時間點轉學，大家早就有自己的朋友圈了。

趙琦知道自己不是一個擅於社交的人，有點慢熱，遇到生人常常緊張的說不出話來，遑論在這短短的一個月內和班上的同學混熟，就連認識有些日子的明舒苓，她都不敢妄想她們會是最好的朋友。

「怕什麼？」項俞衡忽然湊近，「妳們在說什麼？」

趙琦緊張的搖了搖頭，惹來項俞衡懷疑的目光，「不會是在說我壞話吧？」

「沒有！」

「回答這麼快，感覺更可疑了。」

「真、真的。」每當項俞衡靠近，趙琦就覺得自己快被他挾帶的強烈氣場弄得說不好話。

「你沒做壞事，就不怕人說。」明舒苓立刻跳出來替趙琦說話，「還是你做賊心虛？」她用探究的目光看向項俞衡，看得他都要自我懷疑，是不是做了什麼見不得光的事。

他哼哼唧唧幾聲，自討沒趣的拽起書包掛在肩上，「再不去補習班，可要遲到了。」他提醒道。

明舒苓緊張的看了一眼牆上的時鐘，已經四點十五分了啊！今天五點要到補習班。「琦琦！趕快收東西！劉子沅最討厭學生遲到了。」

「沒人喜歡吧。」項俞衡在一旁涼涼的補充。

趙琦被明舒苓的慌忙感染，收拾的動作加快，忽然她倒抽了一口氣，抖著手的從書包拿出兩張有些皺的考卷，「慘了！老師要我寫的考卷我還沒寫完！」

補習班放假前，劉子沅給了她兩大張數學考卷。放假前幾天她還會認真做幾題，加上發現劉子沅又住在斜對面，總覺得不時有道陰冷的視線射過來，所以趙琦完全不敢怠惰。

但愈寫愈覺得難，寫到最後她也有些煩躁和挫折，想說過幾天再寫，結果這一等就等到了開學日，還完全忘記！

明舒苓皺眉，「還剩很多嗎？」

趙琦用世界毀滅的臉色點了點頭。

「這下怎麼辦才好呢？」明舒苓又看了一眼時鐘，推算道：「去補習班快的話，也要十五分鐘，所以還有半小時，努力一下寫多少算多少吧。」

趙琦趕緊拿出筆袋，開始做起題目。

「我先去交點名單。」明舒苓說道，「琦琦妳不要緊張，我會等妳。反正遲到最多就是當值日生，沒什麼的。」她安慰道。

儘管如此，趙琦還是不希望拖累明舒苓，但愈緊張就愈讀不懂題目，她焦急的咬著手，眉頭皺得死緊。

忽然，眼前的座椅被人拉開，潔白的袖口隨著光影晃動，趙琦愣愣的抬眼，發現項俞衡將好看的下巴抵在手臂上，整個人面向她而坐。

項俞衡隨手翻了翻考卷，有些讚賞的說：「劉子沅還是一樣，很懂得對症下藥。」

趙琦也沒理他，滿腦都是成串的公式。

「我告訴妳，看到這種一連串的題目不要怕，」趙琦的視線跟著他修長分明的手指往下看，「相反的，這種題目才是最簡單的，因為它絕對有公式在裡頭。」

趙琦眨了眨眼。

「三角函數的題目一定有它的邏輯，所以只要尋著線索……」他撐著頰，邊說邊拿起自動筆在紙上圈了幾筆，柔和的低嗓中，沒有什麼複雜的理論，僅僅只寫出幾個趙琦常背的公式，「喏，答案就出來了。」

趙琦不可思議的看向他，緊繃的心情忽然放鬆很多，抿著的脣也跟著笑開來了，「真的耶！」

雖然多了項俞衡的協助，但趙琦還是有一大題來不及寫完。但礙於快遲到了，她們還是趕緊去補習班。

「項俞衡沒有補習嗎？」

明舒苓搖頭，「他要打工。」

「打工？」

「他在一家咖啡廳打工，改天我們可以一起去探班，那裡的蛋糕很好吃。」

趙琦大力的點頭，「好啊！」對她來說這是一個多麼難得的經驗，「那他的成績怎麼可以還那麼好？」

明舒苓笑道：「妳別被他那副老神在在的樣子給騙了，他之前的名次可是要從後面看上來的那種。」

「真、真的嗎？」趙琦抽氣，「我以為他就是那種什麼都很厲害的天才型人物。」像是不變的定律，每個班上總會出現一位傳奇性人物，什麼都拿手，成績好得不像話，人緣佳，有張好看的臉，深受老師同學歡迎。

趙琦從小就特別羨慕這種人，就像是班上的指標，大家都會記住你，沒有人會遺忘你。

明舒苓嘖嘖幾聲，朝趙琦搖了搖手指，「很可惜項俞衡不是這類人物，我想他也不屑當，他最討厭當乖學生了。」

「蛤？」趙琦愈來愈不懂了，「可是他是班長啊。」

聽聞，明舒苓再次失笑，「他應該是我們這屆最受教官室歡迎的班長了。」

趙琦心想，通常和教官交情好，絕不可能是因為表現優良……

她後知後覺想起他蹺掉開學典禮的事，身為班長本身就是一個醒目的代表，還大剌剌的缺席重要典禮，看來項俞衡挺叛逆的。

明舒苓有感的說：「大概在高一下學期吧，他的成績忽然突飛猛進，有好幾次幾乎和我並駕齊驅。」

「為什麼會突然這樣？」

明舒苓聳肩，「他只跟我說，覺得該適可而止了。」

趙琦忍不住分析項俞衡這個人，外表看上去十分爽朗自信，雖然認識不久，但能感受到他是個負責任的人。

尤其看著他領導班級的模樣，非常盡責不馬虎，還考量到她一個轉學生會遇到的狀況。

「他真的很厲害，我甚至懷疑這世界上只有他不想做的事，沒有他不會的。」

趙琦點頭，非常認同。

他能成為班長，還讓班上同學對他這麼信任，想必有一定的能力，剛剛的數學題目也是，他看上去幾乎沒什麼思考，就輕鬆說出答案。

明舒苓忽然嘆口氣，「真不知道我能不能追上他……」

「為什麼不能呢？妳也很厲害呀！」明舒苓和項俞衡是一個水平的，反倒是她，什麼都需要別人幫忙，她才害怕成為他們的麻煩。

明舒苓搖了搖頭，「他一直在前進，而我只是維持一定的水準，卻沒辦法再更好了。」她漂亮的大眼望了一眼橘紅色的晚霞，嘴角的笑容看上去有氣無力。

趙琦看著她，嘴邊的話就這麼脫口而出：「妳是不是……喜歡項俞衡啊？」

話一說完，她清楚看見明舒苓愣住的神情。

「啊……怎麼連妳都看出來了，真有這麼明顯啊？」明舒苓沒有惱羞，反倒大方承認。

「嗯，因為妳一直在說他，不過我只是猜，我真的不是故意……」

「緊張什麼啊？被發現的我都覺得沒關係了。」明舒苓見趙琦慌張的想澄清，忍不住失笑。

她是那種只要一緊張，全身上下都會手足無措的人，明舒苓看著覺得特別可愛。「連剛轉學的妳都感覺到了，項俞衡絕對不可能沒發現……」

趙琦皺眉，「他不知道？」

「我也不清楚，也有可能是裝作不知道。」明舒苓臉上浮現淡淡憂鬱。

聞言，趙琦張著嘴，她不知道原來他們關係這麼複雜，好像更不應該提起了。

「不過也不要緊，依照我對他的了解，他現在似乎只想將心思放在課業上，大概也沒想過要談戀愛。」明舒苓說著，眼底卻難掩失落。

「默默守在他身旁，感覺也很好。」趙琦想了想，忽然揚起笑容，「電視劇不都這麼演的嗎？驀然回首，那人就在燈火闌珊處。相信項俞衡會看到妳的，有時候馬上在一起的愛情反而不會長久。」

明舒苓愣愣的看向趙琦。

「經歷過等待和歷練，才會懂得自己想要什麼。」趙琦用像是談論天氣這樣輕鬆的語氣，說著讓明舒苓都忍不住停下腳步的話，而她卻渾然不知，繼續說道。

「我覺得啊，喜歡一個人能在一起很好，但是能夠體諒、包容，才能真正走下去。」

趙琦下意識的看向旁邊，這才發現明舒苓不見了，她傻傻的回過頭，卻發現明舒苓淚眼汪汪的望著她。

趙琦嚇了一跳，跑了過去，「怎、怎麼了？我說錯什麼嗎？」

「嗚嗚！我們琦琦好棒喔！」明舒苓猛然抱上她。

「咦？」

「真的好振奮人心喔。」

「啊？」

「聽了妳的話，我覺得現在渾身充滿力量。」明舒苓抽抽噎噎的說道，「我之前還因為這樣，在想乾脆放棄他好了，反正世界上又不是只有項俞衡這麼一個人，但偏偏又捨不得……」

趙琦原本還傻愣的表情，下一秒立刻笑了出來，拍著她的背，「妳一定可以的，這麼相信就會有好事發生喔。」

趙琦被留下來了，因為作業沒寫完。

晚上九點，她哀怨的和明舒苓揮手說再見，一個人默默的坐回座位，拿起筆寫著沒算完的題目。

等她回過神來時，已經十點了。她轉過身，發現劉子沅不在座位上，便獨自下樓找他。

「沒事吧？」

趙琦一下樓就見劉子沅略皺著眉，神情有些焦慮，不知道在和誰講電話。

「你先別動，我馬上回去！」

他掛了電話，頭一抬就看見站在樓梯口的趙琦，她顯得有些手足無措。

「老師……我寫完了。」她怯怯的遞給他考卷。

劉子沅看也沒看，便收進抽屜。他匆忙的走出櫃檯，像是想起什麼又折回，出來時手裡多了兩張考卷，「作業沒寫完，加倍。星期三交給我。」

趙琦連哀號的時間都沒有，就被劉子沅催道：「書包收一收，我要關門了。」

她第一次見到劉子沅這般毫無章法的模樣，一定是發生什麼大事了。思及此，她快步上樓拿書包。

劉子沅收拾的速度很快，但明顯心不在焉，好幾次都遺漏了東西，反而浪費了更多時間。

「老師，你鑰匙沒拿……」

他轉過身接過趙琦手上的鑰匙，「誰來接妳？」

「媽媽。」趙琦接著說：「我站在外面等就好，老師你趕時間就先走吧。」

劉子沅確認完教室電源都關閉後，「妳還沒打電話吧？」他邊說邊穿上外套。

「嗯……我現在打！」

「不用。我送妳回家。」

「……」

他見趙琦愣在原地，狐疑的瞥了她一眼，「妳想留在這守夜？」

趙琦望了一眼身後黑壓壓的補習班，心裡著實害怕，默默的往前站了一步，「……我可以等。」

讓劉子沅載她回家真的太奇怪了啊！

劉子沅確認鐵門降下後，雙手放入口袋，睨了一眼趙琦，「這裡不缺警衛，走吧！我沒有時間浪費。」他不給趙琦回絕的機會，直直向前走。

趙琦也只能跟上，劉子沅遞給趙琦一頂安全帽，便發動機車。

她心裡掙扎，氣氛實在尷尬。從補習班到家也有十分多鐘的距離，他們該說什麼？

劉子沅見她不動，直接替她戴上安全帽。趙琦想要拒絕，但劉子沅的動作比她快，微涼的指尖劃過趙琦的下巴，令她打了陣哆嗦。

「上車。」

「好。」趙琦準備跨上的動作再度猶豫，「……可是我穿裙子。」

劉子沅看向她，二話不說脫下身上的外套，「穿上。」

「可是老師騎車會冷吧？」

「冷不死的，快點！」他些微不耐煩的說道，趙琦知道自己再有問題，劉子沅一定會生氣，所以加快動作，坐上機車。

車速比她想像中快，他們不到十分鐘就到家。劉子沅一熄火，安全帽都沒脫就衝進家門。

趙琦默默跟在他後面，跟著進了大門。

古樸稀奇的擺設，室內是一大片褐色與復古的綠交融在一起，牆上掛著滴答響的貓頭鷹老時鐘，空氣中飄著檜木的香氣，是一間流動著老舊時光的家。

劉爺爺的家。

雖然爸媽讓她有空來探望老人家，但自從知道劉子沅也住這裡，趙琦更不敢貿然來訪。

「換燈泡這種事我下班可以做，拜託你安分的坐在沙發上！」劉子沅焦躁的聲音，打斷了趙琦的思緒。

「哎唷……我都這把年紀了，再不動以後就沒機會了。」一道蒼老溫和的聲音從室內傳來。

她好奇的走向前，偷偷覷了裡頭的狀況，就這麼和留著白鬍子，戴著木框眼鏡的老人對上眼。

她縮了縮脖子，乖巧的躲在劉子沅身後。

老人大笑幾聲，「還來了小客人啊，不要害羞啊！四處看看，看到喜歡的東西都可以帶走喔。」

「真的嗎？」趙琦興奮的問道，但發現他們的目光一致投向她，她又害羞的躲回劉子沅高大的身後。

老人見她怕生得很，卻又不時流露好奇的眼神，被她逗得笑出聲，「當然，搬得走都是妳的。」

「爺爺！」劉子沅輕斥。

同時，趙琦猛然回頭，有些錯愕的看向劉子沅，他叫他爺爺……她的心臟跳得異常快速。

「怎麼了啊？你又不會幫我繼承這家店，我當然是送給有緣人啊。」老人說得理直氣壯，「妹妹啊，妳叫什麼名字？爺爺見妳眼熟得很……」

趙琦慢半拍的眨了眨眼，腦袋混亂。

劉子沅以為她又跟平時一樣在恍神，自然而然的替她答了。

「她是趙琦。」他泰然自若的說道，「小時候住過這裡，最近才搬回來。」

趙琦的小臉微微變得蒼白，下意識緊咬下唇，她沒有告訴過他，她曾經住過這，可是劉子沅卻知道。

這麼說的話，劉子沅真的就是……小哥哥！

趙琦的世界有些崩裂。

老人倒是面露驚奇，「怪不得覺得熟悉啊！」他本想起身，但閃到的腰實在疼得厲害。他扶著腰坐下，微微嘆息道：「人老了真是不中用啊。」

「就讓你別爬了。」劉子沅唸道，還一次換了三顆燈泡，「我找貼布給你，還痛的話我明天帶你去看醫生。」

老人揮了揮手讓他去找，轉頭細細打量趙琦，「唉——時間過得真快。」當初哭得驚天動地的小女孩，轉眼間就成了亭亭玉立的高中生。

他笑瞇了眼，不過倒也不是每個人都像趙琦長得這麼好，像他那孫子依舊還是那副死樣子。

那天，趙琦渾渾噩噩回到家，在劉爺爺家她全程都不敢與劉子沅對眼，匆匆說了要離開，就飛也似的逃離現場。

這一切簡直比繁雜的數學題更令她無法消化。

當天回家，她還特別比對了小時候的照片，神韻確實相像，挺立的鼻梁，緊抿的脣，眸光很淡，就像現在的他。

趙琦再次鄙視自己的粗神經，還有烏鴉嘴。

對於劉爺爺她其實是沒什麼印象的，僅僅覺得他面目慈祥和藹，和劉子沅完全不一樣。自從那次後，劉爺爺常邀她去他們家玩。起初，她不太敢去，就怕遇到劉子沅……現在似乎應該更正為，是小哥哥的劉子沅。

以前就沒什麼話好說了，現在發現他們曾玩在一起過，她還記得自己常常對他鬧脾氣、耍任性。

思及此，趙琦就更沒臉主動與他攀談，甚至是笑著談起往事。

最近，趙琦都會趁著劉子沅不在，偷偷跑到劉爺爺家，一邊打量稀奇古怪的東西，一邊聆聽它們的由來。

說起這些時，蒼老卻明亮的眼裡，總閃著活力，不過只要想起自己的孫子，爺爺就嘆氣。

「子沅根本就不懂這些，成天就知道打工、上學。」爺爺說，「唉——也不能怪他，要怪就怪我那兒子不長進！離婚倒快活啊，小孩就這麼扔了，再怎麼成熟畢竟還是孩子啊……」

「離婚？」

「琦琦還不知道吧？子沅的爸媽去年離婚了。」

她皺眉，坐在劉爺爺身旁，「怎麼會？」

「前後吵吵鬧鬧也有一年多了，他們執意要離，我也不好說什麼。」劉爺爺無奈的搖頭，「那時候子沅才剛上大學，堅持誰都不跟，很有骨氣的說自己可以養活自己，硬脾氣就和他爸一個樣。」

趙琦聽了有些難過，她對劉媽媽有一些印象，是個溫柔又漂亮的女人，常常請她吃小蛋糕，反而對劉爸爸的記憶很少，似乎都在工作。

「我啊，看不過他一個小孩還要承擔父母的錯，所以接他過來一起住。」

趙琦愣愣的點頭，覺得看似不變的地方，其實好多事都不一樣了，連她也是。現在的她，已經沒有那種厚臉皮敢纏著劉子沅了。

爺爺忽然問道：「怎麼樣？搬回來還習慣嗎？」

「嗯，我喜歡這裡！」

爺爺泡了一壺茶給她，清香四溢，「在學校有沒有交到好朋友？」

趙琦接過爺爺遞給她的熱茶，輕啜了一口，大力的點頭，「有！」她肯定的回道，心情特別愉悅。

「這麼厲害啊！學校呢？還好嗎？」爺爺繼續問道，「有沒有遇到壞同學欺負我們琦琦啊？」

趙琦歪頭，本來想說沒有，但腦海忽然閃過項俞衡邪惡的笑臉，立馬努起嘴，「有！我們班的班長！」

接著，趙琦就劈里啪啦的控訴起項俞衡對她的種種惡行，惹得爺爺大笑不已。

「這樣啊，那我讓子沅去替妳討公道好不好？」

提到敏感人物，趙琦倏地僵了臉色，隨即搖頭，「別……爺爺，不要告訴他！」她還寧願被項俞衡欺負。

爺爺富有趣味的瞇起眼，「為什麼不要？妳以前最喜歡和子沅說悄悄話了，什麼事都只對他說，爺爺反而被排擠呢。」

趙琦好笑的看著爺爺爭寵的模樣，自己小時候居然能夠肆無忌憚的和劉子沅玩在一起，心口頓時泛起奇異的暖流。

只是後來他們分開了，一別就是三千六百多天的日子。

她就是有一點沒辦法適應現在的他，冰冷且難以親近。

「我們都十年沒聯絡了。」趙琦試圖用笑緩解話中的尷尬，「也不知道有什麼話題可以聊。」就算小時候他們真的很要好，可是他們都長大了，中間分開了那麼長一段時間，現在的他們等同於陌生人。

她只知道劉子沅在補習班打工，還有剛剛爺爺提及的事，其餘有關他的生活、興趣，喜歡或討厭的東西，一無所知。

「我還記得妳那時候每天都告訴爺爺，長大後要嫁給子沅。」爺爺回憶起往事。

原本還玩著木製摩天輪的趙琦，手一滑，差點就將這不知道花了多少心血的手工物品摔壞。

「爺爺！那、那是我還小不懂事啦！」

老人家笑眯了眼，爽朗的拍了下大腿，「什麼不懂事？小孩子的話最真誠了！還是說妳不喜歡現在的子沅？」

趙琦一緊張就什麼也說不好，支支吾吾的模樣愈顯心虛。

老人家俏皮的朝她眨眨眼，「我這孫子啊，什麼都好，就是不太會表達情緒，有時就算喜歡也不會說出來。」

「爺爺你想太多了啦，我跟劉子沅……」趙琦驀地臉紅，不知所措的揮著手，「老師不會喜歡我這種，我們差太多了。」

「爺爺不覺得我們琦琦差，妳小時候才沒有這麼害羞。」他哈哈大笑道，「何況小時候子沅肯定是喜歡妳，所以才整天和妳一起玩，否則依照他的脾氣啊，早就頭也不回的走了。」

趙琦啞口無言，心跳不知怎的忽然加快，她拍著發燙的臉頰，「爺爺你別亂說啊！老師只是不知道怎麼打發小時候的我而已……」

「既然這樣的話，那就讓他一輩子都打發不掉怎麼樣？」爺爺頓時笑得賊兮兮的，令趙琦又想笑又覺得怪不好意思。

回到家後，趙琦不自覺掃了一眼桌墊下兩張稚嫩的臉龐，視線停留在劉子沅軟軟的臉蛋。

如果她沒有搬家的話，他們可能會一直在一起吧？這樣的話……劉子沅是不是就會成為她的男朋友了？

思及此，趙琦的臉頰又熱了，她從床上跳了起來，趕緊從書包裡拿出前幾天劉子沅又出給她的幾張數卷。

看著密密麻麻的數字，她的心情一下就降到谷底，深深覺得劉子沅一點都不通人情。

❄

趙琦現在只要見到劉子沅，腦袋就會不自覺浮現爺爺對她說的話，在他面前就更無法保持鎮定，偏偏這陣子，無論是剛到補習班，還是剛上完廁所出來，或是在櫃檯等媽媽來接，總會和路過的劉子沅不經意的對眼。

他們始終沒有正式聊過以前的事，但上回劉子沅代替她答了不少小時候的事，說明他是有記憶的。只是他怎麼能一眼就認出她呢？既然認出來了，為什麼不來和她說話？趙琦完全摸不透他。

星期三明舒苓都要先去上鋼琴課直到六點半才會來補習班，所以她大多數都是自己先走去補習班，不然就是和順路去打工的項俞衡一起走。

項俞衡一如往常的將手臂擱在她的腦袋瓜上，悠然自得的走在路上，偶爾遇上認識的朋友，也豪邁的打著招呼。

趙琦從頭到尾都低著頭若有所思，任由項俞衡壓著。

她依稀記得，有一次她和劉子沅跑去溪邊玩。

她很調皮，脫掉小皮鞋、拎著裙襬，就下水玩去了，還得意的對著在溪邊陰涼處看書的劉子沅招手。

劉子沅當時嚇了一跳，氣急敗壞的叫她上來。她卻愈走愈遠，結果一陣狂風吹來，讓她小小身軀一瞬間站不穩，晃了幾下，下一秒就撲向水裡。

劉子沅二話不說丟下手中的書，快步走進溪裡，急忙拉起哇哇大哭的趙琦。

「沒事了，沒事了！小哥哥在這兒。」他撥開趙琦溼潤的瀏海安撫道。

當時反而是他看起來比較害怕。

想到這，趙琦忍不住笑了起來。

「笑什麼？」

趙琦微愣，抬眼迎上項俞衡透亮的眸光。

「沒、沒有！」

「少來，一路上看妳都在笑。」

「你、你幹麼偷看我啦？」

「公共場所我怎麼就不能看？」

可惡！

趙琦不服氣的鼓起臉，項俞衡見她所有情緒都寫在臉上，脣邊的笑意更深，伸手捏了捏她白軟的臉頰。

趙琦呆住，項俞衡指腹的溫度，與她微涼的臉頰觸碰在一塊，有股奇異的感覺。

她沒什麼朋友，更別提異性朋友，扣除小時候的劉子沅，項俞衡算是第一個熟悉的男性朋友。

她不太知道怎麼和男生相處，總覺得他們就是粗線條的生物，每天打打鬧鬧，愛開女生玩笑。即便升上高中，行為還是和小學生差不多。

看項俞衡就知道。

趙琦皺眉，要他放手。項俞衡聳肩，又揉亂了她的頭髮才放過她。

她氣憤的撥齊瀏海，嘴裡嘀咕著：「舒苓這麼好，怎麼偏偏喜歡他……」

「妳說什麼？」前方的項俞衡驀地停下腳步，微微側身，橘色的夕陽染上他純白的制服，流淌過他深邃的側臉，讓趙琦微微瞇起眼。

「沒、沒事！」她心虛的低下頭。

項俞衡明顯不信。

為了避免他繼續問，趙琦靈機一動，「項俞衡我問你喔，你有沒有喜歡的人啊？」

身為兩人的共同朋友，她得在背後推他們一把才行啊。

他挑眉，「怎樣？妳喜歡我喔？」

趙琦擰眉，「才、才沒有！怎麼可能……」

「回答這麼快也太傷我的心了吧。」

以為他真的受傷了，趙琦立即誠懇的低頭，「喔……對不起！我、我就真的沒有啊……」

聞言，平時腦袋靈活的項俞衡澈底愣住，被她過於正式的道歉弄得不知做何反應。

他和無辜的趙琦面面相覷，忽然搖頭失笑，「都不知道該說妳善良，還是根本是好騙。」

「嗯？為什麼？」

項俞衡見她一臉懵，簡直哭笑不得，「快走吧，要遲到了。」

趙琦在補習班門口與項俞衡分開，電動門一開，她又不經意和坐在櫃檯打考卷的劉子沅四目交接，一如往常，趙琦快速避開，準備衝上樓時，劉子沅叫住她。

「下禮拜要家庭訪問。」

「咦？」她怎麼不知道補習班有這種制度？

「通知單拿回去給媽媽簽名。」

「是、是老師你來嗎？」

劉子沅挑眉，「不然還有代課老師可以去嗎？」

趙琦愣住，完全不能想像媽媽看到劉子沅會怎麼樣，為什麼這種感覺就像是提早見父母？就是……談戀愛的那種。

劉子沅見她沒看到他就跑，反倒在原地不動，他有點好奇卻沒問出口，「上樓去吧。」

趙琦這才回過神，定睛看了劉子沅一眼，才飛也似的跑上樓，讓身後的劉子沅感到好笑。

一整晚下來，趙琦都處於恍神狀態。直到下課明舒苓喊她走了，她都還慢半拍。

「怎麼了啊？」

趙琦恍惚的抬頭，想起她還沒和明舒苓說她和劉子沅小時候是玩伴的事，但她現在思緒一團亂，沒有力氣解釋來龍去脈。

她搖了搖頭，淺笑道：「今天鋼琴課好玩嗎？」

明舒苓嘆氣，按了按僵硬的肩頸，「就是不斷反覆、重來，再練。誰說學鋼琴的人就有氣質，鋼琴老師每個都像母老虎一樣。」

趙琦聽到她的比喻，忍不住笑出口。

「對了，我今天把我們畢旅的名單交給俞衡了。」明舒苓拉著她的手開心的轉圈圈，「我好興奮啊！距離畢旅只剩一個月了。」

她也跟著開心的點頭，「這是我第一次參加畢旅。」

明舒苓笑道：「笨蛋！大家都是第一次。」

「對耶！」

她們笑成一團，途中經過劉子沅的辦公桌時，明舒苓俏皮的說道：「我們走啦，老師辛苦了。」她刻意朝他舉手敬禮。

劉子沅見狀，似笑非笑的回道：「終於要走了，我能夠清靜了。」

明舒苓朝他不滿的吐舌，「本來還想去俞衡那裡幫你外帶一杯咖啡，我看是不用了。」

他挑眉，「什麼時候這麼好心了？」

「一直都是！」

趙琦看著他們兩人一來一往的鬥嘴，暗自羨慕明舒苓的率真，想說什麼就說什麼。

「趙琦也跟著去？」劉子沅忽然提了她的名字。

趙琦倏地抖了一下，慌亂的抬眼，再次與劉子沅對上眼，她飛快的轉向明舒苓，「……去哪？」

「去俞衡打工的店啊。」

「現在嗎？」

明舒苓大力的點頭，「滿近的，我偶爾提早下課會去陪他收店，還有免費的蛋糕和咖啡可以拿喔！」

趙琦聽了好心動，「可是我媽讓我一下課就回家……」

「太晚的話，我能送妳回去。」在趙琦猶豫之時，劉子沅收拾手邊的考卷，忽然說道。

明舒苓瞇眼看了劉子沅，拉了一聲長音，「哇──我認識你這麼久，都沒有這種待遇。」

聞言，趙琦更加不知所措，她不知道為什麼劉子沅要說出這樣的話，她會不知道該怎麼辦啊！

「久嗎？我不覺得。」他回道，卻完全放錯重點。

「既然老師都這麼說了，琦琦我們就走吧！」

「但是……」比起明舒苓的興致高昂，趙琦只覺得心驚膽跳。

「現在才八點半，而且今天老師提早下班，就算時間真的太晚，他可以送妳回去。」明舒苓笑咪咪的看了一眼劉子沅，他的工作時間她一清二楚。

趙琦本來還有些猶豫，因為她從沒做過違背媽媽的事。但在明舒苓的利誘催促下，她心一橫，「好，我們走吧！」

項俞衡打工的咖啡店雖不在鬧區，客人卻絡繹不絕。店面由木頭砌成，只有一層樓，遠遠就能聞到一股濃純的咖啡豆香。

「心啡……」趙琦唸出店名。

木門上掛著一串小風鈴，當明舒苓推開門時，發出叮鈴的清脆聲響。

店內還有四五桌客人，悠揚的音樂懸浮在室內，夾雜著客人偶爾的交談聲。

「歡迎……」

一身筆挺的白色制服，下身圍著咖啡色圍裙的男孩，抬起正在背單字的俊臉，見到是熟悉的人，笑顏逐開，嘴角增添了一抹爽朗的氣息。

「我還帶了客人喔。」明舒苓獻寶似的，將趙琦推了出去。

孰料，項俞衡挑了挑眉，刻意說道：「琦琦妳還說沒喜歡我，都跟到我打工的地方來了。」

趙琦立刻手忙腳亂，「都、都說沒有了！我只是……只是跟著舒苓……」她一緊張就結巴。

項俞衡見她懊惱得很，大笑幾聲，連忙擺了擺手，「逗妳玩的啦，隨便找位子坐吧，我泡東西給妳們喝。」

她們一坐下來，趙琦就感受到明舒苓詢問的眸光，她繃緊神經，搖著頭解釋。

明舒苓聽完後，明顯比她更緊張，握住她的手，「琦琦做得好！那……俞衡有說什麼嗎？」

趙琦搖頭。

明舒苓有些氣餒的努嘴，隨即揚起笑臉，「反正都等了這麼久，也不差這一下啦，琦琦改天再幫我問問吧。」

明舒苓雙手合十的拜託她，趙琦像是收到神聖的請求，正經八百的猛點頭。

「又在說什麼悄悄話？」項俞衡一手插腰，一手端高托盤，高大的身影有些帥氣。

「這是祕密。」明舒苓俏皮的彎起嘴脣。

「妳們女生的祕密還真多。」他無奈，將托盤上的蛋糕和抹茶牛奶放置桌面，「雖然我們的招牌是咖啡，但現在這個時間喝，我怕妳們睡不著。」

趙琦喝了一口，濃濃的抹茶香在嘴裡化開。

同時，明舒苓站起身，「我幫你分擔一點工作，你也不會這麼累。」

「我不累。」

儘管如此，明舒苓還是很自動的說要幫他擦桌子、排桌椅，項俞衡看著她積極的身影，不禁搖頭。

「妳在這邊坐著等吧，我去幫她。」項俞衡說道，「明明最怕小昆蟲，卻總是要幫我打掃。」果不其然，下一秒就聽見明舒苓的喊叫聲。

他緊張的跑了過去，「怎麼了？」

「有、有一隻會飛的蟲子。」她持著掃把，害怕的縮在項俞衡懷中。

「打掃讓我來吧，妳幫我洗杯子好了。」他拍著明舒苓的背，雖然想叫她別做了，但依照她固執的程度，肯定會自己想辦法找事來做。

明舒苓點了點頭。

趙琦坐在位子上，揚起淡笑，看著他們互動的每一幕。她發現項俞衡只要碰到明舒苓就會像是一個長不大的大男孩，偶爾捉弄她，卻又不會太過火。

他肯定對舒苓有些好感吧，否則怎麼會總是擔心著舒苓的一切，還露出不同於平時的表情。

叮鈴——

門鈴再度響起，「不好意思喔！我們已經打烊……」項俞衡停頓了一下，隨後勾起玩味的笑容，「今天是什麼日子啊，我生日嗎？」他調侃道，看著推門走進來的劉子沅。

「來拿我的咖啡。」劉子沅淡淡的說，面色平靜，白皙修長的手指，優雅的推了下眼鏡。

趙琦張嘴本來想吃挖起的蛋糕，肩膀抖了一大下，像是偷吃魚的小貓，快速的放下手中的食物，正襟危坐的看向迎面走來的劉子沅。

「老、老師……」

他挑了下眉，「我拿完咖啡就要走了。」言下之意就是叫她快點處理完眼前的食物。

所以劉子沅是特別來接她嗎？

趙琦的食慾瞬間下降，明明可以不用這樣啊。

「劉老師最近很清閒啊。」項俞衡歪頭，好整以暇道，「下班還有時間來我這裡閒晃。」

劉子沅脫下外套，直接坐在明舒苓的位子上，也就是趙琦的正對面。

他莞爾對著項俞衡說道：「你的榮幸。」

項俞衡聳肩，走進吧臺，「老樣子吧，美式？」

「嗯。」

趙琦的神經緊繃到極致，劉子沅為什麼要來？這樣真的很不自在啊！

對面的人忽然出聲：「我爺爺沒跟妳說什麼吧？」

她疑惑的抬頭，「說……說什麼？」

見趙琦一臉懵，劉子沅努著下巴快速說道：「沒事，妳快吃。」

她眨了眨眼，拾起湯匙，但每分每秒都非常煎熬，幸好項俞衡很快就將咖啡打包好送來。

「不用謝。」

「也沒這打算。」

「呿。」項俞衡跟著坐下，一張小圓桌驀地變得擁擠。

趙琦本來有些放鬆的心情又因項俞衡的靠近，再次拴緊。

這間店這麼大，為什麼兩個長手長腳的人要窩在一塊？

項俞衡勾起嘴角，撐頰望向右手邊一臉酷冷的男人道：「說吧，有什麼事？」

劉子沅下意識挑眉。

「我在這打工都快三年了，你從來沒探過班，沒事會來？」

劉子沅端起眼前的咖啡，抿了一口，咖啡豆的香醇瀰漫在口中，「我們好像也沒有熟到需要探你班的程度。」

趙琦默默的吞了口水，有種好想離開的想法。

項俞衡深邃的眸眼染上笑意，「所以這就是我的疑問啊。」

劉子沅停頓了下，勾起了趙琦少見的弧度，緩緩說道：「因為心情好。」

趙琦簡直要被窒息的氣氛給逼死，她想離座，但又沒膽。

「怎麼每次見面都這麼愛鬧?」明舒苓雙手叉腰，受不了的站在他們面前。

但趙琦覺得，他們不是在開玩笑，而是很認真的……

明舒苓見趙琦憋屈著一張小臉，捧著杯子，默默的將自己縮成一小團，似乎試圖讓自己的存在感降低，忍不住失笑。

「琦琦妳別害怕，他們平常都是這麼說話的。」

趙琦緩緩點頭。

過沒多久，劉子沅忽然起身，其他人紛紛看了他一眼，趙琦也是。

「不走嗎?」

趙琦見他的視線對上自己，緊張的轉著眼，「我、我嗎?」

他看了一眼趙琦，什麼也沒說就逕自走出咖啡店。趙琦慌張的想跟，又覺得這樣的自己會不會太厚臉皮。

明舒苓趕忙替她收東西，「趕快去吧，劉子沅很少這麼善良的。」

這麼一說，她更不敢搭他的便車了啊!

項俞衡將今天沒賣完的蛋糕裝進紙袋遞給趙琦，「來，探班禮物。」

「這樣不好吧……」

「這是賄賂。」趙琦不懂，「這樣妳以後就會多來探我班了。」

瞥見項俞衡狡黠的眸光，頓時明白自己又被他耍了，正想擺臉色給他看時，一旁的明舒苓催促道:「快、快!難保劉子沅不會反悔，到時真的沒人送妳回去。」

趙琦也覺得依照劉子沅陰晴不定的個性，把她丟下是很有可能的。她趕緊背上書包，匆忙和他們道別。

「到家傳訊息給我喔。」明舒苓提醒道。

走出店外，趙琦意識到又是他們兩人獨處。心裡有種要是被丟下，或許還比較輕鬆的念頭。

劉子沅見她仍遲疑的站在原地，側過頭說道：「我真的要走了。」

「喔、喔！好。」

忽略掉中間十幾分鐘的尷尬時刻，晚風吹著還挺舒服的。

下了車之後，趙琦向劉子沅道謝。接著快速轉身想跑回家。

「喂！等等。」

趙琦聞聲停下，她緊張而緩慢的回過頭，看向從機車座椅站起身的劉子沅，黑色防風外套幾乎和夜色融為一塊。

「無論我爺爺跟妳說什麼，妳都可以選擇忽略。」他的語調清冷，「不對，請一定要這麼做。」

她頓了一下，慢半拍的應道：「什麼？」

「湊合這種事不要聽。」劉子沅的聲音突然停下，「也不要這麼做。」似乎是為了強調最後一句話，他抬起眼眸，如同趙琦搬家那天看見的他，冷漠的與人拉開距離。

趙琦慌了心神，氣氛倏地變得嚴肅，她不知道他怎麼了，最近他們不是好好的嗎？為什麼突然用這麼恐怖的語氣和她說話？

她張口，卻不知道該辯解什麼。爺爺是想湊合他們，而她雖然沒有表明心意，卻也不討厭。

「回去休息吧，明天數學要小考，記得準備。」劉子沅頭也不回的轉身進屋，約莫幾秒就聽見爺爺爽朗的喊聲。

還站在外頭的趙琦不明所以。

所以她現在是被討厭了嗎？可是、可是為什麼啊？

回到家後，媽媽問了她要不要吃宵夜，她搖頭說不用，將蛋糕放在餐桌上。

「這是誰給的？子沅嗎？」媽媽下意識猜道，喜孜孜的說：「哎唷！那個孩子還真貼心，分開這麼久，還是這麼照顧妳，常常給妳輔導、加強課業，改天應該好好謝謝他。」

「不是他……是朋友。」

「長得不錯，也很禮貌，真是愈看愈順眼。」媽媽繼續誇讚，壓根兒沒專心聽她說話，「我記得下禮拜他要來家庭訪問吧？到時媽媽請他一起去餐廳吃飯，就吃妳最喜歡的那家……」

趙琦沒應聲，逕自上樓洗澡。

洗完躺在床上時，她發了訊息給明舒苓，說她已經到家了。明舒苓很快就回覆，還說了今天她和項俞衡相處不錯的事，多虧了她，他們又多了一些共同話題。

趙琦也很替她開心，但想起劉子沅剛才說的話，心情頓時一陣低落。

「舒苓，妳認識劉子沅很久嗎？」

「唔……高一的時候吧，他剛進補習班，跟我一樣是新生。」明舒苓幽默的說著，「不過他那時候就是這副不冷不熱的模樣，但我不討厭啦。加上我剛進去沒什麼朋友，所以就滿常纏著他。」

「那……妳跟他很好嗎？」

「還不錯吧？」明舒苓自己也不太確定，畢竟沒有人問過她這個問題，「我倒覺得他和項俞衡比較好，別看他們常鬥嘴，有時候聊一個話題能聊到忘我，我都聽不懂他們在說什麼。」

「是喔。」趙琦聽完更不懂了。

隔天，趙琦帶著沉重的心情坐上媽媽的車去學校，她已經開始擔心晚上去補習班碰到劉子沅該怎麼辦？

要裝做若無其事嗎？還是乾脆互相討厭算了……反正劉子沅都對她說了那樣的話，看上去也不是心情不好才遷怒她。

下了車，她和媽媽道別，拉了拉書包肩帶走在人行道上，決心不管了。

趙琦沒發現自己的腳步重了些，努著嘴，無意識的碎唸道：「討厭就討厭……反正我也沒有很喜歡你……」

「喜歡誰？」

「就……哇啊——」她被突然從後頭靠上前的人給嚇了一跳，「項、項俞衡！」

他伸手抵住她的背才避免她往後摔，「早安。」他噙起笑。

趙琦拍了拍胸，驚魂未定，「幹麼嚇人啊……」

項俞衡一臉冤枉，「我叫妳很多次了，不信的話，我現在隨便抓個剛經過的人……」

語落，項俞衡真的打算去拎一個證人過來，趙琦連忙阻止，「我、我又沒說不信，你不要隨便亂來啦。」

聞言，項俞衡露出滿意的笑，微微聳肩。

「怎麼了啊，有煩惱嗎？」他雙手枕在後腦杓，慵懶且隨興，「看妳一臉沉重啊。」

她趕緊搖頭，但想起昨晚明舒苓說，項俞衡和劉子沅關係還不錯。趙琦下意識的抬眼瞅他一眼，正巧迎上項俞衡探究的目光。

她趕緊低下頭，項俞衡見她想問又不敢問的模樣，莫名想笑，「說吧，我不會告訴任何人的。」

他舉起手，對天發誓。

趙琦看著項俞衡真摯的神情，忽然有些放心，「你……是不是跟劉子沅很好？」

「我？」項俞衡驚愕的指著自己，接著嫌惡的說道：「我跟那個難相處的怪人哪有什麼好交情？」

「可是……」她正想說明舒苓的名字，但想了想又連忙改口：「我看你們昨天聊得很起勁。」

他拉了一聲了然的長音，「我們的想法和價值觀是滿類似的，但妳沒聽過嗎？個性相像的人是處不來的。」

「為什麼？」趙琦疑惑。

項俞衡的嘴角勾起高深莫測的弧度，「因為知道彼此的弱點。」

她恍然大悟。

「所以我們不合。」

趙琦一點也不覺得奇怪，「依他的個性，跟誰都不合吧……」

項俞衡忽然大笑，爽朗的笑聲引來許多人側目，趙琦見周圍不少女生都在低聲討論。

再次意識到項俞衡的高人氣，不禁想這樣的人，為什麼會願意和她做朋友？

「琦琦，我欣賞妳。」

他朝趙琦伸出一根手指，她疑惑的咦了一聲，項俞衡示意她也伸出一根手指來，趙琦被動的照做。項俞衡緩緩的讓他的指頭靠向趙琦的。

「咚。」他幼稚的配了音。

趙琦有些嚇到，愣愣的看著碰在一塊的手指頭，有些曖。

「我也這麼認為。」他率先放下手指，「不過舒苓認識他比我久，我是因為有時舒苓晚下課，我去接她時才偶然和劉子沅說上話。」

趙琦點點頭。

「不過為什麼問起他？」

趙琦一時語塞，「就、就是有點好奇。」她還是不敢坦白說出來。

項俞衡睇眼看向她，壓根兒不信，他忽然勾起笑，看得趙琦發毛，「讓我來猜猜……」

趙琦吞了下口水。

「劉子沅霸凌妳？」項俞衡想了想又說：「不對，你們不是同學，用霸凌這個詞似乎不恰當……」修長的手指扣著下巴繼續思考哪個用詞比較好。

接著，他忽然喊了一聲，讓趙琦的心臟縮了一下，「該不會是因為他一直讓妳寫數學考卷，所以妳想報復他？但又不知道他的弱點是什麼，嘶——看不出來妳這小個子心思這麼壞。」

趙琦用看瘋子的眼神盯著項俞衡，接著快步走掉，留項俞衡一人在後頭喊她。

好不容易追上趙琦，項俞衡晃到她前頭，用倒退走的方式逼問她，「不然妳為什麼突然問起劉子沅？」

「沒什麼啦，你這樣走很危險。」趙琦擔心的提醒。

「那妳就快點告訴我，都說我不會說出去了。」他忽然又伸出手，「不然我們打勾勾。」

「哎唷！不要啦，你好好看路……」

趙琦受不了他，想趁機快跑，孰料項俞衡早就看穿她的動作，俐落的抓住她的手臂，卻無法一心二用，不慎踩上碎石，腳底就這麼一滑。

「哇啊——」趙琦想拉住他，但項俞衡實在太高大了，她根本拉不住，所以兩人雙雙往前跌。

項俞衡立即將趙琦圈在懷裡，當趙琦張開眼，耳邊傳來有些急促的心跳聲，她赫然發現自己的腦袋瓜正抵著項俞衡的胸口。

她嚇了一跳，「啊！項俞衡你沒事吧？」

她趕緊爬起身，看著倒在地上的項俞衡，緊張的搖著他的身軀，許久都沒動靜，趙琦心想完蛋了，這一摔該不會摔出腦震盪來了吧……

「項俞衡，你聽得見我說話嗎？」

只見他緩緩張開眼，稍稍適應了刺眼的陽光，忽地輕啟脣道：「今天的雲好奇怪喔。」

「……」趙琦停下搖動他的手。

項俞衡看向她，「妳不覺得嗎？」

她不得已只好尋著他的視線往上看，「真的耶！長得好像……」

「豬屁股！」他們異口同聲的說道。

語落，兩人停頓了一下，接著互看對方一眼，突然大笑起來。

遠遠的，明舒苓就這麼看著，趙琦邊笑邊拉起也同樣笑得很開心的項俞衡。

「都說不要這樣走路了……」

「還不是妳不跟我說，我才會跌倒。」

「要不要去一趟保健室啊？」

「這個時間……喂！快遲到了！」

「真的耶！」

「快跑、快跑！書包拿來我幫妳背，妳腿短，要是身上還有重量會拖延更多時間的。」

「……」

第三章　雨落的聲音

距離畢旅還有五天，趙琦的心情憂喜參半。

跟朋友一起過夜是很難得的，不過想起和媽媽約好，回來之後就要開始認真唸書，不再想著玩，心情難免有些低落。

午餐時間，她和明舒苓併桌吃飯，趙琦看出她的悶悶不樂，忍不住問道：「哪裡不舒服嗎？」

明舒苓看了她一眼，「琦琦……妳覺得我是不是該正式和俞衡告白？」

剛喝下湯差點噴出，趙琦拍了拍胸口，對面的明舒苓似乎也嚇到了，趕緊遞上衛生紙。

「為什麼這麼突然呢？」

「因為我真的好怕……好怕他被搶走。」她不安的看向趙琦，「我在想，他會不會真的不知道我喜歡他？或是不確定我是不是喜歡他？所以我們才沒有任何進展啊？」

明舒苓連問了好幾個問題，讓趙琦有些招架不住，一時半刻也答不出來。

她光是在交友方面都一塌糊塗了，更不懂男女之間的微妙情感，如同她現在不能理解劉子沅在想什麼。

見趙琦為難，明舒苓重重的嘆口氣，隨即搖頭說算了，「是我太心急了……」

「不、不然我幫妳試探他看看呢？」她也不知道哪來的勇氣，明明不擅長說話，卻要去套一個明顯就不是笨蛋的內心話。

但她真的不想看見舒苓失落的表情，她們是好朋友。

「真的嗎？」明舒苓微微漾起笑，「可是琦琦妳可以嗎？俞衡太精明了。」

趙琦也不確定，「我會想辦法的，妳別擔心，我也覺得他是喜歡妳的。」畢竟明舒苓是離他最近的女生，大家不都說男生的成熟比女生來得慢，或許項俞衡真的只是沒察覺。

接下這個神聖的任務後，趙琦只要腦袋一放空就在想要怎麼套項俞衡的話。

為了不讓精明的項俞衡察覺不對勁，趙琦開始有事沒事就和他搭話。

雖然他喜歡、討厭的東西，早從明舒苓那兒略知一二，但若不與他變親近，突然問些私人問題肯定會露出馬腳。

但她不太會聊天，出口的話都大同小異，要不要打工？作業寫了嗎？考試範圍讀了嗎？日復一日。

「你今天要打工嗎？」

他似笑非笑的說：「妳要包養我啊？」

「才不是……」

項俞衡噙起笑，忽然瞇眼看向她，「琦琦妳最近有點奇怪喔。」他的尾音拉得趙琦的寒毛都豎起了，「這麼關心我？」

趙琦平常都是明舒苓的跟屁蟲，兩人每天都嘰哩呱啦說著悄悄話，笑得歡樂，他想加入，她們還不給呢，根本搞排擠。

「有、有嗎？」她下意識的看向別的地方，「朋、朋友之間就應該互相關心一下，你平常也幫我很多啊。」面對項俞衡直勾勾的眼神，趙琦緊張得手心直冒汗。

項俞衡揚眉，不知道是相信了沒，但也沒繼續再問下去了。趙琦本來鬆了一口氣，突然又聽到他說：「妳要是真有什麼困難就跟我說吧，我幫妳。」

趙琦微愣。他……怎麼這麼輕易的就對她好？他們明明才認識不到一個月啊……

「不過借錢的話別找我。」項俞衡攤手，「我比妳更缺。」

趙琦感動的心情頓時煙消雲散，氣呼呼的回道：「我沒有要借錢！」

項俞衡忍俊不禁，「哎唷——我們琦琦發火起來也挺嚇人的耶。」

趙琦這才後知後覺的發現自己居然對他發脾氣，對於不熟悉的人，她一向都有所保留，盡可能和顏悅色不招人嫌。

然而面對項俞衡，她明知道他們不夠熟悉，但每次見到他，內心總有股安心感，好像什麼都可以告訴他，什麼事他都能擺平，信心不斷湧現。

「好啦，走了，遲到了，又要被劉子沅罰了吧。」項俞衡拉過她的書包肩帶，像拖隻小狗般的將她拉至門口。

提到敏感人物，趙琦的心情再次跌入谷底，她小時候最喜歡的小哥哥，突然就說不要她了。

那是種提早被窺視內心的羞恥感，儘管嘴上說沒有，心中卻有股無可遏止的期盼，然而劉子沅的提醒，讓她覺得一切只是她的自作多情。

一路上項俞衡見她心不在焉，明顯沒在聽他說話，他惡作劇的倒抽一口氣，忽然指著趙琦的肩膀處，「琦琦！妳肩膀上那是什麼東西？毛毛蟲嗎？好大一隻！」

趙琦瞬間回過神來，看著項俞衡驚慌失措的臉，她也跟著手忙腳亂，「什、什麼！蟲？在哪裡？幫我拿掉啦，啊——」她全身起了疙瘩，邊拍肩膀，邊胡亂跳著，試圖把身上的東西甩掉。

項俞衡本來只是開個玩笑，孰料，趙琦的眼眶竟含著淚光。

他沒想到會這麼嚴重，連忙道歉，「妳不要哭啊，我隨便說的，妳肩上什麼都沒有。」他趕忙解釋，甚至伸手摸了摸她的兩肩，再舉到她面前給她看，證明什麼東西都沒有。

聽聞，趙琦癟著嘴，大眼瞪向項俞衡，聲音哽咽，「你是不是覺得欺負我很有趣？因為我很笨對不對？」

他掛在嘴邊的輕浮笑容緩緩斂起，「沒有，我只是……想逗妳。」他露出少有的愧疚，像個做錯事的小孩，垂著頭不敢亂動，「妳別生氣。」

許久，見趙琦都沒吭聲，項俞衡下意識的看向她，卻見她漲紅了臉，大眼骨碌碌的轉，並沒有要哭的樣子。

「妳、妳沒哭？」

趙琦撇過臉，「沒有，誰讓你要嚇我，所以我也要嚇嚇你。」

項俞衡所有歉意全收了起來，眼眸瞇起，「琦琦，翅膀長硬了啊，連我都敢騙？」

她吞了吞口水，按照以往她一定不敢捉弄項俞衡，只是最近與他交談次數多，膽子也肥了，又想起他平時動不動就欺負她，才會出此招。

「補習班到了，我、我進去了！」她一溜煙跑進補習班，連撞見在櫃檯的劉子沅她都沒有以往的躊躇，道了一聲老師好便衝上樓，就怕項俞衡進來逮人。

但也僅限於一開始。

當視線中不斷出現劉子沅的身影，無論是站在講臺寫注意事項的他，還是將襯衫捲至小臂解題的他，趙琦無法克制自己不胡思亂想。

總覺得一切不應該是這樣，劉子沅一定還是她認識的小哥哥才對啊……

她分神的想，導致劉子沅喊了她好幾次都沒應聲，還是明舒苓推了推她的手臂她才回過神。

劉子沅明顯不高興了，讓趙琦下課後去找他。

「妳覺得妳考很好嗎？」

她搖頭。

「那憑什麼上課分心?」

趙琦啞口，只能低著頭。

耳邊傳來劉子沅整理考卷的細碎聲音，趙琦偷偷瞅了他一眼，發現他正好看了過來，趕緊懦弱的又垂下頭。

「無論是什麼事，別把它帶到補習班，阿姨花錢不是讓妳來做些沒意義的事。」劉子沅罵人通常都是不留情面的，結果卻在最後說了，「否則回家又要挨罵了。」

聽聞，趙琦有些愣的抬頭，同時劉子沅已坐回位子。她走也不是，但也不想待著，為難的絞著手指繼續站在他面前。

沉悶感蔓延開來，只剩敲打鍵盤的噠噠聲。

趙琦很討厭這種感覺，每每和劉子沅單獨相處，都是這種鬱悶感，她不像明舒苓那樣健談，找不到方法和他好好聊一聊。

趙琦想了想，心裡的話終究忍不住脫口而出，「老師你是不是……討厭我啊?」

規律的鍵盤聲嘎然停止了，趙琦頓時感到無比後悔?她為什麼要亂說話啊?

她的手死死的抓著裙襬，臉都快埋進胸口。

劉子沅似乎沒有任何動靜，讓趙琦一顆心忐忑不已。

「沒有。」在趙琦以為他不會回答時，他卻淡淡的回道。

趙琦倉皇的抬起頭，「可是為什麼……」

「但也沒有喜歡。」劉子沅很快的接話，視線沒從電腦移開過，「所以別過度幻想我們會有什麼。」

趙琦啞口無言，這個人真的是小哥哥嗎?會不會他們只是長得像而已，其實她根本不認識眼前這個人。

她撇頭，「我才沒有……」

劉子沅終於將視線轉往她身上，帶著質疑的口吻重複她的話，「沒有？」

她不敢正視劉子沅，索性低頭對著地板瓷磚囁嚅道，原先的低喃，轉瞬間變大，「……老師才是！自我想像旺盛！」

趙琦根本不知道自己做錯了什麼，就莫名被劉子沅討厭。連他們家她最近也都很少去了，但她很喜歡劉爺爺啊。

他老人家總會問她怎麼最近都不來，讓她難掩心虛。

她也很委屈好不好。

餘光瞥見劉子沅緩緩起身，一步一步的靠近，趙琦的心臟幾乎要跳出胸口。

「那為什麼對我抱著期待？」

趙琦默默的後退幾步，但依舊不敢看他，「我、我期待你什麼？我對老師說過什麼嗎？不是你先對我說奇怪的話嗎？」

劉子沅一瞬間沉默了。

「趙琦。」低沉平穩的嗓音喊著她名字，讓她起了一陣疙瘩，「我太了解妳了。」

「……什麼？」

轉瞬間，劉子沅已經站到她面前，「無論是七歲的妳，還是十七歲的妳。」

她終於鼓起勇氣仰起臉看向他，白燦燦的日光燈下，劉子沅薄透鏡片後的眼眸，清晰銳利的令她感到心慌。

「人、人是會變的。」

「妳說得對，我們都不一樣了。」他回得很快，早已預料趙琦的反駁，再次印證他剛才的話，他確實了解趙琦。

趙琦慌亂的避開他的注視，覺得在他面前無所遁形。

「那為什麼還要抓著小時候的我們不放？」他忽然說道，語調像是呢喃，「我已經不再是妳認識的劉子沅，妳離開的那段期間足以改變很多事，包括一個人。」

趙琦愣愣的看他，明明想問的事情很多，卻不知從何問起，「……為什麼呢？」

劉子沅倏地冷笑，「所以我說妳一點都沒變，是父母的掌上明珠，依然過著無憂無慮的生活，依舊是幸福快樂的一家三口。」

趙琦皺眉，隨即馬上會意過來他說這話的意思，她記得劉爺爺說過……劉子沅的爸媽離婚了。

「對不起，我不該問……」她不知道該安慰他什麼，畢竟她真的什麼都不知道。

「這不是妳該愧疚的事，反正現階段的我，也不需要他們了。」

趙琦的表情有些複雜，「或許他們有什麼苦衷？我媽總說，大人的世界有很多身不由己。」

「無論是什麼都不重要了。」劉子沅轉身，坐回位子，繼續手邊的工作。

她怔怔的望著劉子沅，不懂他為什麼可以這麼平靜的說出無所謂的話來。

她盯著他的側臉，忽然想起小時候她受傷時，劉子沅總是不厭其煩的蹲下身替她處理傷口。同樣的角度，劉子沅還是歪著頭，微微皺眉的模樣。然後他會開始對她說教，再然後她就會耍賴跑走，丟下氣急敗壞的他……

劉子沅見她安靜無聲，下意識的轉頭看她，淡漠的視線忽地凝滯在趙琦的臉上，帶著一絲複雜。

趙琦有些驚慌，卻來不及迴避，偌大的教室，劉子沅的聲音顯得特別清晰，她聽見他說：「為什麼哭?」

「……」

她這才後知後覺的發現，嘴角旁沾染了一抹鹹。

她胡亂抹了一把眼角的淚，搖頭道：「老師……呃不對，子沅。」

這是她重新見到他後，第一次喊他的名字，感覺有點奇怪。

「如果有什麼需要我幫忙的話……儘管告訴我。」她垂眸，緩緩說道，「無論什麼我都可以幫你，只要是你說的。」

趙琦也不知道自己為什麼要承諾劉子沅這句像是賣身的誓言?她根本不能為他做什麼。

但是她更不想看見此刻說出這種話的他，語氣透著對世界的不信任，倔強得讓人心疼。

劉子沅忽然起身，椅子摩擦地板發出的聲響，劃破了一室的寧靜，趙琦回過神。

面對忽然走向她的劉子沅，有點害怕。

倏地，一抹粗糙撫過她的臉頰，劉子沅的指腹抹掉她頰上殘留的淚痕。趙琦一愣，幾乎停止了呼吸，就怕此刻慌亂的氣息被劉子沅聽見。

「所以我就說，妳一點都沒變。」

趙琦因震驚而低下頭，接著便是停止不了的抽噎與顫抖。

劉子沅深深的嘆了口氣，卻不是無奈，似乎有著心疼和某種不知名的情緒。

「外表是長大了，內心卻還是小孩子。」

「……還不是你害的。」她哽咽，難得反駁。

「好，都我。」

忽然，一道人影佇立在外，對方似乎也沒預想會見到這個畫面，雙腳僵直的站在原地。劉子沅率先轉頭，一向波瀾不驚的俊臉，出現少有的慌張。

趙琦跟著回頭，看見明舒苓微愣的臉龐，以及立即佯裝鎮定的模樣，「呃……我忘記拿我的餐袋了……喔、喔！我看到了……在那、在那！」

她迅速的走上前，快速的用手勾起餐袋，接著快速跑走，「……再、再見！」

「喂，等等，不是……」劉子沅喊她，但來不及追上她的腳程。

趙琦一瞬間感到燥熱，她尷尬的收拾桌面，抹了抹臉，也跑下樓，劉子沅無語的看著她倉皇的背影。

趙琦一下樓就看見媽媽的車在外頭，她衝上車就讓媽媽趕緊開走。

「不跟子沅說再見嗎？他在看妳。」

「……不用了。」她將自己漲紅的臉埋進枕頭，直接躺在後座不想讓任何人發現她的怪異。

見狀，媽媽搖頭，「妳這任性的脾氣喔，我看有一部分都是小時候的子沅寵出來的。」媽媽邊說邊啟動引擎。

隔天早上，趙琦頂著熊貓眼到學校，昨晚劉子沅居然替她擦眼淚，她到現在心臟都跳不停。

她拍著胸口，準備彎進教室時，就看見走廊不遠處兩抹熟悉的身影。

「琦琦！」一道爽朗的聲音傳來，項俞衡一見到她就隱藏不住惡質的性格，長臂架住她的脖子，「昨天的事，妳以為逃得過我的手掌心嗎？」

然而趙琦並沒有如往常般看向一旁的明舒苓，也沒有發出痛苦的求救聲。

項俞衡察覺異狀，鬆了力道，「妳們怎麼了？」

她們很有默契的搖頭，一前一後的走進教室，讓項俞衡完全摸不著頭緒。

「這叫沒問題?我要是信了,我腦袋才真的有問題……」他嘀咕,邊嚷著女人難懂。

因為兩人的座位很靠近,要完全避開根本不可能。趙琦想著這樣僵持下去不是辦法,但自己又沒有勇氣主動提起這件事,直到午休時間,明舒苓突然捧著便當出現在她座位前。

「一起吃吧。」

趙琦有些受寵若驚,很快就點頭答應。

「我媽煮太多,雖然分了很多給俞衡,可是還有一大堆。」明舒苓邊說邊打開便當盒,真的是滿滿的菜,「不介意的話,也幫我吃一點吧。」

趙琦點頭,她們安靜吃了幾分鐘後,明舒苓忽然開口:「如果妳不是很想說,我不會強迫妳的,所以妳不要覺得有負擔。」

趙琦慌亂的抬起頭,連忙搖頭,「不是……我是不知道該怎麼開口。」

明舒苓聽完本來很開心,但隨即想到,「可是跟我說沒關係嗎?」

趙琦微笑,「妳是我最好的朋友,我相信妳。」聞言,明舒苓眼眶一紅,趙琦發現她似乎要哭了,連忙放下手中的筷子,「我是不是說了讓妳覺得很沉重的話?」

明舒苓猛搖頭,手指輕滑過眼角,「沒有,我是很開心。想著妳剛來的時候,似乎很畏懼大家,也不敢主動親近其他人,可是現在妳卻說很信任我,讓我覺得很感動。」

聽完,趙琦也漾起笑容。

「好,快跟我說說妳跟劉子沅是怎麼回事?我昨天想到都失眠。」她指著眼下的黑眼圈,可憐兮兮道。面對她突然的轉變,惹得趙琦直笑。

「唔……其實雖然說是搬家,但我以前住過這裡。我們很小就認識了,不過那是七歲那時候的事,我其實也沒想到這次回來會遇到他,畢竟好久沒聯絡。」

「我都沒聽劉子沅提過。」明舒苓意外的說，「這過程好浪漫，分開後又重逢，感覺一定會有什麼好事發生。」

趙琦連忙搖頭，低下眸，「完全不是妳想的那樣，我們分開的那段時間發生了很多事，他……跟以前很不一樣了。」當年的小哥哥消失了，「我不是很了解現在的他，甚至該說有點不喜歡。」

「這麼說的話，琦琦喜歡劉子沅喔？」明舒苓瞠大雙眼，像是發現了大祕密。

趙琦愣住，連忙捂住明舒苓的嘴，「舒苓妳太大聲了，我、我才沒有，那是小時候的事了……」

她第一次和外人談論起自己的情感，她緊張得話都說不好，思緒也有點混亂。

她也不是很清楚放不下劉子沅的心情，究竟是喜歡，還是另有原因……

明舒苓見狀以為她是害羞，連忙抓住她的手握著，「這樣很好啊！我們以後就有了共同的煩惱。」她雙眼明亮，「妳幫我套項俞衡的內心話，我可以和妳分享，關於劉子沅的所有事。雖然不是全部了解，但只要妳想知道我都幫妳！」

明舒苓拍胸道，一副義氣相挺，趙琦聽了莫名的感動，從來沒有朋友願意為她做這麼多事，找到依靠的感覺真的很好。

「我一定會好好當間諜的角色。」趙琦俏皮的將手抵在額頭上。

「好！」明舒苓也俏皮的伸出食指，「我幫妳整理出劉子沅的喜好，雖然沒有本人認證，但絕對八九不離十。」

趙琦很快的就被明舒苓的樂觀與積極感染，縱使覺得內心有些不確定，「謝謝。」

「我們快吃，菜都涼了。」

之後，她們手牽手一起回教室，還一起去上廁所。

感情好到讓項俞衡疑惑，早上不是還互不說話嗎？女生的友誼還真難懂。

趙琦和明舒苓今天都不用去補習班，上完輔導課後，趙琦得到媽媽應允就跑去項俞衡打工的店玩到六點，媽媽也意外的準時來接她，她覺得今天真的過得很順利也很幸福。

「琦琦，今天我們去吃妳最愛的義大利麵店。」

「真的嗎？」她歡呼。

今天果然很幸運！

「難得子沅要來，當然要吃好一點啊。」

「子、子沅！」

「今天不是家庭訪問日嗎？妳這孩子怎麼老是忘東忘西，這麼健忘，難怪數理學不好。」

趙琦已經不想反駁，健忘跟數理到底有什麼直接關聯這件事，她現在只知道她全身僵硬。

怎麼辦，她完全忘記了！

剛剛也沒問明舒苓關於劉子沅的事，而且他們現在還有點尷尬，萬一犯了什麼他的禁忌，她想找回以前的小哥哥的計畫，是不是就宣告落幕了？絕對不行啊！

「媽……我不要在場可不可以？你們去吃就好了。」趙琦忽然覺得這個辦法不錯，積極說服媽媽，「反正劉子沅是想了解家長的想法，我就算不在也沒關係吧？」

「說什麼傻話，不是要討論妳的成績還有志願嗎？妳不在，要我跟子沅聊人生規畫啊？」

她喪氣的跌回座椅。

「可是我們……」她愣愣的望著天花板，為什麼以前最喜歡繞著打轉的人，幾年光景，卻成了最不敢觸碰的人？

「害羞齁？放心啦，大家都知道妳以前那是童言童語，子沅不會在意。」媽媽看著前方路況說著，接著調侃：「再說，人家子沅這麼優秀，上次媽媽看到他變好多，變得又高又帥，妳看妳怎麼還是長不大？成天要我擔心，上次國文又退步了三分，我都還沒跟妳算帳……」

趙琦不語，也不敢回嘴，因為只會招更多罵。

反正媽媽總是喜歡東扯西扯，一找到機會就唸她。所有孩子都知道，父母才是胳膊向外彎的最佳典範，總是誇別人家的小孩。

「打電話給子沅，說媽媽要請他吃飯，問他要不要我們去接他。」

原本已經如同一隻放棄掙扎的死魚的趙琦，又接受到一枚震撼彈，「我不要，妳自己打。」她才不敢和劉子沅通電話。

「沒看到媽媽在開車，叫妳打就快打，我餐廳都訂好了，遲到的話很不禮貌。」

趙琦又惹來一頓教訓，不甘不願的從書包裡拿出手機。劉子沅在第一天就給了她電話，應該說全班都有他的電話，因為就寫在黑板的右下方。

她早就偷偷記下，但想當然根本不可能打。她滑到劉子沅的通訊錄，遲遲不敢撥出。

「打了沒？我們快到家了。」

「喔。」她心一橫閉眼按下撥出，隨著手機內傳來接通中的背景音，她的心臟撲通撲通狂跳，緊張得不得了。

嘟……嘟……

「媽他沒有接。」趙琦連忙將手機拿開耳朵，急著想掛電話。

「喂？」

「……」

「喂？」

趙琦在心裡哀號，悲憤的重新將手機貼在耳邊，「喂？」

「趙琦?」劉子沅認出她聲音。低低的嗓音藉由電話傳了過來，就像是貼在她耳旁說話一樣。

「呃，對。」

「有什麼事?」

趙琦不意外的聽見他在做其他事的細碎聲音，真是一秒都不能閒下來的人，「我、我媽問要不要順路去接你，她說要請你吃飯。」趙琦想了想，又說道：「其實她就是說說，你不一定要接受……」

「好。」

「啊?」趙琦本來已經預設好劉子沅會拒絕，腦袋一下還轉不過來。

「幾點?在哪裡等?」於是劉子沅又再問了一次，「妳有聽到嗎?」

「喔喔，有。等等，我問一下。」趙琦慢半拍的問道：「媽，劉子沅說好。他要幾點在哪裡等?」

「我們家巷口，讓他先騎車回家，十分鐘後出來。」

趙琦點了點頭，和電話中的劉子沅重述一遍，劉子沅輕輕應聲，就在趙琦還處於混沌狀態時，他淡淡的說道：「待會見。」便掛上電話。

劉子沅這最後一句話，雖稱不上溫柔，卻意外溫暖的讓趙琦心跳加速，她愣愣的放下手機，久久沒有說話。她呼了一口氣，在心裡默默說道：「怎麼辦，好像愈來愈喜歡他了……」

也不知道恍神多久，車子停下了。趙琦忽然感到焦慮，她下意識的整理儀容，順了順亂翹的短髮，撫平制服的皺褶。

她抬眼看見劉子沅就站在車窗外，很有禮貌的和媽媽點頭示意。

媽媽降下車窗，開心的說：「快進來，今天阿姨請你吃飯，感謝你平常對我們琦琦的照顧。」

「謝謝阿姨，這是我該做的。」劉子沅露出謙和的笑容，打開車門彎身坐了進來，只是怎麼會是……坐在她旁邊？

一路上趙琦都不敢說話，聽著媽媽和劉子沅閒聊。

身為父母輩，問的問題都差不多，總愛問什麼大學、什麼系？之後有什麼打算啊？

還有，有沒有男女朋友？

趙琦頭一次覺得平時嘮叨的媽媽，今天說話特別有重點。

「阿姨，我沒有女朋友。」劉子沅輕笑道。

坐在他身旁的趙琦若無其事的望著窗外，實則手心冒汗，雖然很開心，但也緊張的臉部表情都很不自然。

「子沅這麼帥氣，也很有禮貌，怎麼沒有女孩子喜歡？」

「阿姨過獎了，我還有很多地方需要學習。」

趙琦默默的低頭，劉子沅似乎很擅長應對這類的問題，謙虛有禮的同時，也將這話題終止。

「還是因為沒遇到喜歡的？」

趙琦本來是想暗示媽媽不要再逼問，卻不小心和身旁的劉子沅四目交會，她的呼吸幾乎在下一秒停止，相較之下劉子沅顯得從容不迫，嘴角甚至泛起自信的角度。

他的目光直直投進趙琦倉皇的眼，「不，我只是在等，等她發現。」

趙琦愣了愣，隨後轉開眼神，心臟卻不可遏止的跳上跳下，她下意識的撫著胸口，臉頰燥熱。

媽媽笑了幾聲，「子沅果然是個思想周到的男孩子，能成為你女朋友的人，一定很有福氣。」

「謝謝阿姨。」

到了餐廳後，趙琦急忙跳下車，因為實在受不了和劉子沅只隔著一個書包的距離。

他們一前一後的走進餐廳，趙琦點了培根奶油義大利麵。

「琦琦，妳平常不是都吃套餐嗎？」媽媽問道，「今天怎麼吃那麼少？」

趙琦垂下臉，聲音細如蚊蚋，「……我平常都吃這樣啊。」

「今天怎麼對媽媽這麼客氣？這樣夠嗎？媽媽可不要幫妳煮宵夜喔。」

她被媽媽的多嘴弄得困窘死了，連忙點頭說，「可以啦，妳點妳想吃的就好。」

媽媽微微聳肩，劉子沅卻笑了。

也不知道這座位是怎麼安排的，趙琦雖然搶了媽媽身邊的位子，劉子沅卻選了她對面的位子，這麼一來兩人很容易會對上眼，害她整頓飯都不敢抬起視線，只能一個勁的猛吃。

她心裡懊惱自己的形象幾乎毀了差不多，本來不想讓劉子沅知道她平常吃很多，枉費她忍住沒點酥皮濃湯和小餐包。

晚餐前半段，媽媽都在和劉子沅聊搬家離開後的事，這中間也說了趙琦的一些糗事。劉子沅聽了，笑得很開心，趙琦見他心情似乎滿好的，也就不阻止媽媽了。

「我聽你爺爺說了你爸媽的事，辛苦你了。」

劉子沅喝了一口水，淡淡笑道：「這是他們的決定，我沒什麼影響。」

趙琦瞥了他一眼，卻發現劉子沅的目光不知何時也飄向她，她立刻低下頭，攪著杯中的奶茶。

「也是，你長大了，相信你爸媽對你很放心。」

劉子沅像是想快點結束話題，直接從後背包拿出趙琦上個月的成績單，「我好像打擾阿姨太多時間，我們還是先來說說趙琦的成績。」

媽媽連忙點頭說好，接過劉子沅的單子。

「這是我依照趙琦選的志願，以及她在補習班考試的成績做的分析表。」

趙琦湊近看，上頭有幾張圓餅圖和折線圖，一旁還有一些數據，有紅有綠，還有劉子沅的評語。她一邊讚歎，一邊想劉子沅到底是怎麼做出這種東西。

「我得明白的說，照上面的數據，趙琦離志願還有一段距離，紅色的部分就是連低標都到達不了的科目。」劉子沅乾淨的手指畫著數理那塊，「文科雖然都達到均標，但可以看出狀況不穩定，有時甚至算均標的後半段。」劉子沅平靜的說明，趙琦愈聽愈覺得丟人。

她一直都知道自己不是讀書的料，但看著劉子沅不冷不熱的說出這些缺點，她頓時覺得自己似乎真的很差，和明舒苓那些資質優秀的學生完全不同。

媽媽沉下臉看了她一眼，「以後不准去明舒苓家玩了，看看妳的成績，每天想著玩，考不上大學怎麼辦！」

趙琦張口想辯駁，惹來媽媽一瞪，她立馬噤聲，小臉寫著不滿和委屈。

「我覺得適當的休閒娛樂還是要有，明舒苓是班上的第一名，她們常接觸是好的，對趙琦的學習會有幫助。」劉子沅出乎意料的跳出來替她說話。

「還有一點是，我認為不是她不努力，而是她需要一些時間，每個學生學習的方式和吸收力不同，最重要的是能夠撐到最後，我看過很多學生，前期都很優秀，可是因為耐力不足，考試的時候都失常。」

媽媽聽了點點頭，趙琦也悄悄瞅了一眼對桌的劉子沅，投以感激的眼神，但劉子沅沒有看她，轉而繼續講解下個部分。

「趙琦上課偶爾會有分心的狀況，我能體諒在學校上了一整天的課，晚上還要來補習班很辛苦。」趙琦看了一眼劉子沅的側臉，他果然沒有想幫她的意思！「但還是希望阿姨能多注意她的作息和生活，避免將私人的事帶來補習班。」

媽媽睨了趙琦一眼，感受到威嚇的眼神，趙琦又默默的低下頭，揪著裙襬不說話。

「好的，我會好好注意她。」

之後，劉子沅又說了一些關於家長可以怎麼協助孩子讀書的方式，也建議父母多理解孩子，進而達到快樂學習的心態。

「學習哪有快樂這回事。」趙琦在心裡嘀咕。

「今天就到這裡了，感謝阿姨抽時間出來，還讓妳破費了。」

「別這麼說，我們家琦琦從小就受你很多照顧，以前就想謝謝你了，抱歉拖到這時候。」

「阿姨別這麼說，這是我的責任。」

趙琦背起書包，聽著千篇一律的客套話，心想回去肯定又要被媽媽唸，或許還會被禁足，她的心情頓時烏雲密布。

「小時候可不是啊。」媽媽笑呵呵的說道。

本來還在煩惱的趙琦，一聽到這話，立刻緊張的拉著媽媽的手臂，想快點走人，「回家了啦。」

「有什麼關係，妳平常和子沅在補習班常見面，媽媽我偶爾才見他一次，多聊一下，妳幹麼這麼小氣。」

「我才、才沒有小氣！」趙琦莫名臉紅，幹麼把劉子沅講得是她的一樣。

劉子沅靦腆一笑，「小時候看著可愛，自然就特別照顧了。」

趙琦愣了愣，他說她可愛嗎？她吞了吞口水，心跳聲大得快被聽見似的。

「可惜長大後就常常給我惹麻煩，現在成績爛成這樣，要是考不到好大學，說出去又要被人笑了。」

本來還沉浸在有點幸福的夢幻泡泡世界，一聽到媽媽的酸言，趙琦立馬垮下臉。

「不會的，現在努力還來得及。」劉子沅說道，「或許以後會讓人大吃一驚。」

只見劉子沅唇上還帶著微淡的笑容，她一瞬間沒來得及移開眼，與他四目相看，她眼底的愛慕情緒差點湧出。

趙琦連忙撇開眼，拉了拉媽媽的衣袖，「快點走了啦。」

回到家後，果然被媽媽訓了一頓，也被禁止看電視和上網。趙琦雖然很不服氣，但也無能為力。

之後就被媽媽趕上樓洗澡讀書。她趁媽媽在處理公司的事時，偷偷打了電話給明舒苓。

「喂，舒苓嗎？我跟妳說，我今天真的超緊張……」見另一端遲遲沒人回應，趙琦本來想繼續說下去，但想起這種情況似曾相識，於是她試探性的問：「項俞衡，該不會是你吧？」

話筒約莫安靜三秒鐘，忽然爆出一陣爽朗的大笑，「我們琦琦這次學乖了呢。」

趙琦一聽到對方承認，先是一愣，接著拍胸慶幸自己有察覺，否則祕密就被發現了。她憤憤的對項俞衡說道：「你怎麼老是接舒苓的電話啊？」

「誰叫妳每次都在我經過的時候打來。」

「你都不怕接到同班同學的電話，會被大家發現你住在舒苓家。」

項俞衡發出低笑，「看到是妳的名字才接的，笨——蛋——」他刻意拉了長音，聽起來更欠揍了。

趙琦哼了兩聲，接著問道：「舒苓呢？」

「洗澡。」他簡短的答，「妳剛說緊張，是什麼事？跟我分享啊。」

她下意識的蛤了一聲，立即說：「不要。」

「為什麼？我不會說出去。」見她毫不猶豫的拒絕，項俞衡除了覺得好笑，也抗議了一下。

「我只想跟舒苓講。」

「我跟舒苓不一樣嗎？不都是妳最好的朋友嗎？妳這樣偏心喔。」他的聲音多了幾分哀怨，似乎還捧著胸口，「我受傷了。」

趙琦聽了有點疑惑，她想了下，「我、我應該沒這樣說過吧。」

「不然我們是什麼？」

「舒苓對我很好，是我最好的朋友啊。」她停頓了下，「可是我不知道你……」雖然他們三人常常湊在一起，但老實說趙琦一點都不了解項俞衡。

就連明舒苓也說，她有時候也搞不懂項俞衡在想什麼。他就是那種想做什麼就做什麼的人。

趙琦曾從明舒苓那兒聽過項俞衡家中的一些事，似乎是爸媽離婚，他現在和媽媽一起生活，所以才需要打工替媽媽分擔一些開銷。

但後來明舒苓也沒多說什麼，因為她也不是很清楚項俞衡家中的狀況，他很少提，明舒苓也不好意思多問。

趙琦也挺好奇項俞衡怎麼能說變就變？從打架鬧事的壞小孩，轉為用功讀書拿獎學金的資優生。

明明是巨大的轉變，項俞衡看起來卻沒有一丁點不適應。

話筒那端傳來疑惑的聲音：「怎麼，我對妳不好嗎？」

「唔，也不是。」趙琦回過神來，有點後悔自己幹麼這麼誠實，還是對愛追根究底的項俞衡。

「就是一種、一種距離感，我不知道怎麼講，有時候看著你，會覺得我們很遙遠。」

「很遙遠？」項俞衡重複了她的話，下意識往理性思考，「我們座位不是很近嗎？每天都見面，哪裡遠了？」

趙琦聽著他的舉例，不自覺笑出聲來，「我不是那個意思，我是說……唔，就是一種無形的隔閡。好吧，我知道你聽不懂。」

「嗯，不懂。」

「就是，我不是很了解你。」她說道，「有時候覺得你很厲害，但感覺似乎有某部分並不是那般強大，有時候覺得你對什麼都不在乎，不過你明明是個很執著的人啊，所以才會想做什麼都可以達成……」

趙琦覺得自己的話自相矛盾，而項俞衡也沒有回話，她以為斷線了，拿下手機發現還在通話中。

「你怎麼不說話？覺得很複雜嗎？沒關係，這是我個人的感覺而已……」

同時，另一端傳來低笑，醇厚的嗓音淡淡的問道：「那妳覺得我是個怎麼樣的人？」

「咦？」

「對妳來說，我是個怎麼樣的人？」他又問了一次，不似以往那種輕佻的口吻。

她想了想，隨後很正經的說道：「我不知道。」

項俞衡著實愣住，接著哈哈大笑了起來，厚實的朗朗笑聲流過趙琦的耳畔，竟讓她有些心跳加速。

「琦琦妳真的太可愛了。」

她臉一熱，咳了一聲，忽然補充：「不過應該是個很善良的人吧。」無條件幫了她這麼多，如果是心地壞的人，根本就不會理一個沒有朋友的轉學生。

半晌，項俞衡傳來哼笑，「是怕明天去學校被我欺負嗎？所以先說這種話來討好我？」

趙琦搖頭，「是真心的。」她想了想又說：「我覺得啊，你不要太常把事憋在心裡，偶爾還是找人說說話比較好。」

「……」

「心臟是個很脆弱的地方，要承擔生命的重量，如果還得守著祕密，那多辛苦啊。」

「如果我現在跟妳說呢？」

「嗯？」

「我把我的祕密告訴妳。」

「咦！」趙琦一個措手不及，「為、為什麼這麼突然？不對，為什麼是跟我說？」論熟悉程度，也該是先告訴舒苓才對啊。

「沒為什麼，因為妳提到，然後我也想告訴妳，這就夠了不是嗎？」

「不、不是！你之前都沒說，不就是因為這些都是難以敞開心胸說的事嗎？你現在突然告訴我，應該會感到很困擾吧？」項俞衡真如明舒苓說的一樣，永遠讓人匪夷所思。

項俞衡發出讚賞聲，「看不出來妳平常一副膽小怕事的樣子，卻意外滿懂得別人的內心。」

「大概是猜想別人的心思習慣了。」

從小到大時常搬家，每到一個新環境都需要適應，也懂了看人臉色。趙琦知道自己的個性不是很大方，所以常常安靜的在一旁觀察每個人。

「不過我不討厭這樣啦，這搞不好是我唯一擅長的事。」她怕項俞衡會覺得她可憐或是什麼的，自己笑了笑，化解尷尬。

「嗯，我覺得很好啊。」項俞衡輕鬆回道，自然的語調，讓試圖解釋的她反而奇怪，「會讓我覺得跟妳說話，很自在也很舒服。」

聽著項俞衡愉悅的嗓音，趙琦愣了下，第一次有人這麼說她，她忽然覺得臉頰好燙，匆匆回道：「那、那太好了！有事就該說出來才不會內傷啊。」

「那妳準備好要聽了嗎？」

「我、我嗎？」

「對啊。」

「可、可是我覺得你還是先告訴舒苓吧，先告訴我，有點……奇怪啊。」

「告訴誰，不該是由我決定嗎？」

「你這麼說也是沒錯啦……」趙琦覺得頭昏腦脹，「可是你告訴我的話，我也不見得能幫你解決啊。」

「有時候說出煩惱的目的不是希望被解決，而是想要對方的聆聽。」

趙琦拗不過他，於是深吸一口氣，決定接受，她心想，之後再跟明舒苓解釋，而且知道項俞衡的一些私事，或許對明舒苓還有她的戀情發展會有所幫助。

就在趙琦準備答應時，明舒苓的聲音忽然冒了出來，「吼！項俞衡你又偷接我電話！」

「冤枉！我經過妳房間，聽到妳手機響，我看是琦琦才接。」

「你這傢伙！」明舒苓似乎是追著他跑，他們的聲音忽遠忽近，過了一下子，明舒苓好像把項俞衡揍了一頓後，才拿起手機。

「喂？琦琦，妳還在嗎？」

「嗯嗯！還在。」

「對不起，讓妳等這麼久。」

「沒關係，我跟項俞衡也聊了一下。」

明舒苓看了一眼通話時間，已經過了十五分鐘，「你們……說了什麼？我不是要懷疑妳喔，只是好奇。」

她莫名的解釋，讓趙琦也緊張了起來，連忙搖頭說道：「沒什麼，就逼我告訴他我要跟妳說的事，不過我打死不說，他就盧了一陣子。」

「這樣啊……做得好琦琦！絕對要堅守我們女生之間的祕密！」

「好！」

關於項俞衡要告訴她祕密的事，因為她還沒聽到實際的內容，正在想該怎麼和舒苓說，話題已被對方帶開。

「那妳打給我原本要跟我說什麼呀？」

「喔，今天劉子沅來家庭訪問了。」

「真的假的？後來呢？」明舒苓一邊用毛巾擦拭頭髮，一邊坐在床上正襟危坐的聽，「你們有沒有發生什麼事？」

「當然沒有啊，我媽在旁邊呢。」趙琦笑道，「但是氣氛真的好尷尬喔，我完全不敢看他。」

「哎呀！搞冷場子本來就是劉子沅的專長啊。」

趙琦沒想到明舒苓會說出這麼貼切的詞，直接大笑出聲，明舒苓聽見她的笑聲，也跟著笑了。

最後兩人隔著電話笑個沒完。

❄

黑板上的畢旅倒數已經進入前一天，一下課就會聽見不少人在討論，畢旅當天要帶什麼零食，自由時間要做什麼，諸如此類的話題。

趙琦對於畢旅是陌生的，國中因為中途才轉學過去，跟誰都不熟悉，她沒有勇氣跟大家一起出去玩，索性就請假在家自習。

因此她也不知道畢旅大家都做什麼，或玩什麼，有沒有什麼不成文規定。

「今天放學一起去買零食吧。」明舒苓邀她。

「我也要去。」一旁路過的項俞衡突然說道。

趙琦被嚇了一跳，自從上回項俞衡說要告訴她關於他的祕密，趙琦有段時間都不敢和他單獨相處，或是面對面說話，就怕哪天項俞衡又心血來潮要告訴她，她有點不敢聽啊！

所幸他也沒再提了。

「這是我們女生的約會，你不要來搗亂。」

「男生就不能一起約會？」

提到敏感的詞，明舒苓下意識的臉紅，口才很好的她意外結巴，「你、你別吵！我們要兩個人自己去。」

「喔齁——班長夫婦說要去約會耶！哇啊！」一群聽見關鍵字的男生，紛紛起鬨，發出奇怪的叫聲，「好恩愛喔！我好羨慕喔——」

明舒苓臉紅得跟桃子似的，「你們不要亂說！」

「副班長臉紅了耶。」他們笑成一團，嘴上也很團結的一直喊著情侶裝、情侶裝，讓明舒苓又氣又羞。

「喂。」項俞衡淡淡的喊了他們，隨後泛起一抹燦笑，「一群人找死總是比較不孤單，對吧。」

幾個不識相的還在一旁打節奏，發現漸漸沒人跟著喊後，還很生氣的罵他們不合群，結果一轉頭就看見項俞衡笑得風光明媚。

項俞衡撐起身，低頭慢條斯理的捲起袖子，露出精壯結實的手臂，「怎麼被揍那麼多次，都不會學乖啊？」

「喂幹！班長生氣了啦！」

「靠！剛誰起頭？自己去承認。白痴喔！為什麼要害人啦！」

「班長來了啊——」

據趙琦在歷史課上所學，這應該就是老師說的——大屠殺。

放學，趙琦先打電話給媽媽告知要和明舒苓出門這件事，起初媽媽不答應，明舒苓立刻接過電話，短短幾分鐘的時間，就把逛街說成熟悉環境，增進同班同學感情，何等偉大的事。

「好了，我們出發吧，坐公車去市區。」明舒苓將手機遞給趙琦，她愣愣的接下，怪不得項俞衡上次說明舒苓能搞定龜毛的劉子沅。

明舒苓站在公車站牌前，看著上頭的時間，眉頭緊鎖，她平常出門都是媽媽接送，很少自己搭車，所以需要研究一下，就在同時，一道陰影籠罩在她的上頭，「坐一號，車快來了。」

「喔，好像是。」明舒苓這才發現聲音是從她頭頂來的，她猛然一抬頭，便撞上那個人的下巴。

「嘶……」

「你們還好吧？」一旁全程目睹的趙琦嚇了一跳。

「項俞衡？你為什麼在這兒？」

他扶著被她撞疼的下巴，「……當然是要一起去啊。」

明舒苓看了一眼他紅成一片的下巴，「誰叫你要出現在我頭上，活該。」雖然嘴上不留情，明舒苓還是走上前檢查他被撞疼的地方，「手拿開，我看。」

項俞衡乖乖的移開手，明舒苓看著他皺了眉，仰著臉手貼上他的臉頰來回細看。長髮垂落至他的手臂，一股紫羅蘭香撲向他。

項俞衡非常喜歡這個味道，不似香水一樣濃烈嗆鼻，清清淡淡的最適合明舒苓。

趙琦在一旁看著，事實上好多人都在看他們，兩人都有著吸睛的外型，特別引人注目，一旁的談論聲漸大，明舒苓這才察覺他們的姿勢有點不宜。

她連忙縮回手。

項俞衡勾唇問道：「我的帥臉有沒有被撞歪？」

「少臭美。」

他又變回嘻皮笑臉的模樣，「車來了！」

「喂！我又沒說你可以跟，我們早就約好了。」明舒苓阻止要跳上車的項俞衡。

「為什麼？搞排擠喔。」項俞衡不從，一把抓過趙琦的書包肩帶，「琦琦也說想跟我去。」

「咦？我？」她像隻小雞被人拎住，「我沒說話啊……」

「現在說。」

「說、說什麼？」

「想跟我一起去逛街。」項俞衡一字一句的說著，講完後抬了抬下巴，示意趙琦照唸。

趙琦一愣，「想跟……等等，我、我為什麼要跟著唸？」差點就被拐走了。

「妳現在是不想的意思嗎？」項俞衡的聲音低了幾分，嘴邊的笑容不知何時已經斂起，讓趙琦有些害怕。

她下意識的搖頭，「沒、沒有啊。」

項俞衡揚起笑，伸手拍了拍她的頭，「乖。」

她、她現在是在公眾場合被人正大光明的威脅嗎？

「真是！就知道欺負琦琦。」明舒苓護著趙琦上車，就怕項俞衡又脅迫她做別的事。

他們三人坐在公車的最後一排，明舒苓坐在兩人中間。

十五分鐘搖搖晃晃的車程，耳邊時而傳來下車鈴的叮叮聲，這一切對趙琦而言都是新鮮的，不是她沒搭過公車，而是第一次感受與朋友肩碰肩的坐著。

下了車，項俞衡提議先去便利商店買冰，他們一人咬著一種口味的冰棒，明舒苓勾著她的手，項俞衡走在她們的身邊。這種從未有過的事情，讓趙琦笑瞇了眼。

他們去了一趟大賣場，明舒苓什麼都想吃，項俞衡拿她沒辦法，把自己的選擇權都給她，明舒苓便開心的買了一大堆。

「吃這麼多零食，小心變成大胖豬。」

明舒苓哼他一聲，艱辛的將結帳臺上的兩大袋零食拿下來，「我不介意。」

項俞衡很自然的接過最重的那一袋，「明天背不動，我可不幫妳。」

明舒苓哭喪著臉，剛剛買的都是她喜歡吃的，要她在這中間取捨，她覺得好為難。她可憐兮兮的瞅了項俞衡一眼，再看一眼零食袋，最後項俞衡實在受不了她的眼神，只能妥協，「如果妳媽不讓帶，就不關我的事了喔。」

「好！」明舒苓喜孜孜的笑了。

後頭的趙琦看著他們的互動，覺得特別心暖。

他們一同搭了公車回去，原本望著窗外的趙琦，一回過頭，就看見明舒苓靠在項俞衡的肩上睡著了。

項俞衡甚至輕輕撥開她的瀏海，就怕扎進她眼睛。趙琦偷偷拿出手機，將此刻的畫面拍了下來，傳給了明舒苓，她一定會開心的。

之後他們在公車站牌分開，趙琦開心的抱緊手中的袋子，得趕快回去整理行李才行，才一彎進巷子，就看見一抹熟悉的身影站在巷口，仰頭望著天空不知道在看什麼。

趙琦好奇的看了他一眼，發現是劉子沅。

怎麼辦？要視而不見嗎？可是都住在同一條巷子，不打招呼好像很奇怪。

於是，她硬著頭皮抬頭，發現劉子沅早就在看她了。她弱弱的開口：「……你好。」

劉子沅微微頷首，眸光放在她懷中的袋子，淡淡的問道：「去哪裡了？」

「和舒苓還有項俞衡出去。」她接著再說：「明天是我們的畢旅。」

他微微點頭，臉部輪廓在暈黃的月光下顯得更加冷峻，趙琦有些膽怯，卻私心不想讓話題結束，於是她鼓起勇氣又問：「你明天還要上班嗎？」

第四章　敬，友誼

「補習班還有其他學生。」

趙琦喔了一聲，眼看話題又要結束了，她有些喪氣。

「今天的月亮很漂亮。」

她略為慌張的抬頭，發現真的是劉子沅的聲音，也跟著看向天空，「真的耶！原來今天是滿月。」她笑，盈盈目光在下一秒與劉子沅四目交接。

她倏地停住了笑容，劉子沅見她僵硬的面容，淡淡的移開眼神，「回去吧，不是還要整理行李？」

「喔，對。」趙琦匆匆轉身，身後又再度傳來劉子沅的聲音。

「自己小心。」

聽到這句叮嚀，趙琦的心跳不可遏止的多跳了好幾下，她有些驚訝的回頭，卻只剩劉子沅進門的背影。她愣愣的站在原地好一陣子，一股喜悅攀上心頭，愉悅的跳著步伐回家。

回到家自然又被媽媽唸了一頓，所幸爸爸幫忙說話，她才逃過一劫，匆匆洗完澡後馬上動手整理行李。

她特別上網查了大家畢旅都帶什麼，很勤奮的列了清單，一樣一樣的打勾確認才放心睡覺。

中途因為太興奮而睡不著，又和明舒苓聊了一下電話。

「我看到妳傳來的照片……好害羞喔。」

「嘿嘿，時間是不是抓得很好？我還很怕項俞衡發現，他肯定會強迫我刪掉。」

「琦琦好棒喔！」

她笑了笑，羨慕他們的發展很順利，而自己和劉子沅的關係卻還在起點，只有勉強前進了零點幾公分。

「我今天在巷口遇到劉子沅。」

明舒苓倒抽一口氣，「結果怎麼樣？說話了嗎？」

「嗯……不過好像還是老樣子。」她乾笑幾聲，玩著自己的瀏海。

「琦琦不要氣餒，或許是因為你們分開太長一段時間，他還無法適應妳突然回來，久了就能變熟了。」明舒苓在電話那頭對她打氣，「他本來就是那種慢熱的人，我之前剛去補習班，他也是一句話都不會跟我說。」

趙琦嗯了幾聲，忽然想問：「劉子沅那時候是怎麼樣的一個人啊？」

「怎麼樣喔？」明舒苓沉吟了一下，「寡言、不愛笑，每天都板著一張臉，其實跟現在差不多。補習班裡的許多女生都喜歡他，大概是因為他是補習班中最帥的吧。」明舒苓揶揄道。

「是喔，那你們是怎麼變好的？」

「我一直找他說話。」明舒苓搔搔頭，「因為我剛進去沒什麼朋友，項俞衡也不可能每天陪我上課，所以我什麼話都跟劉子沅說。」

趙琦嘆口氣，反觀她，跟劉子沅能聊什麼？聊她七歲時厚顏無恥纏著他的事嗎……她死也說不出口。

「他啊，只是看起來很兇，其實心思滿細膩，感覺不太在乎，但都看在眼裡。」明舒苓的話充分透露出對劉子沅的了解，「所以琦琦妳不要害怕，妳小時候不也對他很有一套？搬出來用，他肯定很吃這招！」

趙琦努嘴，「可是、可是……現在的我好像沒辦法做到了。」小時候沒什麼煩惱，想到什麼就說，喜歡誰就對誰好，討厭誰就不跟誰說話。

如此單純的年紀，卻是最美好的時光，因為不需要在乎別人的眼光。

掛了電話後，趙琦握著手機，愣愣的望著天花板，然後又翻下床從書櫃拿出相冊，找出小時候劉子沅牽她手的照片，她想了想決定將他們兩人的部分剪下，放進錢包的透明袋裡，最後才趕快去睡覺。

隔天，趙琦在鬧鐘要響的前五分鐘醒來，跳下床就趕緊換上制服，比平常出門時間提前十五分鐘，為此全家都嚇一跳。

「媽，妳快點，我不想最後一個才到。」她背包都背上了，全副武裝。

「集合時間不是七點半嗎？現在七點都不到。」

爸爸見趙琦焦急的來回踱步，失笑道：「好！好！爸爸載妳去總行了吧。」

「真的嗎？」趙琦雙眼睜亮，「好！」

爸爸用紙巾擦了擦嘴角，帶上公事包和車鑰匙就往門外走去。趙琦蹦蹦跳跳的跟在後頭，忽然身後的媽媽口氣嚴肅的說道：「回來之後，不管怎樣都要收心。」

趙琦望著她。

「光會玩，不讀書，以後會變成沒有用的人。」

聽聞，趙琦原先開心的臉龐一瞬間變得沉重，她低下頭，手裡緊攥著背包肩帶。

外頭的爸爸朝裡頭喊道：「剛剛不是還趕著嗎？不快點出來，爸爸懶了就不載妳嘍。」

趙琦應了一聲，隨後轉頭看向媽媽，她知道媽媽有多在乎她的成績，怕她考不上前幾志願，上不了熱門的系所，卻從來不問她，在學校有沒有交到好朋友？老師對她好嗎？今天在學校發生了什麼事？

她定定的看著媽媽，抿了抿脣看似有話要說，最終卻化為妥協的回應，「……嗯。」

趙琦下了車後，和爸爸揮了揮手。

「妳也知道媽媽只是比較大驚小怪，又想得比較遠，所以會希望妳多加油。」爸爸拍了拍她的頭，趙琦回以一笑，「好好玩，注意安全，晚上給爸爸打電話。」

她轉身就看見明舒苓他們，明舒苓提著大包小包，踉蹌的跑向她。

「明舒苓，用走的！」項俞衡在後頭不悅道，「待會兒跌倒，我不管妳。」明舒苓轉頭對他做了鬼臉，卻也慢下腳步，興高采烈的走向趙琦。

「妳怎麼帶這麼多東西？我們不是只去三天兩夜嗎？」趙琦看著她身上沒有一處是空的，還背了整整占了她身高一半的後背包。

「因為我覺得什麼都會用到，所以我全部都帶了。」她笑得很開心，一點都不覺得重。

項俞衡在後頭追上她的腳步，他的身上也是一堆東西，但看得出來都是明舒苓的零食。

「要不要我幫你們拿一點？」

趙琦伸手要接，項俞衡直接掠過她，「我拿吧，不然妳們等等一個跌倒，一個又要幫忙，肯定一團亂。」

趙琦點頭，覺得滿有道理。

教室鬧哄哄的一片，有的人開始吃起帶來的零食，也有人拿出相機拍照。

項俞衡放下身上的東西，站上講臺，手肘擱在講桌上。「各組組長過來跟我點名，順便領自己組員的名牌和手冊。」

明舒苓打開紙箱，將已經分好組的名牌整齊的放在講桌上，還有這趟畢旅的旅遊手冊。待大家都領完，項俞衡提醒同學注意事項。

「這三天兩夜除了睡覺洗澡，都不可以把名牌拿掉。名牌上有緊急聯絡電話，如果有什麼問題，又找不到組長，請打電話給上面的任何一個人。」

大家紛紛點頭。

「第二天是便服日，也是自由時間。」一聽到關鍵字，大家都騷動了起來，七嘴八舌的討論。

「不過！禁止出入不良場所，以及所有未成年不能進出的地方，被抓到大過一支。」項俞衡微笑，比出一的手勢。

「班長！」一名平常在班上就是搗蛋鬼的男生快速舉手，「網咖可以嗎？」

項俞衡嘴邊的笑容一深，「你要不要乾脆現在回家？」對方默默的縮回手，他的朋友暗罵他白痴，那張嘴永遠只會問廢話。

「待會教官會在出發前，檢查違禁品，如果很不幸的現在身上有這些東西，趕快毀屍滅跡。」項俞衡說道，「否則也是大過一支，外加扣班上的榮譽成績，因為不單是個人的懲處，所以在教官來之前，幹部們會先替我檢查。」

語落，班上一片哀號，果然有些人從包裡依依不捨的拿出幾瓶啤酒，有幾個男生也無奈的從包裡摸出香煙和打火機。明舒苓拿著裝垃圾的黑色塑膠袋下去收拾，走完一圈，垃圾袋也差不多滿了。

接著學校廣播要所有二年級學生到操場集合，準備出發。

等到真的坐在遊覽車的車窗旁時，趙琦才意識到自己真的要出發了。明舒苓開心的拆開餅乾包裝，遞給趙琦。

「多吃一點，我帶很多。」趙琦接過，明舒苓又翻了翻背包，「我看看喔……有四個小時的車程，我們要來做點什麼好呢？」

她摸出手機，「先來拍張照吧，跟我媽報備一下，自從妳上次來我家後，她每天都在唸妳怎麼不再來？」趙琦微微靠向她，抿出笑容。快門按下的剎那，她們期待的看了一眼照片，發現他們的身後莫名冒出項俞衡的腦袋。

果然，一轉頭就看見他微笑歪著頭，「要一起拍照怎麼能沒有我？」

趙琦這才發現原來他坐在她們後面，不過項俞衡一下子就被其他同學拉走了，一會兒要跟他拍照，一會兒要和他分享零食。

受歡迎的人就是不一樣，就算什麼都不做，也會有人主動找他一起玩。

明舒苓也是，一下子就好多女生找她拍照，還有一些男生打卡發文，寫著「班花好正」幾個字。

趙琦想著，這麼棒的兩個人，居然是她最好的朋友，對她無微不至的照顧，替她解決問題。

「大家回座位坐好。」導師站在走道上喊，「會暈車的人，暈車藥記得吃，也可以來前面坐。沒問題的話，我們要出發了。」

「出發！」

「琦琦妳要不要唱歌？」明舒苓不知道從哪裡拿來的點歌簿，正仔細的翻著。

「妳唱就好。」她連忙揮揮手，讓她在全班面前唱歌她絕對辦不到。

「那我們一起唱，妳喜歡誰的歌？」

趙琦本來還想拒絕，但看到明舒苓雀躍的眼神，如果總是這麼退縮，很破壞氣氛，於是鼓起勇氣和明舒苓一起挑歌。

她深呼吸，畢竟她從沒在這麼多人面前唱歌。

「麥克風在誰那？」明舒苓喊著。

「副班長，在這裡。」一個男生舉起麥克風，接著開始鼓譟，「副班長要唱歌了！哇喔！喔喔喔喔！」車內響起一片歡呼聲，趙琦發現愈來愈多人注意她們這裡，她感覺自己緊張到快要死掉。

「來，給妳。」明舒苓遞給她一支麥克風，她被動的準備接下，只是麥克風彷彿鑲上熱鐵，讓她頻頻想縮起手。

項俞衡挑起脣邊的笑意，下巴抵在座椅上，「琦琦也要唱歌啊？」這不大不小的嗓音，碰巧就讓班上最調皮搗蛋的幾位臭男生聽見，下一秒立刻拍手歡聲尖叫。

趙琦一瞬間都想跳車了。

「噓。」她將手抵在嘴脣，示意項俞衡不要說話，也不知道是不是當班長久了，大家都特別注意聽他說的話。

項俞衡笑了笑，轉頭看向明舒苓，「不過妳可以嗎？」

「當然！」她仰起下巴，「我在家練習過了。」

項俞衡掏了掏耳朵，一副要上戰場的備戰臉色，隨口問起身旁的人有沒有耳塞。

「沒禮貌！」明舒苓罵他，「我這次絕對會讓大家驚豔！」她雙手握拳，鬥志旺盛。項俞衡微微聳肩，卻默默戴起耳機，而且不止他，連同他身邊幾個人也效仿他，要不就是一副很害怕的樣子。

趙琦還來不及疑惑，歌曲的前奏便響起，原本鬧哄哄的車上忽地變得安靜。趙琦綳緊所有神經，一旁的明舒苓清了清喉嚨，「……過去總算漸漸——都還過得去……未來——就等……」

趙琦瞪大眼，慌張的看了一眼身旁的明舒苓，這、這五音不全的聲音是明舒苓的嗎？她不可置信的環顧四周，大家似乎都很習慣了，難怪項俞衡剛剛會這麼問。

她再看一眼閉眼環胸坐在座位上的項俞衡，他幾乎是做好萬全的準備。

「……誰能任性——不認命——」明舒苓順了順氣，似乎覺得自己表現良好，笑著轉頭說道：「琦琦換妳了！」

「喔、喔！好。」

你的嘴角微微揚起
妳用微笑剪接我的微電影
偶爾饒了我自己
偶爾難免還想你
偶爾晴時多雲偶爾有陣雨

（歌曲：偶陣雨／演唱：梁靜茹／作詞：陳沒／作曲：木蘭號 aka 陳韋伶／編曲：于京延）

溫柔的聲音旋繞在每個人的耳畔，輕盈且婉轉動聽，明舒苓驚訝的看著放下麥克風的趙琦，大力拍手，一聽到她的掌聲其他人也跟著鼓掌，瞬間車上掌聲雷動。

「琦琦！妳應該出唱片啊！」

「啊？」

「妳唱得好好聽，好厲害呀！」

「對啊！我們都不知道趙琦這麼會唱歌。」

「沒、沒有啦。」

「天啊，趙琦！二上的園遊會真該用妳的歌聲來招攬客人，可惜我們都要升三年級了。」

「趙琦！改天我們一起去唱歌。」

趙琦第一次聽到這麼多人喊她的名字，要她一起去哪兒，要她幫忙什麼，這是她從未有過的經驗，她眼眶一熱，笑著點頭說好。

「喂喂！你們這些人，琦琦是我的朋友，要找她玩，應該先問過我啊。」項俞衡從座椅上跳起來，勾住前頭趙琦的脖子。

「你以為你是誰？」明舒苓不滿的撥開項俞衡的手，「問我才對吧！」

趙琦見他們又開始鬥嘴，笑得合不攏嘴。

「好啊！大家一起玩！」車上又恢復鬧哄哄的景象。

中午的時候他們抵達南部的一家餐館，導遊領著大家下車吃飯，接著又搭車前往今天行程的第一站。

導遊帶著他們參觀臺南的名勝古蹟，還去搭船游河，趙琦興奮的東跑西跳。明舒苓他們都是第一次看見她這麼活潑的模樣，不自覺笑了出來。

最後他們到了海邊的觀景臺。

「琦琦小心走。」明舒苓在木頭棧道上喊著，因為她不喜歡弄髒衣服和腳，也不喜歡溼黏的地方，所以就待在上頭看著他們。

「快過來看，有好多小螃蟹。」她赤著腳走在溼軟的沙灘，蹲在一處一處小小的沙洞前，好奇的看著牠們快速鑽進洞的膽小模樣。

項俞衡悄聲走向她，從後突然哇的一聲，推了她一下，趙琦嚇得啊啊大叫，眼看要跌坐在沙灘上，項俞衡趕緊托住她手臂兩側。

「項俞衡！」趙琦狼狽的掛在項俞衡身上，待站穩身子，便轉過頭懊惱的瞪他，卻不敢像明舒苓一樣揍他。

「哈哈哈哈！」

「班長這是不是劈腿？」

「喔——看這樣子，副班長遇到勁敵了喔，還是自己最好的朋友。」幾個八卦的男生坐在觀景臺上小聲的談論著。

明舒苓聽見後，又看著在沙灘上笑鬧的他們，心頭浮現不安。

趙琦喜歡的是劉子沅，根本沒什麼好擔心……

心裡雖然這麼想，偏偏目光就是無法不注意他們玩在一起的模樣，最後，她決定要下去跟他們一起玩。

項俞衡和趙琦在沙灘上比賽看誰能找到最稀奇的貝殼。

「項俞衡你看，是彩色的貝殼。」趙琦喜孜孜的晃著手上的東西，卻見項俞衡手上拿著礦泉水，咕嚕咕嚕的往其中一個沙洞灌水，然後又趕緊跑去另一個洞口等著，不出幾秒，洞裡探出一隻小螃蟹的身軀，項俞衡快速的抓住牠。

全程目睹的趙琦新奇的拍了拍手，「哇！好厲害喔。」

他驕傲的揚起嘴角，「崇拜我吧。」

「嗯！」趙琦點頭，「也讓我摸摸看。」她好奇的伸手，項俞衡告訴她要將螃蟹的鉗子壓在牠們肚子的地方，不然會被夾。

趙琦吞了吞口水，輕戳項俞衡手上的小螃蟹。

項俞衡見她想摸又不敢抓的樣子，忍不住想笑，直接拉過她的手，教她怎麼抓，「來，打開手，先扣住牠們的鉗子，食指和拇指再壓肚子，放心，牠不會夾到妳。」

趙琦在項俞衡的帶領之下，手指慢慢的碰上小螃蟹的肚子，感覺好奇妙，她不自覺仰頭對項俞衡笑，餘暉落在她的側臉，笑成彎月的眼，像承載著滿天夕陽。

他微微一愣，也跟著笑了，「妳看，不會很難吧。」

趙琦點點頭，項俞衡以為她已經做好心理準備，手一放，趙琦嚇了一跳，沒能抓緊，小螃蟹就這麼落在她手上，接著快速爬上她的手臂，她嚇得尖叫甩開，小螃蟹咻的掉在沙灘上，快速鑽進洞裡。

趙琦抱著手，低下頭，驚魂未定。項俞衡有點緊張的拉過她的手臂，趙琦不肯。

「我看，有沒有受傷？」

她搖頭。

「鬆手，讓我看。」見趙琦不說話，項俞衡的語氣更急了，畢竟這算是他的不對。

「……不用，我沒事。」

「我看一下就好。」他也不敢使勁拉她，就怕弄痛她。

突然，一直低著頭的趙琦，嘴邊露出不易察覺的笑容，「碰！」頭一抬，朝項俞衡大喊了一聲。

他頓了頓，立即垮下臉。

「妳騙我？」

趙琦哼了兩聲，「誰叫你平常愛欺負我。」

「趙琦，這不好笑。」

她本來只想開個小玩笑，卻發現項俞衡的臉色真的不對勁了，「你、你生氣嘍？」

「換作妳，不生氣？」項俞衡朝她走近。

趙琦覺得不妙，她看過項俞衡對待那些調皮男生的作法，毫無人性、斬草除根，她怕自己也會淪為那種下場。

趙琦縮了縮脖子，「我、我只是開個玩笑，我沒事、我很好。」她舉起手轉了轉。

項俞衡瞇起眼，揚起一抹善意滿點的笑，「我有事。」

「哪裡有事……」趙琦感到一陣陰風掃過。

「我的心臟差點被妳嚇出來。」他拍了拍胸口。

「妳還敢笑？」

本來神經緊繃的趙琦，見他逗趣的模樣，沒忍住的笑了出來。

「對、對不起，我不是故意的。」趙琦連忙捂住嘴，項俞衡見她努力維持正經八百的模樣，忽然也很想笑。

他咳了一聲，「趙琦。」

「……幹麼？」

項俞衡沉吟了一會兒，時間長得足以折磨趙琦千百遍，她深怕他出什麼餿主意讓她去做。

「沒事。」

「啊？」她仰頭看他，「真的沒事嗎？」

「不然呢？」項俞衡勾起壞笑問她，「妳想要我讓妳做什麼嗎？如果妳這麼想的話，也不是不可以啦。」

她連忙搖手，「不、不用了，沒事就好。」

「妳下次再騙我試試看。」

趙琦垂頭，委屈的喔了一聲。

「過來。」

「要幹麼?」她後退一步。

「打勾勾啊。」

「咦?為什麼又要打勾勾?」趙琦想起第一次見面時，已經被拐過一次，她這次才不要隨便和他約定。

「當然是為了防止妳又騙我啊。」

「我、我不會騙你了啦。」

「嘴上隨意說說，怎麼知道是不是真的?」項俞衡向前一步，舉起手，「過來喔，不要讓我去抓妳。」

趙琦憋屈著小臉，緊張的將手握成拳頭，「不行不要嗎?」

他笑得光風霽月，「不、行。」

趙琦想起前陣子答應明舒苓要套他話的事，本來伸出去的手，在項俞衡即將碰觸到她手的同時，又不要命的縮了回來。

「我……我覺得還是不要好了。」

面對她突然反悔，項俞衡豎起眉，「也就是說，以後還是會騙我吧?」

趙琦心虛的撇過頭。如果現在不騙過他，之後要怎麼幫明舒苓套他話?

於是，她堅定的說道:「不、不會!」

「那為什麼退縮?」

「我覺得這樣壓力太大。」趙琦轉著腦袋說，「我、我是女生啊，總會有些比較私人的問題，如果我什麼都要對你誠實，我會覺得很難堪。」

聽了她的話，項俞衡想了想，似乎覺得有點道理。他縮回手，妥協道：「好吧。」

見他放棄，趙琦在心裡鬆了一大口氣。

下一秒卻聽到他幽幽的說：「但我覺得這樣我就太吃虧了。」

「你？你吃虧什麼？」

項俞衡摩擦著下巴，忽然說道：「妳得拿一個祕密作為交換。」

「祕密？」

他點頭，似乎不是在說笑。「說一個關於妳的祕密，當作扯平。」

「祕密……」趙琦喃喃自語，小腦袋下意識的搜尋自己有什麼祕密可以分享，「等等！我為什麼得和你分享？」

「不然過來打勾勾啊。」項俞衡舉起手，一副「大爺給妳選擇，妳還給我討價還價」的表情。「我無所謂。」

你當然無所謂啊！趙琦在心底吐嘈。

「好啦，讓、讓我想一下。」

「行。」

見他豪爽的答應，趙琦再次覺得自己怎麼每次都在不知不覺中被坑？

「你們在聊什麼？」明舒苓拎著鞋，忽然出現在他們身後，長髮被海風吹得凌亂，臉上的笑容似乎有點不自然。

「我們就在說……」

「我罵她讓我好不容易抓到的小螃蟹跑掉了。」項俞衡忽然插話，隨即擰起眉宇看向明舒苓，只見她光著腳，腳趾不自在的蜷在一塊，看起來很不習慣這溼黏的沙灘。「怎麼下來了？」

明舒苓勾起僵硬的笑，將紛飛的長髮往後一勾，露出雪白漂亮的頸項，「喔……我看你們玩得很開心，也很想一起玩啊，我在上面很無聊。」

她邊說，邊蜷曲著腳趾。

項俞衡知道她有些潔癖，鹹膩的海風肯定讓她很不習慣，腳上都是結塊的沙，還有不知道什麼時候會冒出來的小生物，都讓明舒苓看起來很害怕。

他無聲一嘆，蹲下身，「上來吧，我背妳。」

明舒苓受寵若驚的咬著唇，有點害臊卻抵不住真實的身體反應，向前微微跨了一步。

趙琦在旁看了也有點緊張，見明舒苓的小手攀上項俞衡的背，她在心底默默替她加油。

「好了嗎？」項俞衡微側過頭問道，溫熱的氣息拂過明舒苓的臉龐，目光毫無預警的對上她，「抓好喔。」

「嗯。」

明舒苓搭著他的肩，不敢使力，微垂著紅透的小臉，黑色瀑布般的長髮流洩而下，遮住她半張精緻的臉龐。

「會不會很重啊？」

「喔，我習慣了。」

明舒苓搥了一下他的肩膀，項俞衡輕笑。

趙琦在後頭微笑跟著，遠遠的，就聽見在木臺上看夕陽的同學們歡呼尖叫。

「喔喔！班長好帥氣！」

「男神！男神！」

「九班之光！哇啊啊啊！」

「副班長是全天下最幸福的女人！」

項俞衡橫了他們一眼，臺上的一群人立即噤聲。他小心的將明舒苓放在階梯上，明舒苓羞得臉都不敢抬起，於是悄悄牽起趙琦的手，試圖化解尷尬。幸好，導遊立即就要大家集合，也沒人再鼓譟這件事。

晚上，他們去逛夜市，導師在夜市門口宣布九點在原地集合後，就讓大家解散去各自想去的攤位。

趙琦興奮的東張西望，想吃地瓜球，想吃雞排，也想喝珍珠奶茶，她轉頭詢問兩人的意見，「你們想吃什麼？」

明舒苓看向身旁的男孩，微微一笑，拉了下他的手臂，已經少了在海邊的羞怯，多了一些勇氣。她主動問他：「俞衡呢？想吃什麼？」

「我都可以。」

「我們從第一排逛，看到想吃的就買。」趙琦提議，見他們也同意，便領著他們前進。「走吧！」

星期五的晚上，夜市裡洶湧的人群讓明舒苓好幾次差點跌倒，項俞衡選擇站在她身後，扶著她的雙臂慢慢前進，以防她重心不穩摔倒，也順便替她隔開周圍的人群。

身後是項俞衡寬厚的胸膛與氣息，讓明舒苓臉紅心跳。有時她不小心停下，腦袋還會抵在他線條分明的胸口，乍看之下就像是他從後環抱住她。

一想到這，她的心跳聲似乎大得快抵過身旁小販的叫賣聲。

趙琦生得嬌小，所以穿梭在人群中顯得自在又靈敏，幾乎都是她先跑去排隊占位。「舒苓妳不是想吃烤魷魚？我先去幫妳排隊。」

她笑道，私心想讓他們獨處。

她跳著愉快的步伐，排入隊伍中，時不時的往前張望，數著前面還有幾個人才會輪到自己。

忽然，身後有人點了點她的肩膀，趙琦疑惑的轉頭，男孩身上穿的是不同縣市的高中制服。

「有、有什麼事嗎？」趙琦有些緊張的問。

「妳們也是來畢旅嗎？」

她遲疑的點頭。

「我們也是。妳是什麼學校的啊？」他看著趙琦身上的制服，以及左上角繡著的學號與姓名。

「趙……趙琦？是妳的名字？」

「嗯，對。」她也順著男孩的視線看了一眼自己的名字。

「好可愛啊。」

趙琦心想，對方大概是排隊太無聊才找她聊天吧。於是，在對方主動攀談下，趙琦跟對方聊了幾句，得知他是因為猜拳輸了，所以被差遣來當工具人。

「那妳的朋友呢？」

她搔了搔臉頰，「因為我兩個好朋友，目前……」她兩隻手各比出了數字一，緩慢的靠近，笑得有點驕傲，水亮的大眼都瞇了起來，「培養感情中，嘿嘿。」

對方了然的喔了一聲，也笑了起來，「妳真的是他們的好朋友，還懂得替他們製造獨處時間。」

趙琦神情自豪的揉了揉鼻子。

「如果他們在一起的話，妳不就會變得孤單嗎？因為就剩妳一個人了。」

她確實想過這個問題。如果明舒苓和項俞衡真的成了情侶，肯定需要更多兩人時光，那她會不會又變回一個人了……

她搖了搖頭，撐起笑，「這樣也沒關係，因為我知道暗戀一個人很辛苦，所以如果他們能順利在一起，就算我們相處時間會變少，我也不在意。」

「這麼說的話，妳有暗戀的人？」

趙琦後知後覺的捂住嘴，皺眉望向男孩邪惡的笑臉，「我、我才沒有，我只是打個比方。」她佯裝鎮定。

男孩也不戳破她，「如果是這樣更好。」

「嗯？」

「我覺得妳很可愛，我們交換聯絡方式吧。」

「咦！」這、這難道就是所謂的被人搭訕？

趙琦瞪大眼，身軀微微向後傾，一不小心碰到前方排隊的人，她嚇了一跳往前挪了幾步，回過神卻發現自己的手臂已近得能夠碰上男孩的胸膛。

對方似笑非笑的看著她驚慌的模樣，愈覺得她可愛，「如何？我的長相應該也沒有讓妳失望吧？」

「呃……」

趙琦活了十七年，從沒遇過這種事。

「可、可是我們不認識。」

「所以才要加好友。」

趙琦不知所措，但男孩目光炯炯，始終盯著她，讓她更緊張了。她不想給，一方面是她膽小，另一方面是……

「但是，我有喜歡的人了。」

男孩一愣，隨後像聽到什麼笑話般笑了一聲，「只是交個朋友，不一定要有什麼關係。妳該不會覺得交換聯絡方式，就認為我們一定要有什麼吧？」他勾起一邊唇角，像在嘲笑趙琦的單純。

「沒有，我只是……」趙琦不知道該怎麼解釋，皺著小臉，看上去既緊張又懼怕。

「那就沒問題了啊。」男孩朝她伸出手，示意她拿出手機，「我在我們學校也是很有人氣的，平常可不會這麼隨便和人說話喔。」他暗諷趙琦別自視甚高。

趙琦縮了縮脖子，對於他的逼近與脅迫絲毫不敢還擊。她將手伸進包包，想拿出手機時，手腕忽然被人捉住，對方高大的身影，隔開她和外校男孩的近距離。

「不好意思喔，我們琦琦平常也不跟奇怪的人說話。」

「項、項俞衡？」趙琦瞬間鬆了一口氣。

「今天是你好運，琦琦願意開口和你說話，得了便宜就該識相一點。」項俞衡勾起笑，「別得寸進尺。」語落，他斂起笑，眼底的淩厲讓外校男孩不寒而慄。

「嗤，喜歡的人該不會就他吧……」對方自討沒趣，啐了一聲便走人。

趙琦見他走了，拍了拍胸口，轉頭想和項俞衡道謝，卻見他一臉陰霾的斜眼看她，那個狠勁，趙琦只有在他每次修理男生的時候才會看見。

「你、你這是要揍我嗎？」趙琦下意識的脫口而出，「可是我剛才本來是要給他班導的電話……」她囁嚅幾句，卻見項俞衡抽了抽嘴角，噗哧一笑。

「所以我根本是救了他。」

見項俞衡肯笑了，趙琦緊張的情緒才真的放鬆。

隨後他又板起臉孔，教訓她，「下次再遇到這種強迫妳做不喜歡的事的人，就直接拒絕或是走掉，不用怕傷害他們，畢竟他們也沒顧慮到妳的心情。」

趙琦乖巧的點點頭，但想起了一件事，「可是你也常常這樣對我，那我也要直接走掉嗎？」

項俞衡一瞬間啞口無言，臉色驀地陰暗，「對我就不用，反而要全神貫注的聽。最好我說什麼，妳就做什麼。」他命令道。

趙琦扁嘴，「不公平，我才不要。」

「不要?」項俞衡見趙琦拿著買好的烤魷魚就要走，一點都沒打算搭理他，轉過頭問了一句明舒苓在哪邊，就準備跑去找她。他快步走在她後頭，「妳再說一次!」

「哎唷，項俞衡你好吵。」他在一旁喋喋不休，真像她家時常發怒的媽媽。

「我很吵?妳現在是忘記誰剛才救妳脫離困境嗎?」

趙琦沒有緩下腳步，「我本來就不會給他，就算你不來，我也能解決。」

聞言，項俞衡仰天長嘆，趙琦這是叛逆了還是造反?居然敢頂撞他!

「趙琦，我說妳……」

「舒苓!」趙琦壓根兒沒在聽他說話，看見明舒苓坐在花圃旁，便喜孜孜的攥著烤魷魚的袋子跑向她，留項俞衡在後頭氣得跳腳。

明舒苓見她跑來，也站起身，好奇的望著她身後問道:「為什麼俞衡看上去這麼生氣?」

趙琦轉了轉眼珠，含糊道:「不知道，可能肚子餓吧。」

之後他們一人提著一大袋的夜市小吃回到飯店。

「等等就不能再出去了，老師晚上十一點會來點名，還有不准到異性房間，抓到大過一支。」

大家哀怨的應聲，紛紛轉身回房，男生和女生的房間隔了一條走道，而老師的房間正好在女生走道的第一間，很難越獄。

趙琦的房間是五人一間，除了比較熟識的明舒苓，她和其他四人僅僅是點頭之交，但她知道她們都是好人，也常常關心明舒苓和項俞衡的進展。

「好討厭喔，都出來玩了，居然不能跑到男生房間。」說話的是小眼——顧名思義，她的眼睛不大，她和另一個男生是班上的第一對也是唯一的班對。

「你們夫婦在學校整天黏一起還不夠喔？連畢旅都要耗在一起。」撇嘴的是成天嚷著想交帥男友的阿痴，也就是花痴。

「我看妳是見不得別人好，今天班長才猛呢，當著老師的面背起副班長。」小眼推了推阿痴的肩膀，「怎麼就不說說他們？」

忽然被點名的明舒苓頓了一下，白潤的臉頰瞬間升溫，「我、我們那是意外。」

「你們這意外也持續太久了吧？」另一位女生戴著細框圓眼鏡，剪了一頭西瓜皮短髮，也因此得到西瓜這個綽號，「我看從高一就是了，妳們說對不對？」

其餘人等紛紛點頭。

「到底要不要修成正果啊？讓我們班再多一對班對，我們就可以來一場 DoubleDate，不然我們多無聊啊？每天都要被某些酸民酸。」小眼暗指阿痴。

明舒苓連忙揮著手否認，「妳們想太多了，我跟俞衡其實真的……只是好朋友。」她垂下眼，儘管臉上笑著，趙琦卻明顯感受到她話語中的失落。

「是嗎，好吧，妳說不是就不是唄。」她們三人也不再追問，轉而提議要打牌，「琦琦過來一起玩啊。」

「喔，好。」

五人玩了將近一小時，中途小眼的男友來電話，阿痴受不了的翻了翻白眼，調侃他們住在同一層樓還要講電話，只好讓她暫時退出廝殺，去一旁說一些噁心巴拉的肉麻話。

不知過了多久，原先在床邊情話綿綿的小眼忽然安靜下來，她愣愣的說道：「喂，我老公……」

坐在床邊正看著今天拍的照片的阿痴，最先用受不了的眼神瞪她，「又幹麼？」

趙琦和西瓜嘴裡咬著零食，正目不轉睛的看著鬼片，壓根兒沒仔細聽小眼說話。

「我老公叫我們……偷偷去他房裡，他說班導和其他老師去開會了。」

坐在地上翻開行李箱準備去洗澡的明舒苓頓了頓，沒多久阿痴先爆出尖叫聲，「哇靠！怎麼感覺好像姦夫淫婦。」

小眼對她豎起中指，「要不要去？」

西瓜最先拒絕，因為她整個心思都在陰森森的鬼片上，「我要看那個鬼的真面目。」

趙琦也不想去，除了也想把鬼片看完，還有就是她不太會跟男生相處，感覺很尷尬，準備搖頭時，卻發現明舒苓用著期盼的眼神看她。

「阿痴妳要不要去？」

「我都洗好澡了，而且我俗仔，萬一被班導發現怎麼辦。」阿痴不感興趣，「而且妳男友那房沒帥哥。」這才是主要原因。

小眼一臉無語，突然想到，「項俞衡啊，好歹是我們這屆公認有顏值的，雖然我覺得還是我家老公帥多了。」她沾沾自喜道。

趙琦一瞬間了然明舒苓想表達的意思。

阿痴摳了摳鼻翼，一臉不屑道：「眼睛被屎沾到。」

小眼爆出髒話，追著她滿屋跑，嘴裡喊著：「我就看妳以後交怎樣的男朋友，最好有辦法比霍閔宇學長還帥啦！」

趙琦趁她們隔空吵架、丟枕頭時，默默移到明舒苓身旁，「妳想去嗎？」

明舒苓看了一眼趙琦，咬著唇有些不好意思的點點頭，她抓住趙琦的手臂，「這樣會不會顯得我很不矜持……我還在她們面前說，我們是朋友，可是我現在卻很想去找他。」

趙琦安慰道：「每個人都有不想告訴別人的事，而且喜歡一個人就是要去爭取啊，不然怎麼會有結果？」她反握住明舒苓的手，「如果妳需要我，儘管跟我說，能做到的我都幫妳。」

明舒苓感動得眼裡都是水光，「謝謝妳琦琦！妳真是我最好的朋友！」

「喂喂！妳們抱在一起幹麼？現在是在演哪齣？」跑得有點累的阿痴停下腳步，疑惑的看著她們的同時，被身後的小眼逮住，抓住她猛搔癢，之後在尖叫笑鬧中，他們終於要出發到男生的房間了。

小眼打開門探出一顆頭張望，「很好！走廊安全！」

「要去就快去啦！演什麼間諜片。」阿痴懶懶的躺在床上，目光也被電視上的鬼片吸引住，西瓜冷靜的看著突然爆出的鬼頭，嘴裡分析道，這妝容很差勁，阿痴抱著棉被早被嚇得花容失色。

於是，她們三人偷偷摸摸的跑到312房，小眼敲門的同時，明舒苓緊握著趙琦的手，趙琦投以不用擔心的笑容，「哈囉！我們來了！」

開門的是小眼的男友，一看見她兩人就旁若無人的擁抱，房內立即爆出一片噓聲，接著他們看著後頭的趙琦她們，很開心的迎接。房裡亂哄哄的一片，除了散落的紙牌，還有幾罐啤酒。

趙琦有些驚訝，不是在出校門前都被搜光了嗎？接著她看到牆角有袋很眼熟的黑色塑膠袋。

那不是早上沒收大家違禁品的袋子嗎？

明舒苓發現她的疑惑，隨後笑道：「我就說俞衡是最常出入教官室的人啊。」

趙琦露出發現內奸的震驚表情，看向不加入其他人瘋狂玩鬧，僅僅只是靠在床上喝著啤酒的項俞衡，有種恍然大悟的感覺。

原來電視上演的都是真的啊！

項俞衡的目光瞟向她們，愣了愣忽然笑開來，趙琦感受到身旁明舒苓緊張的抿起脣。「原來妳們一房的。進來啊，隨便坐、隨便吃。」

聽到他說話，房內的男生立刻熱情的邀請她們進來，「副班長、趙琦快請進！」見他們哈腰的模樣，讓趙琦忽然有種被黑社會老大關切的心情。

之後，她們在房裡吃吃喝喝，聊著一些以前高一的笑話，明舒苓和他們笑成一團，趙琦聽不懂索性吃著洋芋片，繼續看著剛剛在房間看的鬼片，因為看得很入戲，完全沒注意有人橫跨了滿地狼藉朝她走來。

趙琦吞著口水，手上的洋芋片忘了放進嘴裡，她瞪著電視，看女主角拿著油燈走進地下室的害怕模樣，背景音效讓她的寒毛直豎，當女主角鼓起勇氣推開老舊的門時……

碰！一聲巨響，在她耳邊響起。

「哇啊啊啊！」趙琦抱起枕頭，猛然往來人砸過去。

大家都因為這突兀的叫聲而停下動作，他們震驚的看著枕頭自項俞衡陰沉的俊臉滑落，以及趙琦縮成一團躲在牆角瑟瑟發抖的模樣。

室內安靜的不可思議，唯獨剩下電視中詭譎的電影配樂，搭配此刻項俞衡陰沉的臉色，絲毫不違和。

「趙琦。」對方咬牙切齒的喊著。

趙琦疑惑的抬起頭，發現是項俞衡，再將視線移往地上的枕頭，最後目光停在項俞衡略為紅腫的臉頰。

因為枕頭的衝擊而揚起的一撮亂髮，正直晃晃的立在頭上。

她看著項俞衡陰側側的臉，愣了幾秒，雖然知道不可以，但還是……「哈哈哈哈！」她指著項俞衡的臉，沒形象的捧腹大笑，「對、對不起！等等……哈哈哈哈！」

這是大家第一次見到趙琦大笑，本來眾人還屏著氣息，大氣都不敢喘一下，他們紛紛互看一眼，皆被她的笑聲感染，也跟著哈哈大笑，整間房間充滿歡樂。

下一秒，項俞衡惱怒的臉，轉為無奈。

趙琦邊笑邊走到他身邊，「哈哈哈……對不起，把你的頭髮弄亂了。」

她止不住嘴邊的笑，卻在抬眼的那一瞬間迎上項俞衡深邃的眸光，她微微怔愣，看著他也勾起笑，而且愈發燦爛，忽然一絲異樣攀上心頭。

枕頭在下一秒正中她的臉，她回過神，發現項俞衡站在她面前，挑釁的看著她，而腳邊的枕頭，正是出自他手。

男女生瞬間自動分邊，各自擺好了架式。

「琦琦，這是攸關我們女生尊嚴的戰爭。」

「為、為什麼這麼突然？」

「別說了，我們挺妳！」

「咦！」現在是、是要打架嗎？可是她不想啊！

「喂喂！要打就快來啊，別以為妳們是女生我們就會手下留情。」

「靠！待會兒你就不要哭哭啼啼。」小眼凶狠的說道。

「老婆，妳怎麼可以這麼說……」小眼的男友似乎沒見過她發狠的模樣，指著她的手微微發抖，「我的女友是個踩到螞蟻都會捨不得的人啊。」

「兄弟！早點看清這些女生的真面目，都是裝的、裝的，否則你看俞衡幹麼不交女友。」一旁的男生勾住他的肩膀，點名了項俞衡，聽到這話的明舒苓不自覺的看向他。

項俞衡瞥了一眼那個男生，「講你的人生道理，幹麼扯到我？」

「你不交女朋友一定也是因為女生就是難搞又麻煩啊。」對方理直氣壯的答道，「不然你幹麼不交？我才不相信你都沒喜歡的人，或是沒人喜歡你？」

面對突如其來的質問，現場忽然一片安靜。

無疑是大家也好奇，畢竟項俞衡聰明帥氣，個性爽朗大方，卻連常常傳緋聞的明舒苓，也沒有什麼進展。

明舒苓看似不在意，手卻緊抓著枕頭。

當沉默達到最高點之時，項俞衡懶懶的投了一記眼神給他，「關你屁事。」語落，枕頭就毫不留情的往他身上砸，這場戰爭也正式觸發。

房裡傳出廝殺的尖叫聲與嬉鬧聲，趙琦趕忙四處閃躲。

她、她一點都不想加入戰局啊。

「去哪兒？」

正想奪門而出的趙琦，看見一個高大人影擋在門前，她傻傻的抬頭看對方，視線立刻被一道白色侵占，她的腦袋被枕頭砸中。

枕頭掉落的瞬間她看見項俞衡邪勾起脣角，「逃跑是懦弱的行為喔。」尾音上揚的讓人很討厭。

趙琦瞬間也被挑起鬥志，努起下巴，撿起地上的枕頭，立即往項俞衡身上砸去。

他俐落的一個閃身，落空。

項俞衡搖搖手指，發出嘖嘖兩聲，「準度有待加強喔。」語畢，他立即抓起枕頭想往趙琦砸去，忽然另一顆枕頭飛了過來，砰咚的砸中他的腦門。

「舒苓！」趙琦像是見到救星，雙眼發光。

項俞衡吃痛的揉揉腦袋瓜，「二對一不公平啊。」

「你一個男生欺負女生才不公平。」明舒苓回道，「接招吧！」

趙琦也跟著挺起胸膛一起攻擊項俞衡。

見班長大人陷入危機，其他男生趕忙來幫忙，小眼看明舒苓她們被男生包圍也趕緊過來支援，現場一片混亂，卻帶著滿溢而出的笑聲。

不知過了多久，大家的體力都透支了，紛紛倒在地上，趙琦感到一股前所未有的快樂。

大家玩在一塊，笑成一團，這就是她一直渴望的友情。

忽然手邊的手機響了，趙琦看了來電顯示是爸爸。

「我出去接電話。」

她走出房門，走到了三樓外的小陽臺，「喂？爸。」

「怎麼沒打電話回來？是不是玩得很開心？」

趙琦點頭，掩藏不住嘴邊的笑容，「畢旅真的太棒了。」

「玩得開心就好！」爸爸還想說什麼時，在他身邊的媽媽即刻打斷他，他無奈的一嘆，「等等喔……妳媽媽有話跟妳說。」

「喂，媽媽。」

「我收到補習班寄來了妳上個月的成績單，這是怎麼一回事？」媽媽氣急敗壞的說道，耳邊傳來紙張摩擦的聲音，「名次怎麼會是倒數？還有看看妳的社會科和國文，居然都是八開頭，這種成績妳當初還敢說只想補數學？」

趙琦被媽媽吼得啞口無言，張著嘴卻不知道該說什麼，剛才快樂的心情墜落谷底。一瞬間，她感到疲憊，忽然好想掛電話。

她的成績一直都不是最頂尖的，對她來說八十幾分已經是她努力得來的，大家都說肯努力就有用，可是在她身上卻一點效果都沒有。

「媽，其實我真的……不會讀書。」

話筒另一端是短暫的沉默，隨後傳來因生氣而微揚的聲音：「妳只是不努力。」趙琦的心鏗鏘一聲，似乎被什麼重重的打碎，她眨著酸澀的眼，沒哭。

「可是媽……」她張嘴想說什麼，卻又說不出辯駁的話，只是一個勁的眨眼，就怕淚水掉下來。

她聽見媽媽微微嘆息的聲音，似乎也厭煩一直督促她這件事，「回來後，把考卷錯的題目都各抄三十遍。假日我會帶妳去圖書館。不准看電視，電腦和手機我也會沒收，要用的話來跟我說。」

沒有商量的餘地，趙琦靜靜的聽著媽媽的宣判。她委屈的咬著唇，看著暗沉沉的夜色，沒有說話。

「我是為妳好，聽到了沒有？」

「……」

「回答！」見趙琦不搭腔，媽媽加重了語氣。

趙琦真的好想好想掛電話當作什麼也沒發生，她只是想好好和朋友玩在一起，然而媽媽來電的第一句話卻不是問她在哪裡玩？好不好玩？

她想開口說不要……

「……嗯。」最後還是沒說出口。

「早點睡。」

掛上電話的剎那，她抓著手機的手不自覺顫抖，她忍著不讓情緒潰堤，哭了的話是不是就表示媽媽做錯了，所以她不要哭，因為這不是媽媽的錯，是她的不對……

「琦琦，老師快要來查房了，準備回去……」

趙琦聽見自己的名字，也認出對方的聲音，她強逼自己撐起笑回頭，迎向對方深邃透亮的眸光。

項俞衡原先上揚的脣，在看見她的時候，忽然緩緩斂下，他微皺著眉宇，「怎麼了？」

趙琦還沒來得及說話，眼淚卻搶先一步。她其實沒有要哭的，她明明忍住了。

項俞衡被嚇到，急步走向她，眼神也忽然變得淩厲了起來，「被欺負了？還是被什麼嚇到？」

「沒、沒有……」趙琦匆忙抹掉眼角的淚，急著閃躲，她不該哭的，她怎麼會哭？

「趙琦。」項俞衡抓住她的手臂不讓她走，詢問的語調變得溫柔。「是什麼事？告訴我。」

趙琦聽著他柔和的聲音又更想哭了，她低下頭不想迎向他的目光，使勁的搖頭。

「好，我不問了。」項俞衡見她害怕的閃避，不再追逼。他看了一眼手錶，已經十一點十分了。

真糟糕。

「我、我回去了。」趙琦急著要走，卻被項俞衡拉住。

「現在不行回去。」他看著手機，群組已經吵得人仰馬翻。

「趙琦呢？老師快來我們這間了！少一個人，我們整房都要被記大過了啦！」

「班長！你還不快點回來？訓導主任要來了啊！他最愛針對你了。」

項俞衡煩躁的抓了抓頭，手指飛快的輸入著，「趙琦現在跟我在一起，發生了一點事，你們就……」項俞衡率先按送出，實則他也沒想好什麼辦法，「嗯，看著辦吧。」

他打完這段話後，就不負責的關上網路，將手機丟進口袋。當然不會知道，眾人在看了這段不負責的話後，反應有多麼激動，女生喊帥氣，男生簡直想把他的頭給塞進馬桶。

項俞衡拉著趙琦走向樓梯口，趙琦抗拒的想撥開他的手，「去、去哪裡？我要回去。」

「現在回去會被記大過，還會被訓一頓、通知家長。」他轉身看了她一眼，又低下頭瞟了一眼他拉住趙琦的手，「我們這樣一起回去，絕對會被誤會，乾脆就不回去了。」

「什、什麼！」趙琦對於這樣的結論感到瞠目結舌。

項俞衡沒回她，拉著她準備下樓，忽然聽見有人上樓的腳步聲，似乎是學校老師談笑的聲音。

「導遊今天辛苦了，高中生有時就是比較不受控。」

「不，貴校的學生已經很乖了，之前還遇過一對高中情侶半路脫隊，結果全校都在找他們，當時真的鬧得很大。」

聽著他們談話的內容，趙琦深深覺得自己就快要成為那個脫隊的學生。

項俞衡皺起眉，卻不是在擔心這些事，「我們去儲藏間躲一躲。」

趙琦被動的被他拉著，也不知道該怎麼辦。

她不在房間的事會不會被發現？明舒苓她們會怎麼處理？會不會覺得她是個拖油瓶？她擔心得皺緊眉頭！

同時間，項俞衡找到一間放滿棉被浴巾的儲藏室，直接將她推了進去，隨後關上門。

儲藏室又黑又窄小，無法兩人同時移動，沉重的呼吸聲在密閉的空間特別清晰，趙琦感覺到項俞衡的手臂劃過她的下巴，撐著一旁的牆，對於他這種長手長腳的人，窩在這小地方更難受。

趙琦的思緒紛亂，一方面擔心他們會不會被抓到，一方面又因為媽媽的一番話，讓她產生什麼都無所謂了的念頭，反正再糟也不過就這樣。

他們沉默了許久，項俞衡率先開口，帶著有些無奈的笑意：「現在該怎麼辦才好呢？」

沒想到會是趙琦和他遇上這般荒唐的事，他不懊惱，反而覺得新奇。

趙琦仰起頭，昏暗中她能感受到項俞衡的身形近在咫尺，現在他們的處境可以說是很悽慘，但她卻也還是跟著笑了。

「先待在這吧，等老師巡完所有房。」

趙琦點頭，接著又陷入一片靜默，約莫幾秒，趙琦不舒適的動了動，但只要每移動一分，便會與項俞衡肌膚相觸。

「不要亂動。」項俞衡輕斥。

「喔。」她立刻停下動作，隨後想了想又問：「我們還要維持這樣很久嗎？」

「不知道。」

「喔。」

趙琦安靜下來了，卻換項俞衡不安分。他撐著牆的手特別痠，想抽回手換個姿勢時，趙琦好意向後微仰讓他有個縫可以抽手，誰知這一後退自己倒是先站不穩。

瘦弱的背脊碰上身後的鐵架，上頭擺放整齊的浴巾搖搖欲墜，整個鐵架都在晃動，項俞衡率先注意到危險，兩隻手快速的越過趙琦的肩，用力將鐵架支撐住。

趙琦嚇了一跳，想往後看狀況，卻被項俞衡制止，「就這樣不要動。」他知道她看到後，一定會很害怕。

「你、你沒事嗎？」她聽了項俞衡的話，沒敢動。

因為施力的緣故，項俞衡說起話來有些吃力，「沒……事。」他微微使力，向前用力一推，將架子重新推回原位。

項俞衡剛想鬆一口氣，回過神卻發現自己的手臂正壓在趙琦的兩側，她微微仰頭，逐漸適應黑暗的視力，讓他們一瞬間四目交接。

趙琦怔愣收回視線時，卻發現他們過分靠近，隱約還能見到項俞衡的喉結微微滾動，她的臉頰急速升溫。

項俞衡也感到不自在，本來想裝作不在意，趙琦又不受控的亂動，柔軟的頭髮劃過他的手臂，帶著一絲麻癢，和一陣拂過他鼻尖的髮香。

項俞衡感到些微煩躁，想後退卻礙於這裡太窄小，許久他淡淡說道：「我們坐下等吧。」

趙琦還沒反應，就見他收回撐在她兩旁的手，咚一聲直接坐下，但因為腳太長，只能選擇環膝而坐，看起來更憋屈了。

趙琦見了想笑，但發現項俞衡在看她，立即忍住也跟著默默蹲下。他自動將架上的枕頭拿來當靠墊，彼此又安靜了一陣子。

「喂。」項俞衡忽然出聲。

「嗯?」趙琦的視線從地板移向他。已經預想到他可能要問她為什麼會哭?她又該怎麼回答呢?

趙琦陷入思考，但項俞衡卻說了預期外的話，「我突然想到，我有件事沒跟妳說。」

「什麼事?」趙琦瞬間繃緊神經，覺得好緊張。

項俞衡壞壞的揚起笑，「我的祕密啊。」

「咦!」趙琦想起上回在電話裡頭說的話，她立即搖頭，「其實……你不用說也沒關係，我真、的一點都不會勉強你。」她強調。

要是知道了什麼，感覺事情會變得很複雜啊。

「為什麼?我答應妳了啊。」

「明明就是強迫……」趙琦嘀咕。

項俞衡覺得好笑，「第一次看到有人要聽祕密，這麼不甘願耶。」

趙琦嘛嘴，「所以你就不要說啊，你讓我壓力很大。」

「這樣反而更有趣。」他愉快的回道，還以為抓到機會的趙琦立刻垮下臉，項俞衡見狀哈哈大笑，待緩和下來後，他淡淡說道：「其實我是單親家庭。」

趙琦靜靜的聽，幸好他們是在昏暗的地方說話，項俞衡看不清楚她的表情。

「不過這沒什麼，太多人跟我一樣了。」項俞衡聳肩，打從心底真的不在意，「我跟我媽一起住，我是獨生子。其實我不怎麼愛唸書，太無聊了，都是一些沒用的東西。」

單親的事，趙琦沒有太意外，只是聽項俞衡如此平靜的說出來，她有些不知如何反應。

「不愛唸書，成績還那麼好，真不公平。」她的話語充滿了委屈，項俞衡聽了笑了幾聲。

「我猜舒苓應該跟妳說過，我之前不是好學生這件事。」項俞衡早有預料，「雖然現在也好不到哪去。」

「嗯，不過沒有提很多。」

「在高中之前，我是個很壞的人。」項俞衡停頓了一下，「妳相信嗎？」

「相信。」

項俞衡哼笑出聲，伸長手拍了拍她的頭，「妳這傢伙答得毫不猶豫耶。」

「但應該不至於傷害別人吧？」

「有。」

「什麼？」趙琦震驚，「你帶頭欺負別人嗎？還是你收保護費？」電視劇都這麼演，尤其是在國高中這種血氣方剛的年紀，最容易意氣用事，一言不合就用拳頭說話。

項俞衡失笑搖頭，佩服趙琦的想像力，「我在妳眼裡到底有多壞啊？」

「如果都不是，那你是傷害了誰？」

「我媽。」

趙琦沒想到他會這麼說，愣了愣，重複他的話，「你媽？」

「嗯，打架我沒做過，鬧事倒是一籮筐，舉凡蹺課、去不良場所、喝酒抽煙，我常做。」

「為什麼沒有打架？」

「笨蛋，打架會痛啊。」項俞衡笑著推了推她的頭，「為什麼要讓自己痛，還得不到任何好處。」

趙琦傻傻的點頭，怎麼老覺得項俞衡的話都很有道理啊？

第五章　潮汐

「所以你該不會打了你媽？」趙琦倒抽了一口氣，沒想過項俞衡會這麼壞，「這怎麼可以……」

項俞衡沒好氣的看了她一眼，「我應該沒有到孽子的地步吧。」

「我怎麼知道。」趙琦害怕的縮了縮身體，項俞衡還刻意朝她撲過去，嚇得趙琦啊啊叫，看她膽小的樣子，讓他笑到不行。

「那你告訴我你做了什麼啊。」

項俞衡見她想知道，忽然勾起一抹得逞的笑容，歪著頭說道：「等等。」

「幹麼？」

「妳是不是也欠我一個祕密？」

趙琦突然想起在海邊答應他的事，支支吾吾道：「你先說完，我再告訴你。」

「不要。」項俞衡回絕，「誰知道妳等下會不會賴皮。」

她忍不住懷疑，項俞衡是不是從小被騙到大，這麼不相信人。

他勾起微笑，狡黠的說道：「我不說也可以啊，反正妳一開始也沒有很想聽不是嗎？想想也是，我不該給妳這麼大壓力，妳說對不對？」

「我……」趙琦氣結，在心裡猛跺腳。

項俞衡笑得很真誠，嘴角的弧度彎得很奸詐。

「好……我說。」

「妳要是覺得委屈，也可以不說。」項俞衡難得佛心，「妳知道的，我不喜歡勉強人。」

最好是！

「沒關係，我自己願、意告訴你的。」她刻意加重語氣，項俞衡聽了笑得更開心了。

「洗耳恭聽。」

「我的祕密喔……」趙琦微微呼了一口氣，「我考不上我媽希望我去的大學。」

「什麼？」項俞衡以為自己聽錯，「妳再說一次。」

「我說，我達成不了我媽的願望。」她抱膝，將下巴抵在膝上。

項俞衡皺著眉，「妳在跟我開玩笑？」

「沒有，我很認真，這就是我一直不敢跟別人說的祕密。」趙琦悶悶的回道，「我覺得我很笨，就算再怎麼努力都沒有用，我好像……永遠達不到我媽的要求。」

趙琦再次慶幸儲藏室的視線不佳，項俞衡看不見她的表情，她也看不見他同情的模樣。有時候被人憐憫比被羞辱更加難受。

對面忽然沒了聲音，趙琦沒想太多，低頭玩著手指，「我是不是說了讓你很難接下去的話？」

忽然，一股重量壓在她頭上，趙琦驚訝的微仰起頭，項俞衡寬大的手掌依舊沒移開，「誰說的？」

「嗯？」

「妳不好。」

「……」

「誰說妳不好了？」

趙琦沉默。

「對我來說成績好並不能證明什麼，頂多就是知道你比別人會唸書而已。」

趙琦垂眼，「學生的本分不就是唸書嗎？但我連最基本的都做不好。」

項俞衡哼笑，「拜託！現在什麼時代了？妳怎麼會講出這麼智障的話，不是只要會讀書就會有成功的人生。」

「但是我媽這麼覺得。」趙琦說，「不會讀書，就等於是沒用的人。你看，我連最簡單的都做不好，怎麼還能做其他更難的事。」

「讀書一點都不簡單好嗎？」

趙琦靜靜的苦笑。

「聽我說，讀書和妳的能力好壞一點關係都沒有。妳或許只是用錯方法，但不能否定妳的努力。」項俞衡的語氣忽然變得穩重了起來，語調鏗鏘有力。

趙琦瞬間覺得心裡湧現了力量。她不知道項俞衡鼓勵別人時，這麼見效。

「懂嗎？」

趙琦愣愣的點頭。

「大不了我教妳。」

「咦？」

「日行一善，看我能不能免除下地獄。」

原先還被他的鼓勵給震懾的趙琦頓了頓，隨後噗哧的笑出聲，「我應該沒有那種能耐可以讓你上天堂。」

「我知道。」

趙琦沒料到他回答這麼快，還非常直白，氣呼呼的回嘴：「至少我不是混混學生。」

「我成績還比妳好。」

這句話，讓趙琦不甘願的閉嘴。他說的是事實。

項俞衡見她氣鼓了臉，不自覺挑釁，欺負趙琦這件事他永遠都玩不膩，「怎樣，不服氣嗎？」

「哼。」趙琦撇過頭，撥開他放在她頭上的手。

項俞衡見她生悶氣，笑嘻嘻的說：「我們琦琦也很厲害啊。」

趙琦正想露出笑容時，項俞衡又補了一句：「只是差我一點。」

「項俞衡！」

「哈哈哈哈！」

「我說完我的祕密，換你了，你要把你的事說完。」

「妳那叫哪門子的祕密？根本只是煩惱而已。」

「是祕密啊，因為我沒跟別人說過。」

項俞衡見她伶牙俐齒起來也不輸人，覺得好笑，隨後嘆口氣。他沉吟了下，不自在的抓了抓頭，畢竟他從沒跟誰說過這件事，就連面對長期相處的明舒苓，他也不曾開口。

「我其實沒想過要變好，事實上我也不覺得自己很壞。」項俞衡停下說話，吐了一口氣，「直到有一天，我看到我媽一個人在浴室裡偷哭，我才知道自己真的錯了。」

項俞衡說，他爸沒有留給他們什麼，媽媽為了爭取他的撫養權，花了不少訴訟費。

「其實我媽根本沒必要這麼做，我出生時，她因為要照顧我，選擇成為全職家庭主婦，她根本沒什麼收入，花得都是她的積蓄和外婆家給的嫁妝。」

他冷笑，「我爸是個接續家業的獨生子，他什麼都不缺，卻連一毛贍養費都不肯給，還刻意和我媽爭我的監護權，他其實根本無心養我。」

趙琦皺眉聽著。

「我媽自己也明白這件事，所以才死都不讓我爸帶走我。」

「你媽媽真的好偉大喔。」趙琦有感而發，她不知道總是這麼樂觀的項俞衡，原來有這麼多難以啟齒的過去。

「結果我還這樣對她。」他諷刺的說道，「我記得那次我媽因為接到學校說我曠課太多的電話，可能會被退學，對我又打又罵。我很生氣，所以就對她大吼著，妳自己一個人就過得那麼辛苦了，為什麼還要拖我下水？妳應該把我丟給那個男人撫養，他什麼都有，妳什麼都沒有，幹麼要自作主張替我決定我的人生！」

趙琦倒吸一口氣，「你、你怎麼這樣對你媽媽說話？」

「我媽聽到這些話，也突然安靜了，大概跟妳一樣覺得我怎麼能說出這種話吧。」項俞衡呼了一口氣，「其實我也很後悔，但我拉不下臉道歉，就離家出走了。」

項俞衡停下，趙琦沒有多問。儲藏室一如既往的飄著消毒水的味道。

約莫幾秒，他又開口，似乎決定一次坦白說完。

「我當下其實不是那個意思，我只是覺得，我媽就是因為多了我這個拖油瓶，才沒辦法再找另一個可以依靠的人。

「這個社會對女人並不友善，何況是離過婚又有小孩的女人，沒有人會接受她，她只能更努力的賺錢供我生活，兼更多差幫我繳學費。我只是個小孩，我什麼都幫不了她……」

趙琦聽了好想哭。

項俞衡的無能為力，和他媽媽的堅強，都只是為了讓他過得好。

「你真的應該對你媽媽好一點……」

「而我爸一個人開心自在的過他的生活，什麼都不用負責，爛攤子都留給我媽，她一個人要怎麼扛這麼多事？我媽是一個受委屈不會說，也不要別人幫的人。從我有記憶以來，我沒見過她哭，一次都沒有。」

「所以你不自覺變壞，變成讓妳媽操心不完的人，是不是想要讓你媽後悔，然後去找你爸，將你丟給他，這樣你媽就能好好重新開始生活了？」

雖然是疑問句，但趙琦說得肯定，讓項俞衡不自覺止住嘴邊的話，神情變得高深莫測。

「為什麼這麼認為？」

「因為我知道你不是個很壞的人啊，你如果變壞，一定是有什麼理由吧。」其實項俞衡雖然嘴巴惡質，卻總是在她最困難的時候出現，一點也不吝嗇的幫她。

項俞衡先是哼笑一聲，然後壓低了聲音，「我怎麼沒早點遇到妳呢。」

她微愣，慢半拍的應聲：「……蛤？」

「多好啊。」他笑嘆。

趙琦一時間說不出話來。這、這是什麼意思？

她下意識的吞了吞口水，但項俞衡似乎沒有察覺，他兩手放置後腦杓，微微靠向身後的枕頭。

「後來我三天都沒回家，因為不知道該用什麼心情面對我媽。我知道她一直很辛苦，為了讓我過得跟一般小孩一樣，她拚命工作。」他笑，「但我們本來就跟別的家庭不一樣，不管怎麼做，都不會改變我單親的事實。」

聽聞，趙琦難過的低下頭，沒來由的想到劉子沅的臉。同樣也經歷爸媽離婚的他，會不會也這麼想呢？

項俞衡平時總是笑著，是不會讓負面情緒停留太久的人。

但劉子沅不一樣，他不愛說話，更不可能主動分享自己的心情，不知道聽到爸媽要分開的他，是什麼表情？有沒有哭呢？

「怎麼突然不說話？」項俞衡連忙說道，「不用同情我，我很好。如果不好，現在也不會在這裡。」

「嗯……」

「我下定決心不回去，所以在某天半夜，本來想趁我媽睡著時，回家拿一些換洗衣物，然後再也不回來。」項俞衡緩緩說道，彷彿是記起那時候的畫面，語調低啞，「結果……我看到我媽邊哭邊洗我的制服。」

趙琦咬唇，幾乎差點掉出淚。

「我看著她使勁搓著我的白色制服，還不時用手抹掉臉上的淚。」項俞衡微微抿緊脣，擰著眉，「我還記得她那天穿著工廠的制服，每次都是這樣，自己都還沒換洗，就先想到我。所以我怎麼能這麼對她……她除了我以外，已經沒有人可以依靠。」

「嗚嗚……」

「喂，妳該不會哭了吧？」項俞衡有點慌張又覺得好笑，透著走廊穿過門縫的微弱光線，發現趙琦臉上真的有淚光，「真是……有什麼好哭？」

趙琦吸了吸鼻子，愁著一張臉，「我覺得你真的太過分了，阿姨根本就是天使，你這麼壞，她還是這麼愛你。」

讓她想起自己的父母，自己也是常常頂嘴，惹他們生氣。趙琦忽然心生愧疚，剛才對媽媽的怨念頓時消除了一點。

「我知道、我知道，我很壞。」他無奈的回道，「妳不要再哭了，不知道的人以為我對妳怎麼樣。」

噎。

趙琦抹了抹眼角的淚，但難過的情緒像被啟動，讓她止不住眼淚，儘管不想哭了卻還是一直抽

項俞衡看了也覺得怪難受的，「唉，妳們女生怎麼老是說哭就哭？」

「哪、哪有啊！」她顫抖著肩膀，擤著鼻子，「還不是你突然告訴我這件事，我根本沒有準備好，還是這麼沉重的事……」

趙琦說著又想哭了，項俞衡受不了的看了她一眼，「啊，真是。」項俞衡伸手輕握著她的兩肩，「拜託，忍住！我真的沒有那麼可憐。我跟我媽現在過得很好，我有打工，也有領學校的獎學金，我活得很好。」

趙琦點頭，一抬頭就看見他急於澄清的臉，她突然覺得很好笑，「不過阿姨有你這樣的兒子，或許就是她努力的回報。」

他放下手，笑道：「我也這麼覺得。」

「你這人怎麼會這麼不懂得謙虛。」

「謙虛有什麼好處？」

趙琦一時啞口，「就是……別人對你的印象會好一點啊。」

「我要別人的好印象幹麼？」

「呃……」她又沒話好說了，「喔！喜歡的人，如果遇到你喜歡的人，就要給對方好印象吧？大家都喜歡謙虛的人。」

趙琦總算找到一個能夠大聲說話的理由，覺得自己的氣場稍稍強大了起來。

項俞衡卻嗤了一聲，「我沒有喜歡的人，而且愛我，不就該接受全部的我嗎？」

趙琦現在已不在意他滿嘴自以為是的話，反倒咦了好大一聲，「你沒有？」

這怎麼可能？那他跟舒苓又是怎麼回事？

「就沒有啊。」

「可是、可是……一點點好感也算喔，就是看著她的時候，特別想對她好，想保護她，不想看見她哭……」趙琦試圖引導他說出明舒苓的名字。

聽聞，項俞衡深邃的眸光下意識的落在她身上，趙琦到嘴邊的話硬生生停下，她的臉頰莫名有些燥熱，微微抿了脣。

孰料，項俞衡卻敷衍的笑了下，「沒有，以後或許也不會有。」

他的父母就是最好的前車之鑑，縱使當初多相愛，卻依然分離收場。愛能夠貫徹永恆，卻也能轉瞬就變。

沒有人能保證陪誰走到最後，既然如此，何必開始？

趙琦瞬間回過神，接著用古怪的眼神看向他，「怎麼可能？喜歡這種事，誰都阻止不了。」

「哦？」項俞衡彷彿來了興致，「這麼肯定啊？」

「當然！」她挺起胸膛。

「那麼，我們來打賭好了。」

趙琦瞪大眼，「為什麼突然又要……」他見項俞衡勾起嘴角，做出他最常強迫她做的動作——打勾勾！

她連忙將自己的手藏進懷裡。

「我說，我不會在畢業前喜歡上任何人。」項俞衡沒有絲毫猶豫，倨傲的抬高下巴，「妳就賭我會喜歡上誰吧。明年畢業，我們見真章。」

趙琦沒料到會多一項賭約，雖然自己未必會輸，卻還是因為項俞衡自信過頭的語氣而膽怯，

「我、我不要！為什麼連這種事都要打勾勾啊？」

「為什麼？沒把握嗎？」他愉悅的彎起脣，黑眸熠熠生輝，露出驕傲的光芒，「那妳現在跟我道歉，說項俞衡大帥哥，對不起我錯了，我就當這件事沒發生過。」

趙琦錯愕。

「放心，我不會笑妳。」

趙琦簡直被這股酸勁震驚了，項俞衡笑著一張狐狸臉，嘴裡句句都是嘲諷她的話。

她一股氣凝聚在拳頭上，「好啊！我們就來打賭，到時輸的人……」她果然不是那種適合耍狠的角色，根本想不出什麼可怕的懲罰。

「答應對方任何一件事。」項俞衡替她接話，「贏的人可以叫輸的人做任何事，怎麼樣？」

趙琦本來還有點猶豫，但仔細想想還有一年多，萬事都有變數，便鼓起勇氣點頭答應，「好！」

「成交。」項俞衡伸出手和趙琦打勾勾。當拇指碰上拇指時，趙琦忽然瞪大眼，手指一僵，項俞衡發現了她的怪異，「幹麼？打勾勾了就不能反悔喔。」他好意提醒。

「你會這麼爽快的答應，也就是說……」趙琦緩緩說道，「你現在真的沒有喜歡的人？」

「嗯。」

「怎、怎麼會？」那舒苓怎麼辦？

「怎麼不會？如果有，我還提賭約，我難不成是傻子？」他拍了拍趙琦的頭，一臉勢在必得的模樣。

趙琦心一沉，想到自己還不斷為明舒苓打氣，說項俞衡肯定喜歡她的話，結果現在……趙琦怨恨的叫了一聲，項俞衡被嚇到，問她幹麼發神經？

「你、你真的沒有喜歡的人？」她試著引導他，希望他回憶起自己對明舒苓的照顧，「就算是有一點點不一樣的感覺也算喔。」

項俞衡皺眉，隨後揚起一抹痞痞的笑容，「幹麼？怕輸喔？」

「當然……不是。」

「那妳管我有沒有喜歡的人幹麼？」項俞衡歪頭，挑了挑眉，「還是其實是妳……對我有意思？」

趙琦驚訝的往後靠，「才、才沒有！」

見趙琦快速否認，項俞衡不自覺蹙起眉，接著無所謂的聳肩，「那就好，否則我會贏得很無趣。」

趙琦哼了一聲，看著項俞衡起身。

「走吧，該回去了。」

「現在嗎？」

「妳想跟我在這兒待一整夜？」

「沒、沒有！」趙琦快速起身，跟在他屁股後，項俞衡見她一點都不拖泥帶水，立即搖頭失笑。

項俞衡輕手輕腳的轉開門的把手，暈黃的光緩緩流洩而進，趙琦小心翼翼的跟在他身後。

「老師他們有沒有發現我們不見？」趙琦快緊張死了。

「要是被發現，外面就不會這麼安靜。」

「對齁。」

他左看右看，確認走廊都沒人，招了招手讓後頭的趙琦跟上。趙琦心驚膽跳的緊跟項俞衡的腳步。

「我先送妳回房間。」

她點頭。他們一路上不敢發出太大的聲音，安靜的走在長廊上，四周無聲，加上燈光昏黃，趙琦有點害怕，總感覺後背有一絲涼意，不知道會有什麼東西突然跑出來，都怪她剛剛看了鬼片，滿腦胡思亂想。

項俞衡原本還全神貫注的觀看四周，卻感覺衣角被人捉住，他低頭，發現趙琦的手揪著他的制服一角。

呵，真是膽小。

「好了，我要回去了喔。」項俞衡轉身，趙琦忽然喊了他，「還有什麼事？」

「就是……」趙琦抿了抿脣，然後開口說道：「謝謝你告訴我這麼多事，雖然我也不能幫你什麼，但是你要加油，讓阿姨的努力沒有白費。」

「當然，那還用說。」項俞衡笑開來，「不過我希望這件事，妳能替我保密。」

她用力點了點頭，「當然好！」隨後自然的伸出手，「要打勾勾嗎？」

項俞衡微愣，見她似乎把打勾勾視為他們每次約定的例行公事，他爽朗的笑了出來，「既然妳都這麼要求了。」

他抬起手，當兩人的小指交扣在一起，房門倏地打開。

「……俞衡、琦琦？」

「舒苓。」趙琦嚇了一跳，連忙收回手。

「你們……在做什麼？」明舒苓的視線落在項俞衡懸在空中的手。

項俞衡放下手，一如既往的露出痞痞的笑容，「老師他們應該都沒發現吧？」

明舒苓微微低頭，滑順的長髮流洩而下，語氣有些僵硬，「嗯，沒事。」

「謝謝你們了。」他拍了拍明舒苓的肩，「我先回去，妳們也早點睡。」

「晚安。」明舒苓對著他逐漸走遠的背影，忽然喊道。

「嗯。」項俞衡側身舉起手，輕輕抿起笑。

趙琦愣愣的望著他的背影，轉過身時發現明舒苓在看她，目光複雜且憂慮，但還是扯起一抹笑容，「妳沒事吧？剛剛有沒有很害怕？」

趙琦雖然感受到她奇怪的情緒，卻沒有問出口，只微微點頭，「我第一次做這種事……妳們怎麼躲過老師的？」

她們邊壓低聲音，邊走進房間。明舒苓娓娓道來，說她們一開始嚇死了，根本是豁出去，先把阿痴和小眼推進浴室，西瓜則假裝要準備睡覺。老師來點名時，由明舒苓開門應對。

「怎麼只有妳們兩個？」

「喔，其他三個在洗澡。因為她們看鬼片很害怕，說不敢一個人洗澡，所以就一起洗。」語畢，浴室的人還應景的發出沖水和嬉鬧聲。

「三個？」老師皺眉，「不會很擠嗎？妳們女生真的是……」她邊說邊在點名欄上一一打勾。

「我們準備要睡了，西瓜她討厭吵，我怕她等等生氣。」明舒苓確認老師都打勾後，立刻開門讓老師出去，「老師也早點休息吧，晚安。」

待關上門後，她們一致鬆了一口氣。

至於男生那邊，說一起洗澡真的太噁了，所以他們先將房間的燈都關了，把枕頭塞進棉被裡，假裝項俞衡躺在床上。訓導主任來查房時，他們就裝作一副剛睡醒的樣子。

訓導主任本來還很懷疑，項俞衡的房間怎麼可能會這麼安分？居然還沒十一點就睡一片，他本來想進去看，但男生們立刻鬼吼鬼叫。

「吼！主任！你每次都說自己很尊重學生，這種時候就應該相信我們啊！」

「對啊主任！而且大家都是男生啊，我們再怎麼無恥，也知道底限在哪兒。」另一名男生附和，

「何況我們能做的事也就那幾件嘛，不然我們還能幹麼？再說我們班長不是沒女朋友嗎？頂多就那樣了。」他暗示性的對訓導主任眨眼。

他老人家感到一陣不舒服，許久才斜睨了他們一眼，「看在你們畢旅，我就算了。在學校別給我搜到，否則一律沒收。」他回頭又看了他們一眼，「還有別看太晚，也不要給我瞎搞！」

「是！」男生們全體立正縮臀，手放眉尾朝他敬禮，訓導主任搖頭。

「謝謝主任！畢業後我們一定會常回來看您！也會給您帶好片！」

聞言，訓導主任微微一震，掄起拳就要揍他們，隨後咳了一聲，「會不會安全畢業還不知道，一群臭小子，沒事快睡覺！」

「好！」

「所以他們說項俞衡在看……那種片啊？」趙琦提出疑問。

明舒苓聳肩，也無可奈何，「誰叫他那麼不負責，不在的人當然要任別人栽贓啊。」

沉默了一下，她們互相覷了對方一眼，趙琦有點好奇，又有點不好意思的說：「他平常在家裡會看嗎……」

「我哪知道！」明舒苓像是被嚇到一樣，跳起來說，「而且、而且就算看了，也滿正常啊，搞不好劉子沅也會啊。」

聽聞，趙琦驚恐的往後退了一步，「他、他會嗎？」

「對啊……是男生都會吧？」

她們又陷入安靜，各自低頭思考自己喜歡的男生究竟有沒有看片，這種……習慣。

❄

隔天，是大家最期待的便服日，看慣了同學穿制服的樣子，突然換成日常衣服，每個人都覺得新奇極了。

她們在集合前，拍了張照片紀念。

走到樓下大廳集合時，一眼就發現項俞衡站在人群中點名，他穿著白色T恤，下身是牛仔短褲，腳踩著黑色高筒帆布鞋，儼然就是個衣架子。

當她們一群女生從樓梯走下來，樓下的臭男生立刻發出陣陣浮誇的叫聲，阿痴很享受被簇擁的歡呼聲，搔首弄姿得很盡興。

對於眾人的目光趙琦很不自在，所以默默想融入人群，卻發現幾個和項俞衡同寢的男生怪怪的。

「你們的臉……都怎麼了？」一塊青一塊紅，還有點腫。

他們一群男生像是被戳中傷心處，一片哀號。

「趙琦，妳都不知道我們昨天多可憐……嗚嗚！」

她皺眉，直覺的看了一眼項俞衡，他若無其事的對著點名簿，一副老神在在。

明舒苓湊了過來，小聲的說道：「肯定是項俞衡下的毒手。」

她倒抽一口氣，突然憶起她們昨天在討論的事情，「該不會就是……昨天我們討論的……」

「噓。」明舒苓使了眼色讓趙琦別再說下去，因為項俞衡正噙著笑看了過來。

趙琦連忙閉嘴，果然有些人一輩子都惹不起。

早上他們去了一間藝術中心和文創工廠，這些景點大家幾乎都興致缺缺，直到午飯結束，導遊帶大家到一條有著琳瑯滿目的攤販和手工藝品的街上。

「待會兩點到五點就是各位的自由時間。」

一聽到關鍵字，立即爆出歡呼聲，每個人都蓄勢待發。

「請各位同學注意安全，不要去危險場所，有什麼事打電話給老師和導遊，或是班長……」老師話都還沒叮嚀完，一群調皮的男生根本待不住，一直想要老師快點放人。

項俞衡見他們也沒心情聽，示意老師讓他說話，他的聲音不大不小，話語簡單明瞭，「敢給我惹麻煩，你們就死定了。」

語落，他們一致安靜，本來還計畫去打網咖的念頭，瞬間縮了回去。

項俞衡看了他們一眼，「可以散了。」

他們哀叫幾聲，只好揉著鼻子跟著女生去購物。

因為大家都有自己的朋友圈，所以很自動的就分開，但趙琦私心想讓他們兩人一起去逛，她自己則跟小眼他們去玩。

不過看著其他人走遠的背影，趙琦也別無他法。

「你們會肚子餓嗎?」

「笨蛋，妳不是才剛吃過嗎?」項俞衡沒好氣的睨了她一眼。

「搞不好又餓了，青春期食量都會變大啊。」

項俞衡見她鼓著一張臉，覺得好笑，輕推了下她的頭。

趙琦皺眉瞪他，而他似乎玩上癮，反覆推了她的頭好幾下，因為手長腳也長，趙琦根本拿他沒辦法。

她求救的望向明舒苓，通常這時候她都有辦法治項俞衡，但轉頭時，卻發現明舒苓早就走遠了，趙琦心想不妙，立刻追了過去。

「舒苓。」她拉住她，「妳怎麼先走了？」

明舒苓沒看她，淡淡的抽開手，語氣有些冷淡和從沒有過的疏遠。「等你們做什麼？我看你們玩得很開心啊，我不想打擾。」

趙琦的心咯登一聲，這種酸溜溜的語氣一點都不像平時總是笑臉迎人的明舒苓。

「不是，妳誤會了……」

「昨天也是，你們明明做了很多事，可是卻什麼也不告訴我。」明舒苓聲音一緊，「我就像個局外人。」

「我們真的什麼也沒做……」

昨晚明舒苓問了她，她坦白說他們躲在一間儲藏室，也說了媽媽打電話來的事，明舒苓還安慰她，說要幫她。

但是她沒透露項俞衡的祕密，她已經說好不會說出去，她得遵守約定……

趙琦也很為難。

明舒苓不想聽她解釋，掙脫她的手逕自往前走。

後來跟上的項俞衡疑惑的看了趙琦一眼，「妳們又吵架了？」

「才沒有。」趙琦看項俞衡什麼都不知道，莫名感到心煩。明舒苓這麼喜歡他，為什麼他可以這麼沒有自覺。

她悄悄的握緊拳，不只是為了賭約，也是為了她最好的朋友的幸福，她一定、一定要讓項俞衡喜歡明舒苓！

「你去追她，快點！」趙琦推了推他。「安慰她一下。」

「為什麼是我？不是妳惹她嗎？」

「不管了，這都是因為你。」

「我？」項俞衡完全狀況外，但礙於趙琦一直催促他，明舒苓看起來也似乎真的很生氣，他還是擔心的追了過去。

趙琦在後頭雙手交握，希望項俞衡能加油。

「舒苓！」項俞衡跑了過去，輕鬆的抓起她白皙的手腕，「怎麼了？是不是不舒服？」他皺眉，高大的身影替明舒苓遮去烈日，當她轉身時，項俞衡的眉宇皺得更深了。

「為什麼……哭了？」

明舒苓倉皇的低頭抹淚，項俞衡見狀，握住她的手不自覺攥緊，「跟我說，誰欺負妳了？」

她一個勁的搖頭，想抽回手卻被項俞衡死死的抓住。他的面色複雜且陰鬱，耐著性子繼續問道：「那是怎麼了？」

「我沒事……」她只是恐慌。

「不是哭了嗎？」項俞衡焦急的接話，壓根不信她的話，「妳不常哭。」

明舒苓忍著不讓自己真實的情緒外露，她搖頭，「我真的沒事，只是生理期來，肚子有點痛。」

他蹙緊眉，深色的眼眸黯下，「那我們找間咖啡廳坐吧。」

明舒苓點頭，緊抿著唇。內心的不安感不斷湧上，讓她惶恐的無處逃。她明明知道自己不該亂生氣，趙琦也沒做錯，是她無法抑止自己的胡思亂想。

想著，兩人關在密閉的儲藏室是不是做了什麼？又說了什麼？

想著，兩人打勾勾，是不是悄悄約定了什麼？項俞衡從來沒和她打過勾勾……

他們、他們會不會在她不知情的狀況下，突然有了什麼變化？

例如，喜歡。

縱使知道趙琦喜歡的人是劉子沅，但她無法停止猜測。

明舒苓真的很害怕，這輩子不曾這麼驚慌失措，她甚至開始懷疑把趙琦拉進他們之間究竟是好是壞？

當她意識到自己居然有這種可恥的想法，她才猛然回過神，但腳步卻已經走遠。

趙琦跟在他們身後，不敢打擾，看著項俞衡溫柔帶著保護之姿，輕圈住明舒苓的肩膀，動作輕柔且小心翼翼。

可是為什麼項俞衡對這樣美好的明舒苓沒有任何感覺，卻又對她無微不至的照顧。趙琦敢說，明舒苓如果有什麼事，項俞衡一定第一個跳出來幫她。

大家都說日久生情，他們認識了這麼久，項俞衡怎麼會一點心動都沒有？還是他不承認？

趙琦煩躁的搖著頭，微微一嘆，倒是會說別人，自己跟劉子沅卻一點進展都沒有。

他們進到一家咖啡廳，沁涼的冷氣讓明舒苓緊繃的情緒緩和許多。她微微轉頭，就看見趙琦用擔憂的眼神看著她。明舒苓感到一絲愧疚，自己剛剛居然兇了她。

她招手讓趙琦坐她旁邊，「抱歉喔，我生理期來時，情緒總是起伏不定。」

趙琦點頭，拍了拍她的手，她能理解的。

之後，他們在咖啡廳坐了一下，明舒苓不知道為什麼開始說起她和項俞衡小時候的事。說著項俞衡剛來他們家的時候，很彆扭很悶騷，說起他們有時半夜偷偷溜去便利商店吃宵夜，還說了之前被項俞衡結識的仇人，堵在半路。

「我那時候嚇死了，因為他們以為我是他女朋友，所以一直對我罵髒話。」明舒苓說起時，還覺得有點好笑，「然後我還被他們之中的老大，推頭打臉的，真的跟電視演得小混混一模一樣。」

「妳、妳不會害怕嗎？」換作是她肯定當場昏倒。

「當然會啊，但我知道我一定逃不掉。他們四、五個人包圍我，我要是激怒他們只會更慘。」

趙琦佩服的看著明舒苓，在這麼危急的情況下，還可以那麼冷靜的分析狀況。

「別說了。」項俞衡出聲制止，臉色不是很好看。

「琦琦也是我們的朋友啊。」明舒苓接著又說，「朋友之間應該沒有祕密的。」

然而這句話聽在趙琦耳裡卻異常心虛，她放在腿上的手指下意識交扣。

「而且我都說我不怪你了，又不是你的錯。」

趙琦悄悄的瞅了一眼項俞衡，他緊抿著脣，手撐在太陽穴的位置，他很少露出這麼不高興的表情，「我先去結帳。」

項俞衡離座，明舒苓也沒有阻止他，繼續說道：「總之呢，我一開始就騙他們說，我不認識項俞衡。他們當然不相信，一直說要討回公道。我說這也是找當事人，我只是他朋友而已。結果他們說什麼都不放我走，還叫我把身上的錢都給他們。」

趙琦愈聽愈害怕，明舒苓怎麼可以這麼心平氣和的說這些恐怖的經驗，「妳給了他們？」

「怎麼可能！那是我一個月的零用錢，死都不可以給。所以我跟他們說我沒帶錢，他們不信，就要搜我書包，我不給他們搜，其中一個人就拿出美工刀想直接割開我的書包。」

趙琦倒抽一口氣。

「我在抵抗的時候，不小心被刀片劃到手。」明舒苓脫下手錶，露出白皙的手腕，趙琦驚見上頭有一條彎彎曲曲的粉色疤痕，猙獰的鑲在她的皮膚上。

「因為劃的有點深，所以血一下子就冒很多出來，他們大概也被嚇到，直接逃跑。」明舒苓重新戴回手錶，表情輕鬆，還幽默的說：「我就想現在的壞學生素質還真低，說話大聲就可以當了。」

「不會痛嗎？」趙琦被那可怕扭曲的疤痕給嚇到。

「當下真沒什麼感覺，去縫的時候也意外的很冷靜。」她笑道，「大概是不想讓俞衡覺得內疚吧，所以如果我表現得很害怕，他一定會很自責。」

後來他們離開了咖啡廳，在老街上四處逛著。

趙琦因為明舒苓的一番話，陷入沉思，那麼項俞衡現在對明舒苓還是抱著歉意嗎？才會一直想對她好？不想她再次受傷？

所以他這麼篤定的說他沒有喜歡的人，是因為……愧疚？

她看著兩人的背影，項俞衡溫煦張揚的笑容，和明舒苓明亮清脆的笑聲相互重疊。

「真的很登對啊……」

「琦琦妳在幹麼？快過來啊。」

「喔！」

晚上，回到飯店後，明舒苓躺在床上，逆著燈光晃著手，沒頭沒腦的就笑了起來。

「好漂亮的五色線喔，在老街買的嗎？」阿痴最先發現明舒苓手上七彩的手環。

「嗯，很便宜。」

「琦琦也有嗎？」

「我沒有，我不習慣在手上戴東西。」她想讓明舒苓和項俞衡兩人擁有共同的東西。

躺在一旁的小眼忽然滾了過來，「我看妳跟班長今天玩得很開心喔。」

「就是說啊！根本就是情侶了，說！你們是不是早就在一起了？」

「沒有啦。」明舒苓搖頭，臉上掩不住幸福的笑容。

「該不會手環也買了一樣的吧?」西瓜無心的補了一句，見明舒苓不好意思的低頭，寢室立即發生暴動。

「喔喔!我就說一定有姦情。班長沒什麼表示嗎?」小眼激動的說，「我男友都說班長對副班長最照顧了，什麼都讓著她，也沒對她發過脾氣，誰私底下敢說副班長壞話，絕對上西天取經。」

明舒苓笑得眉眼都瞇了，連忙搖頭搖手說沒有。

「會不會是項俞衡太害羞?」阿痴猜測道。

「班長看起來就不是那種人。」

「要不然就是對戀愛不拿手，或是根本沒意識到自己喜歡明舒苓啊!」小眼的眼睛瞬間睜大，像是解開了什麼謎題，「想當初也是我跟我男友告白，因為他實在太悶騷了，到最後是我忍不住向他攤牌。」

明舒苓驚訝的眨了眨眼，「妳主動告白?那妳男友沒有說什麼嗎?」

小眼沾沾自喜的說道:「他還很高興我先說了，因為他很怕被我拒絕，然後也摸不透我到底是不是喜歡他。有時候在我們女生眼裡覺得很明顯的事，男生往往不知情。男女本來就不一樣，他們又不像我們一樣心思這麼細膩，一點不對勁就能察覺。」

大家紛紛點頭，覺得小眼簡直是戀愛大師。後來小眼說要和男友偷溜到附近逛逛，阿痴也說肚子餓想去飯店餐廳吃點東西，西瓜則跑去洗澡。

趙琦一邊打包行李，一邊感嘆時間過得真快，始終安靜無聲的明舒苓忽然起身，用著堅定的眼神望向趙琦，「琦琦!」

「有!」她正襟危坐。

「我決定了，回去後的第一件事……我要和俞衡告白！」

「咦？」

「我覺得我忍不下去了，之前一直顧忌如果我先告白，會不會顯得我很沒矜持。」明舒苓笑道，「但是愛情這種事，本來就需要爭取，一直等著對方來，沒保障又浪費時間。」

趙琦點了點頭，無論明舒苓做什麼決定，她都無條件支持。

「妳覺得我該怎麼跟他說？做卡片嗎？還是當面說比較有誠意？」明舒苓興奮的跳下床，「要在學校嗎？如果在家裡，我怕讓他很尷尬，有種馬上見家長的感覺。」

趙琦見明舒苓開心的在房間四處走動，盤算著自己的告白計畫，「怎麼辦琦琦，我好緊張喔，這是我第一次和別人告白……」

她想讓明舒苓別緊張，「一定會……」成功兩字還未說出口，趙琦突然想到她和項俞衡的賭約。

轉著輕盈腳步的明舒苓，完全沒發現趙琦的怪異，漾著笑應了聲，「妳有什麼好想法嗎？我覺得我想的方法都好老套喔！」

趙琦皺眉，抓了抓頭，想著該怎麼和明舒苓說項俞衡現在沒有喜歡她這件事，但又害怕見到她失落的表情，「我覺得還是先……等等吧。」

「為什麼要等？」

「呃，因為……我覺得有點太快。」

明舒苓臉上的笑容有些僵，她直勾勾的看著趙琦，嘴角的笑意收起，「我們從國中認識到現在。」

趙琦不知道該怎麼說，她想幫明舒苓，但是要怎麼讓項俞衡突然去喜歡一個人呢？光是想像就覺得好難。

「不是，我的意思是……沒有預警告白的話，有點突然。」趙琦不敢看她，就怕被明舒苓看出端倪，但她更怕的是，萬一項俞衡拒絕了明舒苓……不，是一定會被拒絕。

她不能讓明舒苓受到打擊，更不想見到她哭。

明舒苓沉默了下，斂起笑意，語調變得冰冷，「妳……是不是不想我和俞衡告白？」

趙琦一抬眼就見到明舒苓用既陌生又充滿敵意的眼神看著她。「不是，我的意思是……應該讓我先去試探一下，確保沒有任何差錯後，妳成功的機率也會比較高。」

聞言，明舒苓皺起的眉心才終於緩和，「抱歉喔，我剛是不是嚇到妳了，只要有關俞衡的事，我都會特別敏感……因為我真的很害怕失去他。」

「我知道。」趙琦起身安慰她，舉起手說道，「我真的沒有喜歡項俞衡，妳可以放心。」

明舒苓見她正經八百的模樣，被她逗笑了，連忙伸手將她的手握了下來，「妳這麼挺我，我也該為妳做點什麼。回去之後，我一定幫妳和劉子沅製造機會。」

同時間，明舒苓的手機響了，她跑過去準備接的時候，發現上頭的來電顯示，忽然彎起笑容，「你們該不會有什麼心電感應吧？」趙琦聽不懂，明舒苓大方的將手機遞給她，「來！給妳接吧，劉子沅打來的。」

趙琦以為明舒苓在開玩笑，「不要鬧了啦，我會很緊張……」

「在一起之後，這些事都要克服，睡前電話是情侶間必備的。」明舒苓賊賊的按下通話鍵，將手機亮在趙琦面前。

她倒抽一口氣，上頭真的是劉、子、沅三個大字，趙琦連忙無聲搖頭，推給明舒苓。明舒苓也搖了搖頭，見趙琦不接，她就將手機丟在床上，一副妳不接我也不接的模樣。

趙琦被逼急了，電話那頭的劉子沅見沒人出聲，疑惑道：「喂？接了為什麼不說話？」聽到真的是劉子沅的聲音，趙琦心臟彷彿要停止了。

明舒苓見西瓜洗完澡出來，立即衝進浴室，進去前還調皮的對趙琦揮手打氣。趙琦欲哭無淚的拿起手機，手還很沒用的顫抖著。

「……喂？」她的聲音有點沙啞。

另一頭的劉子沅，帶著不確定的口吻問道：「趙琦？」

「是。」趙琦咬著唇，手機在她手上彷彿是燙手山芋，讓她超想扔往窗外。她深吸一口氣，「舒苓去洗澡了，讓我幫她接。」

劉子沅輕應了聲。

「你……有什麼事嗎？如果是很重要的事，等等我叫舒苓回撥給你。」

「不用了，一點都不重要。」

「喔。」

他們之間又安靜了一會兒，久得讓趙琦覺得自己是不是被掛電話了。正當她還在懷疑時，劉子沅忽然開口，聲音宛如低音大提琴般低沉，「畢旅好玩嗎？」

趙琦聽出他語氣中的彆扭，覺得想笑，不過也讓她放心不少，原來緊張的不只是她而已。

「嗯，很好玩。舒苓跟項俞衡都很照顧我。」

她一字不漏的彙報，一興奮就把畢旅所有事都告訴劉子沅，那種感覺就好像回到小時候，對他從來不是畏懼，而是放鬆。

話筒那端傳來劉子沅的輕笑，「妳在那邊是都沒有說話嗎？怎麼可以一口氣說這麼多話都不覺得累。」

趙琦這才發現自己多話了，居然什麼大小事都告訴他了，「喔……對不起。」

劉子沅淡笑道，似乎也不介意，「妳玩得開心就好。」

撲通！

趙琦捂著胸口，心跳快得像要躍出，臉頰燙得都可以滾開水，「你、你呢？這幾天補習班還好嗎？」

「還能怎麼好，就是這樣了。」

「是喔。」

趙琦快想啊！想想還有什麼可以聊！

「那……爺爺呢？他好嗎？」

他笑，「他不會因為妳去個幾天的畢旅，就突然不見。」

「喔，也是。」

「……你很常像這樣和舒苓通電話嗎？」趙琦其實是基於無心的好奇，但不知道為什麼說出口時，卻像試探。

劉子沅忽然沉默，趙琦很緊張，她只是想找話題而已，但說出口的話又不能收回。

「有時。」

「都聊什麼？」趙琦下意識的問。

「什麼都聊。」

「是嗎……」趙琦內心掀起奇怪的波浪，電話聊天是一件很親密的行為，他們是不是知道很多關於彼此的事？

「那為什麼你都不跟我說？」

趙琦一出口就後悔了，她到底在亂講什麼？別說聊心事了，他們連要開口說些平常的小事都有困難。

「因為不知道該從何講起。」

「……」

「妳離開太久了。」他說，語氣沒有任何起伏，「對於我的生活早就一無所知。」

趙琦張嘴，卻不知該如何回應。

「我不知道可以跟妳說什麼，又該怎麼說？我也不知道妳是不是跟以前一樣。」他又說，「但我很清楚知道，我不一樣了。」

她垂眸，眼神由驚訝慢慢轉為鎮定，她努力讓自己的語氣聽起來輕鬆，但更多的是掩藏不住的失落，「嗯，真的不一樣了。」

小時候的小哥哥，對她輕聲又細語，凡事都想著她、讓著她，為了逗她開心，帶她去買糖；怕她鬧脾氣，絕不會讓她等；怕她哭，所以總是牽著她。

從來都不需要她主動靠近，但現在……一切都不一樣了。

「琦琦。」

這是她搬回來之後，第一次聽他這麼喊，讓她懷念的想哭。

「現在的我，喜歡的是明舒苓。」

一夜未眠。

趙琦卻沒有因此感到疲憊，照常和朋友跑跳，卻在偶爾空閒的時候，不自覺的失神。

下午他們坐上了遊覽車，因為西瓜貌似吃壞肚子，人有點不太舒服，趙琦自願把前方的位子給她，自己則去坐最後面。

她突然不知道該用什麼表情面對明舒苓，被劉子沅喜歡的明舒苓。她望著遊覽車窗外的道路風景，目光失焦。

她覺得劉子沅真的好殘忍，為什麼要告訴她？剝奪她所有機會。

「我早就告訴過妳，不要對我有任何期待。」

這句話，仍迴盪在她腦海中揮之不去。

搖搖晃晃的車程，盡情玩了三天的大家都抵擋不住睡意，全車的人睡成一片，她一個人坐在後座愣愣的看著錢包裡他們小時候的照片。

明亮稚嫩的笑容依舊，緊緊牽著的小手，彷彿是用盡了力氣抓住彼此，然而他們都不知道十年後，彼此居然形同陌路。

趙琦用指腹輕輕摩挲著照片，指尖劃過劉子沅小臉上的笑容，她有些發愣，以至於沒發現有人悄悄的朝她走來。

「那是妳嗎？怎麼感覺完全沒變啊！」對方讚歎，「妳根本只長了身高啊。」

聞言，趙琦有些錯愕，「你亂說！明明嬰兒肥也消了……」抬眼，她便撞進項俞衡深邃含笑的眼瞳，透著慣有的狡黠，她呆呆的再次定格。

對方不以為意，好奇的探過身細看照片，「妳旁邊那個男生是誰啊？」他皺起好看的眉，「有點眼熟耶……」

趙琦緊張的倒吸一口氣，連忙收起皮夾，「你、你不要亂看。」

見她緊張，項俞衡惡質的挑了挑眉，「該不會是初戀情人吧？」

「才、才不是！你不要亂說！」

對於趙琦拙劣的說謊技巧，他眼一瞇，「不是說好要對我說實話嗎？」

「哪有……」她頓了頓，心情已經夠混亂了，還得莫名遭到項俞衡的指責，她愈想愈不滿，「而且每個人本來就有隱私，你又不是我的誰，我幹麼什麼事都要告訴你？」

她抬高下巴，難得理直氣壯。

項俞衡有些氣虛，心底也莫名覺得不高興，嘴角弧度微降，「現在愈來愈會頂嘴了啊。」

面對項俞衡不怒則威的氣場，趙琦下意識的閉上嘴，有些後悔自己為什麼要逞口舌之快，隨後囁嚅的解釋道：「只是有點收不了心，想到回去就要面對好多考試和作業。」

項俞衡皺了皺眉，口氣不自覺的緩了緩，「妳媽真的這麼在意成績啊？」

趙琦點了點頭又說：「我媽說我回去後，就要開始讀書，禁止我用所有 3C 產品，我想我也不太能出門了。」

項俞衡愣眼，接著彈了一聲響指，「這應該就是歷史老太婆說的戒嚴時期不會錯了。」

趙琦見他還有心情開玩笑，沒好氣的瞪他。

「這全是為了我好，怕我考不上好大學，以後會後悔。」

「現在不好好體驗高中生活才會後悔。」

她在心裡暗嘆，搬家人生早就讓她沒有學生該有的回憶了。

沒有蹺過課，沒有和朋友玩到很晚才回家，應該說在遇到明舒苓和項俞衡之前，她沒有朋友，沒辦法體會放學有人一起回家，午餐時間能夠說說八卦，睡前還會互相提醒對方，作業寫了嗎？考試讀了嗎？我這題不太會，你可以教教我嗎？

這些再平常不過的小事。

「反正也不差這一年。」

「我可以幫妳。」

趙琦下意識的發出疑惑聲，隨後馬上拒絕，「你一定又想捉弄我了，我才不要。」

「我什麼時候捉弄過妳了？」

「每天。」

「……」

「那你先說說你要怎麼幫我？」她也去補習了，也有班上第一名的明舒苓替她整理的筆記，可是她還是沒有進步。

「嗯，幫妳的方法有很多，不過……」

「不過什麼？」

「一旦開始了，不是說不要就可以結束。」

怎麼聽起來有點可怕，「那不要好了。」

「妳就這點毅力啊，不是想要考好學校嗎？果然只是說說而已。」

趙琦被他說得小腦袋愈垂愈低，覺得慚愧至極，「你真的會教我嗎？不是騙我？」她想起上次項俞衡教她數學時，講解得特別厲害易懂，說了幾句她馬上就解開。

如果是他的話，或許真能拯救她岌岌可危的分數也不一定。

項俞衡乾脆的舉起手，「打勾勾？」

趙琦也自然的回應他，這個小動作似乎成了他們的小默契，即便只是好玩，她卻在每次碰觸他溫熱的指尖時，覺得信心滿滿，彷彿只要有他在，什麼都會成真。

「打勾勾。」

她總算笑了。

❄

回到家後，隔兩天都是假日，趙琦想好好整理思緒，看著錢包內兩人的合照，一想到當初為她擦淚的手，就要變成牽別人的手，她到底該怎麼辦？

今後又該用什麼表情面對劉子沅，以為好轉的關係，一轉眼什麼都沒了。

她抽出照片，深吸一口氣，想狠心直接丟到垃圾桶，卻不自覺的緊握著。她咬著唇，為什麼是明舒苓呢？她是她最好的朋友。

她……討厭不了。

她望著窗口發呆，昏暗的夜色，只剩暈黃的路燈閃閃爍爍，飛蛾環繞著燈源，發出清脆的碰撞聲，夜裡是如此的安靜，靜得讓她有點想哭。

「舒苓喜歡項俞衡，劉子沅喜歡舒苓……」她喃喃的唸著，感覺像是可笑的漫畫情節。不管結果是什麼，總有人會失戀，要嘛是舒苓，要嘛就是……劉子沅。這時候突然覺得沒有喜歡任何人的項俞衡，幸運的不得了，沒有任何影響。

她趴在桌上，將臉埋進臂彎。閉上眼時，忽然一個想法一閃而過，她跳了起來，甚至弄倒了椅子，她猛然搖頭，「不可以，絕對不能有這種想法……」

她快速關了燈，鑽進被窩，想甩掉腦中那些可怕的想法，但在靜謐的黑夜中，腦中的聲音卻更加清晰——

這是兩全其美的方法，劉子沅以前喜歡過妳，只是因為時間久了，喜歡上別人，如果從現在開始補齊那些空缺的時間，妳也是有機會。

舒苓喜歡項俞衡，而且是非常喜歡。妳不是也覺得項俞衡對舒苓有好感嗎？那還擔心什麼？

趙琦愣愣的望著天花板，任由腦中的聲音亂竄——

如果舒苓能夠順利和項俞衡在一起，劉子沅一定會死心，到時妳就會是最靠近他的人……

趙琦深吸一口氣，不敢想，卻不斷有聲音冒出來——妳還能贏了和項俞衡的賭注，這樣的選擇，其實對大家都好啊。

趙琦捏著棉被。

忽然床頭的手機猛然傳來震動聲，嚇得趙琦差點滾下床，她拍著驚魂未定的心，點開訊息。

明天早上六點，河濱公園見，穿運動服和運動鞋。項俞衡。

「他是瘋了嗎……我才不要。」趙琦瞪著發著亮光的手機，打算不讀不回。本來想按下鎖屏鍵的她，下一秒看見項俞衡又傳來了訊息。

訊息不是以妳有沒有看到為優先，而是我有沒有傳為主，所以明天遲到的話，看我怎麼弄妳。

言下之意，如果沒看到訊息的話，也還是趙琦的錯。她的臉往後一縮，彷彿真的感受到項俞衡的威脅。

為了不辜負妳對我的期待，我有各種方法，晚安唷。最後的唷字，澈底展現項俞衡的自信與愉悅。

趙琦完全想死，將自己的臉埋進枕頭，憤恨的捶著床。

隔天，趙琦一臉怨懟的站在河堤邊打呵欠，她看了一眼時間，五十九分。

「項俞衡你準備完蛋，看我怎麼罵你……」

當手機的時間跳到六點零分，項俞衡一身運動裝，雙手插放口袋，步伐輕快從容的出現在趙琦面前。

「喲。」他舉起手打招呼。

趙琦嘖了一聲，這人居然分秒不差的出現，不讓人等也不願等人，如同平時的待人處事，乾淨利落。

「這麼早來這幹麼？」

「妳覺得這裡能幹麼？」項俞衡笑得很賊。

「不會要在這讀書吧？」她精神不濟。

項俞衡歪唇，大掌憐憫的拍了拍她的頭，「孩子，出門腦子也要帶啊。」他大笑幾聲。

趙琦瞪他，「哪有人這麼臨時的約？也不事先說要做什麼。」

「我啊。」項俞衡一點都不覺得在假日把人這麼早挖起來有多麼不人道，他招手要趙琦跟上，「先拉筋吧，今天天氣不錯，我們先跑三公里好了。」

趙琦愣了下，「跑、跑三公里？我們要跑步？」難怪叫她穿運動裝，不對啊……「這就是你要教我的讀書方法？」

「懷疑嗎？」

「跑步跟讀書有什麼關係？」

「妳先跑完，我就告訴妳。」他笑得奸詐。

依照趙琦對項俞衡的了解，肯定又是他新耍人的把戲，「不要，我要回家了。」她轉身，根本不該傻傻的來赴約。

一大早因為公車還沒行駛，她是一路騎著腳踏車飆過來的。

項俞衡拉住她，「我昨天說了吧，一旦開始了，不是說不要就可以結束的。」

「我又沒答應，是你強迫我的。」

「我也說了，妳沒選擇權。」

趙琦無話可說，她瞪著項俞衡玩世不恭的臉，愈想愈覺得自己委屈，所有事情都不順遂。

劉子沅不喜歡她，明舒苓因為項俞衡常常不開心，而項俞衡卻總是一副事不關己的態度。

她覺得自己的情緒一團糟，項俞衡還是笑著，像是在嘲笑她的軟弱與活該。

她垂眸，眼淚啪啦啪啦的就落了下來。項俞衡一開始沒察覺，直到拉住她手臂的手感到一點又一點的溼潤。

「喂，幹麼啊？」他嚇到了，「沒這麼不願意吧？」

「我就是不願意啊！」趙琦的音量驀地提高，用著項俞衡從未見過的生氣模樣看著他，眼眶不斷溢出淚水，「沒有人問過我要什麼，他們說什麼就是什麼，我不可以不要，更不能說出我想要的東西，因為我會給他們帶來困擾……」

劉子沅讓她別喜歡他，因為他變了，她就也要跟著變，不能帶著小時候的愛慕走向他。

可是搬家並不是她願意的啊，她同樣也是被決定的人，因為這樣，她就不能說喜歡他，不能任性的纏著他。

明舒苓喜歡項俞衡，她還得顧慮明舒苓時而鬱卒的心情，關心劉子沅喜歡的人。

她不知道為什麼她的世界突然變得很複雜，無法隨心所欲，更不能輕易的說不要。

她不能造成劉子沅的困擾，不捨得明舒苓難過，可是……誰來在乎她的心情？

「我也是人啊，可是我什麼都不能決定，學校、搬家、朋友，全部全部的事我都不能選擇。」甚至是喜歡的人，「我覺得很無助啊……」

趙琦哭得抽抽噎噎，話也說得不是很清楚，就是一個勁的一直哭和說話，項俞衡從頭到尾都不知道該怎麼辦，只能拍拍她的肩，皺緊眉宇，說起話來比她更無辜。

「妳哭成這樣我更無助啊。」

聽了他的話，趙琦本來哭喪的臉，一瞬間的定格，她吸了吸通紅的鼻子，看著項俞衡安慰也不是，不管她更不行，手足無措的樣子一點都不像平時威震八方的他。

「噗哧！」趙琦最後很沒骨氣的笑了出來，讓項俞衡更加摸不著頭緒。

「妳、妳現在是在整我嗎？」他覺得困惑。

「這種事……要怎麼整啦？」趙琦一方面覺得好笑，一方面也覺得自己委屈。

「不然妳一下哭一下又笑，到底是想表達什麼？」

「沒有，什麼都沒有。」

項俞衡喔了一聲，「那……我們還是要跑步喔。」

「……」

項俞衡大概是被她反覆無常的情緒弄怕了，見趙琦紅著眼瞅著他，立即舉雙手投降，「好、好！第一天我們就輕鬆一點好不好？我載妳總可以了吧。」

「嗯？」

他跨上她騎來的腳踏車，但因為腿太長了，看上去有些憋屈，「上來。」

「為、為什麼？」趙琦沒敢笑出聲。

「載妳騎三公里啊，這不是我們今天的目標嗎？」

「你真的很不死心。」

「快點。」

「你載我，你不就會更累？」趙琦不敢前進，女生都很在意體重的。

「這麼體諒我啊？那我們跑步好了。」他作勢要下車，趙琦連忙跑過去，顫巍巍的踩上火箭筒，雙手搭上他的肩，「好了，我們現在要去哪？」

項俞衡失笑，「看妳想去哪啊。妳剛不是哭著說，什麼都不能自己決定，現在妳說了算，妳說去哪，我們就去哪。」

趙琦又覺得想哭了，「好……那我們就先直直的騎。」

「好，出發嘍！」

他們騎在隔著一大片草地的河堤旁，早晨的陽光很溫暖，空氣中夾雜著清冽的水氣，趙琦的心情瞬間明亮了起來，她拍了拍項俞衡的肩，「騎快一點好不好？」

「當然好。」

項俞衡加快了車速，迎面而來的風揚起了趙琦柔軟的短髮，瀏海可愛的分成兩邊，項俞衡微微側過頭，逆著光看著她逐漸笑開的臉。

「覺得開心了嗎？」

「嗯！」

「是吧。」項俞衡說道，「有什麼大不了的呢，別人不問妳，妳主動說出來就好了，覺得自己沒有價值，創造一個就行了。」

趙琦定定的看著他寬大的背影。

「這世界上只有愛妳的人能讓妳哭，別人都不行知道嗎？」他說，「縱使妳有多愛那個人。」

第六章　淺青色時光

接下來的每個假日，趙琦都會被拖去公園跑三公里，再拖著幾乎要散架的身體騎腳踏車回家。回家沖完澡後，她會看書，本來以為運動完的自己應該會累到不想動，然而精神卻異常的好，腦袋思路清晰，讀起書來自然有效率許多。

她不免有些愧疚，之前還以為項俞衡又要耍她。

她看著前方正在拉筋的項俞衡，修長高眺的身影逆著薄透的晨光，神情不似平時的輕佻與戲謔，帶了一絲不常見的嚴肅。

這陣子趙琦都在想，也許在外人眼裡項俞衡是開朗且溫暖的，然而她卻隱隱約約覺得這一切都只是他的偽裝。

也許是因為自尊心，也許是因為他與生俱來的責任感，讓他不輕易向人示弱。

她想起那天，自己居然對著項俞衡又哭又鬧，他也不嫌煩，還試圖安撫她。

她再次看向他的同時，項俞衡也恰巧側過身，日光擦過他好看的下巴，暗色的眼眸染上一片暖黃，他的嘴角微微勾起，逆著光看向她。

趙琦一瞬間怔愣，心跳有些快。

「妳怎麼常常一副想哭的樣子，不然就是在發呆？」項俞衡見她憨著一張臉，露齒一笑走上前。

「哪有……」

「沒有？」他揚起惡質的語調，「我怎麼記得那天有人對著我哭得超慘？那個哭聲喔，我真的不敢再領教。」項俞衡揶揄。

趙琦沒有生氣，反倒感到抱歉的垂下頭，那時的他一定不知所措吧？她真的是個只會製造麻煩的傢伙。

見狀，項俞衡難得緊張，「又怎麼了？該不會又要哭了吧？」項俞衡真的被她說哭就哭的樣子給弄怕了，幾乎要棄械投降。

趙琦連忙搖了搖頭，卻下意識的癟著嘴。

項俞衡見她不吭聲更害怕了，「好、好！我跟妳道歉，我亂說的，妳不愛哭，妳最愛笑了……」

「沒有，我沒有要哭。」她只是討厭自己愛惹麻煩的性格。

但項俞衡見她這般有氣無力的樣子，明顯不信，「那妳笑一個給我看。」

「啊？我不要，這麼突然。」讓人覺得怪尷尬的。

「所以妳就是不接受我的道歉，對吧？」

「我就說我沒有要哭啊。」有時候，項俞衡的執著真的超乎常人。

「那妳就笑啊。」

趙琦皺了皺眉，一點也不想在這個話題打轉，但她知道項俞衡沒達到想要的目的是不會罷休的。

於是，她努了努嘴，在他的注視下有些不自然的抿起笑。

杏眼盛滿早晨的光，陽光洋洋灑灑的落在她小巧的五官，閃爍且靦腆，如同她一直以來給男孩的感覺，舒服溫柔且善良。

項俞衡有些失神，略為倉促的斂下眉眼，隨後惡作劇的將她頭上的帽子拉低，遮住她整張臉。

「嗯，這樣我心情舒坦多了。」

趙琦掙扎了下，不滿的瞪他一眼，他現在應該是在安慰她吧？

他們在河堤前分開，項俞衡去打工，而她回家唸書，這幾個假日一直都是這樣。

當她將車彎進巷子時，正巧有個人走了出來，趙琦煞車不及，筆直朝那人撞去。

「啊——」

她的腳踏車翻了，整個人狼狽的趴在地上，倒在柏油路上的腳踏車輪子還在空轉。趙琦艱難撐起身，忽然意識到自己剛才撞了人，她連忙道歉，「對不起，你沒事……」

趙琦看著跌坐在地的那個人，頓時說不出話。

劉子沅微微看一眼自己擦傷的手臂，臉上沒有任何表情。他起身並沒拉趙琦，直接走進家門。

趙琦心一沉。

最近高三成績放榜，補習班老師都忙著檢討考卷，調查指考人數，劉子沅也不例外。

也不知道是因為畢旅的那通電話，還是他真的忙，縱使她每天去補習班，但除了課業上的問題，他們幾乎說不上其他話。

明舒苓也發現他們很奇怪，但趙琦無法和她說出真正的原因，只能搖頭說沒事。

每當看著明舒苓和劉子沅交談時，儘管說的是正事，趙琦還是會忍不住觀察劉子沅的表情，一旦他笑了，趙琦總會無法克制的感到不是滋味。

讓劉子沅露出那樣表情的人不是她，她只會讓他不耐煩和生氣而已。

思及此，趙琦不由自主的嘆氣。

倏然，大門被打開，劉子沅邁開修長的腿，跨過她眼前，將她的腳踏車牽起。下一秒他的手伸至她眼前，趙琦疑惑的抬頭，劉子沅用居高臨下的眼神看著她。

「不想起來？」

趙琦愣了好一會兒，才驚覺劉子沅在跟她說話，而且想拉她。趙琦幾乎沒有猶豫就抓住他的手，還因為力道太大，讓劉子沅不自覺擰眉。

劉子沅率先鬆開她的手，逕自轉身走進屋內，「跟我來。」

她一頓，「我……嗎?」趙琦見他沒理會，帶著緊張與一絲開心進屋。

自從畢旅後，她再也沒來過，因為不知道用什麼身分來，學生?玩伴?

趙琦進屋時，看到桌上的醫藥箱，劉子沅歪頭示意趙琦坐下。她乖乖的照做，接著劉子沅便蹲在她面前，微溫的手輕拉過她的腿，引起她一陣輕顫。

「會有點痛，忍著點。」

趙琦感到臉頰發熱，劉子沅見她沒有回答，抬眸看她一眼，眼神的接觸讓趙琦幾乎亂了呼吸，她連忙點頭，避開交接的視線。

劉子沅用棉花棒沾了酒精，先在傷口上消毒。趙琦意外的一點都不覺得痛，可能是因為心跳一直失速著。

她看著他輕柔的替她抹上藥膏，眉宇緊攏，就怕弄痛她。

趙琦忽然想起小時候，一模一樣的情景，她坐著，劉子沅蹲著，他總是露出好似是他在疼的表情。

她不自覺彎起笑，卻在下一刻發現劉子沅的目光。她一秒收回笑容，劉子沅也別開眼神，起身收拾醫藥箱。

「可以回家了，傷口碰水後，記得擦乾，免得發炎。」

趙琦點頭，就在猶豫片刻後，她說:「為什麼是舒苓?」她只有在夜深人靜的時候，才會望著天花板喃喃道，她以為自己一輩子都不可能對誰說出這句話。

而那個人更不會是劉子沅，但情緒總是快過理智。

劉子沅側過身，烏黑的眼睛一如往常的銳利與冷然，「因為像妳，小時候的妳。」

趙琦驚慌的看向他，但更多的是迷茫，「這是什麼意思……」

劉子沅垂眸，語調平淡，「妳一走就是十年，毫無音訊。我想過要去找妳，所以我一直在等，等我長大的時候，我有能力的時候，但還沒來得及找到妳，我爸媽離婚了。」

聞言，趙琦感到一股深深的愧疚。離婚或許對於一些旁觀者來說，無關痛癢，卻是當事人一輩子的傷疤。

「我知道這怪不了誰，是他們的決定。但後來我想，我等妳那麼久，到底值不值？萬一妳不回來，或是有喜歡的人，甚至有交往的對象，那我是不是自作多情？」

趙琦從沒聽過劉子沅說這些話，她就像他人生中剎那的風景，來了又走，走了又回來，從不懂他的眷戀是多麼辛苦。

「所以我不等了。」劉子沅目光堅毅，「縱使是結婚多年的人，都有可能離婚，我又怎麼能奢望妳還記得我？」

「對不起，我都不知道……」趙琦悲傷的搖著頭，還暗自怪他殘忍，卻不知道他等了又等，換來的是一次又一次的落空。

「我沒有怪妳，是我自己一廂情願。」劉子沅又說，「後來我遇見明舒苓，無論是說話方式、笑容和想法，還有纏人的時候，都像妳的樣子。」

趙琦聽著忽然想哭。

「我承認，確實是因為這樣，我才會被她吸引。」劉子沅抿出一抹淺淺的笑容，「喜歡和她說話，偶爾的鬥嘴，喜歡她的正義感，生氣時會鬧小彆扭，更重要的是她一直陪著我。」

趙琦看著他的眼神變得複雜，劉子沅一定沒發現吧，他現在的表情，是她一直以來最惦記的溫煦笑臉，和照片上的一模一樣，燦爛的如同夏季驕陽。

他真的……很喜歡舒苓呢。

「很奇怪，似乎什麼都逃不過她的眼睛，我不開心的時候，她知道；我煩惱的時候，她也知道。即便我什麼也沒說，儘管我對她冷淡，或是偶爾的遷怒，她都沒有因此離開。」

看著他低笑，趙琦努力抑制堵在心裡的酸澀。

「其實一開始我並不覺得自己喜歡她，直到妳回來後，我才知道原來我們都變了。」

趙琦的眼底全是惋惜與慌亂，劉子沅扯出平靜的笑容，「我變得不是非要妳不可，看著妳的時候，除了好久不見，我想不到我要說什麼。」

剎那間，趙琦彷彿被宣判死刑一般，心臟猛然一抽，原來真正的離別都是措手不及。

「而妳是真的還喜歡我嗎？如果是的話，那為什麼我感覺不到？」

趙琦的心臟狠狠的抽了一下，「不是，我……」趙琦想辯駁，然而這一瞬間，她居然無法篤定的點頭說喜歡他。

到底是哪裡出了問題？明明她對著明舒苓訴說對劉子沅的喜歡是那麼的信誓旦旦啊……

劉子沅也不在意她的答案，逕自說道：「琦琦，我現在喜歡的人是……」

她猛然抬頭，「重來的話不行嗎？」她忍著淚，現在的她就像被人丟入茫茫的大海，拚死的找著最後一根漂浮木，「如果當初這麼喜歡的話，現在、現在重新開始還來得及吧？我們可以一起彌補錯過的時間……」

趙琦的目光急切，想在飄渺無盡的黑暗之中，抓住最後一道光線。

找一個能依靠的人，她不想要再自己一個人了。

他看著她，眼眸流淌出寧靜的光，「來不及了。」劉子沅緩緩說道，沒有絲毫遲疑，「錯過就是錯過了。」

她的眼裡盈滿水光，微微的垂下頭。

「我們都放過自己吧，把喜歡留給小時候的我們。」

劉子沅朝她走近，輕扯著嘴角，「不知不覺妳也長大了。」他的指腹輕撥開她的瀏海，「以前總是想著長大的妳該是什麼樣子。」

他笑著接著說：「嗯，跟我想的一樣，很善良、很漂亮。」

趙琦最後還是忍不住，淚水靜悄悄的滑落，沾溼了她的脣瓣，她顫著脣，不讓自己哭出聲。

劉子沅看著她紅透的雙眼和鼻子，不自覺輕笑，「誇獎妳呢，怎麼哭了。」

趙琦搖頭，想說話，卻發現自己發不出聲音，低頭不斷抹掉眼角的淚。

「但我必須說……我很開心妳回來了。」

好不容易抑制的淚水，又無預警的落下，「嗚嗚……」

劉子沅環過她的肩，將她攬進懷裡，拍著她的背說道：「真的很謝謝小時候的妳，那麼真心的喜歡我。」

他又說：「現在的妳，該去追求妳真正想要的一切，而不是回頭執著於遺失的東西。」

趙琦揪著他的衣角，哭得聲淚俱下。

趙琦沉澱了幾天，細想劉子沅的話，也許沒有人是真的勇敢、不怕痛。期盼她回來的劉子沅是脆弱的，然而他釋懷了，這是他的成長。

現在輪到她了。

送給七歲的小趙琦：

大家都說初戀是快樂卻也是最痛的，捧著真心去喜歡一個人，義無反顧的對他好，但是什麼都有完結的時候，也許是時間經歷，也許是我們都成長了，也許就只是……不這麼喜歡了。十七歲的妳，或許會有點痛，但沒關係，一切都會好的，我已經替妳先體驗過了，妳一定能遇到下一個同樣對妳好的人。

妳應該要感到驕傲，因為帶著遺憾的青春才刻苦銘心。

十七歲的趙琦　筆

她提起勇氣，用簽字筆一筆一劃寫在當年她和劉子沅牽手的照片背面。看著黑色字跡她微微發愣著，臉頰上還有乾涸的淚痕，心卻不那麼痛了。

她彎起笑容，將照片重新放進相冊，收進櫃子的最底層。

劉子沅的外表看似冷漠無情，內心卻是相當寂寞。小時候的趙琦因為不明白，所以成了她這一輩子最深的遺憾。

如果知道了呢，他們的關係會不會有所改變？

趙琦不知道，她相信劉子沅也不知道。

喜歡這種事，即便只有一剎那，都會留下永久的痕跡。小時候的他們明明差一步就能在一起了，為什麼長大後卻沒了結果？

現在唯一能確定的是，她和劉子沅真的結束了。

「再見，我的初戀。」

❄

趙琦開始進入考生模式，每天早七晚十，假日除了要被項俞衡抓去跑步，也開始被媽媽帶去圖書館讀書。

成績雖然慢慢有起色，卻還是達不到國立大學的標準，她撐頰坐在斜草皮上，手裡捏著模擬考的成績，達到均標的只有兩科。

她又嘆口氣，這份成績單她還不敢給媽媽看，肯定會被罵死。

「跑完了還不回家？」

趙琦嚇了一跳，抬頭看了一眼走下來的項俞衡，「你怎麼會來？不是說整夜沒睡，今天不來了嗎？」

「當然是來監督妳有沒有按照約定跑啊。」雖然語氣充滿活力，臉上卻帶著倦容，似乎是真的很累。

「未免太不相信我了吧。」

「我這是盡責。」項俞衡笑著坐在她身旁，「在看什麼？表情這麼凝重？」他朝趙琦湊近時，她眼明手快的將成績單塞進口袋。

氣氛忽然有點尷尬，趙琦抬眼，和項俞衡深邃的目光交會，她頓時覺得異常不自在，連忙撇過頭隨口問道：「為什麼整晚沒睡？」

項俞衡也覺得有些尷尬，但他沒想太多，伸長了腿，大剌剌的往後仰躺在草皮上，雙手抵在後腦杓，「舒苓讓我教她數學。」

「你教了一整晚啊？」

「與其說是教她，不如說我們都在聊天吧。」

看著項俞衡閉上眼小歇，趙琦大概也明白是怎麼一回事。雖然她已經悄悄下定決心誰都不幫，但她還是有點好奇，「你跟明舒苓不是認識滿久的？你對她難道都沒有喜歡的感覺？」

她漂亮、成績好，個性也溫柔體貼，人緣很好，趙琦想不出項俞衡不喜歡她的原因。

「就……沒有啊。」

趙琦沒好氣的看他一眼，「總有個原因吧。」

項俞衡皺眉，「妳們女生很奇怪，喜歡可以沒有原因，不喜歡為什麼不可以單純就是不喜歡？」

趙琦一瞬間啞口，他說得沒錯，喜歡這種事本來就不能強人所難。趙琦忽然有點擔心，這樣的話是不是就表示明舒苓真的沒希望了？

「我現在只想專注在課業上，考上法律系後，幫我媽減少一些負擔。」

「法律系？」趙琦忍不住驚呼。「好厲害喔。」

「我都還沒考上。」項俞衡閉眼扯唇笑道。

「光是有這個目標就很棒了，我根本不敢想。」她將臉埋在膝蓋間。

「我不是因為它是熱門科系才選，我是真的想成為律師。」

「為什麼？」

「我想替我媽重打當年的離婚官司，雖然說直系親屬不允許，但只要我進入法律界，一定會有辦法。」項俞衡又說：「如果真的不行，那我想幫助更多像我一樣的家庭。」

趙琦看著他的側臉，儘管現在懶散的姿勢一點都不像是說這種勵志話該有的樣子，但趙琦還是打從心底佩服他。

「項俞衡你真的很棒耶。」同時間，他張開了眼，他們再一次四目交接，項俞衡墨色的眸光明亮，讓趙琦又覺得心口悶悶的。

項俞衡也微微一愣，但隨後又閉上眼，「妳也是啊。搬那麼多次家，雖然心裡不願意，卻還是很體諒爸媽，比起一堆只會抱怨父母給得不夠多的小孩，妳已經做得很好了。」

趙琦沒預料到他居然會這麼誇讚她，一瞬間說不出話來。

項俞衡見周圍安靜，緩緩張開眼，卻見趙琦用著黑白分明的大眼盯著他，他微微一頓，「怎麼不說話，我說得不對？」

她搖頭笑道：「我只是沒想到你也滿會安慰人的。」

「見識過妳哭的樣子，我才不敢隨便惹妳。」項俞衡又開始笑嘻嘻的調侃她。

真的是每回見到面就要拿這點來笑她。趙琦冷哼一聲，心裡卻暖暖的。儘管上次在他面前哭得那麼悽慘，項俞衡也從來沒問原因。

「最近應該沒有再亂哭了吧？」

趙琦不可抑制的頓了一下。

有呢，是為了一個不喜歡自己的人。

雖然在心底告訴自己要放下，卻還是忍不住想起他。想著他們多麼可惜、多麼遺憾……

她還沒和明舒苓說這件事，所以每當去補習班看著明舒苓費盡心思想讓他們獨處，都讓她尷尬得不知所措，但是也不知道該怎麼提起。

她不希望明舒苓為此感到困擾，只要她承擔下來，所有的人都不用受到波及……

「生氣了？」

「啊？」

「不然妳為什麼不說話？」

「你有沒有想過，如果有一天你喜歡上一個不喜歡你的人。」她說，「你怎麼辦？」

項俞衡皺眉，面色有些嚴肅，再次強調，「我沒有喜歡的人。」

「我是說，如果。」趙琦不懂他這麼抗拒的原因。

他撇撇嘴，「不知道。」

「你好好回答行不行？」

項俞衡抓了抓頭，似乎遇上了此生最難的問題，接著忽然像是想通了一般，很驕傲的回說：「想辦法讓她喜歡我啊。」

「……」

「這有什麼難的？」他一副大師在此，還不快下跪膜拜的模樣。

趙琦無言，「果然是沒談過戀愛的人。」所以才會說出這種異想天開的話，要是能強迫，全天下都能有情人成眷屬了。

被趙琦這麼一訓，項俞衡當然不服氣，反問：「妳就談過？」項俞衡見她噤聲，表情有些不自在，心裡頭忽然有些不舒爽，「妳還真的有啊？」

她連忙搖頭，「沒、沒有！我只是說說……」

「是不是上次照片中的那個小男生？」他敏銳的瞇起眼。

趙琦瞪大了眼，沒想到他還記得照片那件事，就怕被他看出那個人是劉子沅。

「他不喜歡妳？」

趙琦當下的第一個反應是想逃跑，總覺得再待下去，什麼祕密都會被挖出來。

見趙琦依舊不吭聲，項俞衡暗色的眸光閃了閃，神情是少有的不悅，「小小年紀談什麼戀愛？我看手都牽了。」

趙琦囁嚅道：「哪有……我們就只是小時候的玩伴而已。」
他又問，嗓音低了幾分：「該不會也親過了？」
面對項俞衡直白的問話，趙琦的大腦微微當機，下意識就順著他的問話從實回答。
她怯怯的點了點頭，「但、但是只有臉頰而已。」隨後又有些不確定，「嘴巴應該是……」
項俞衡不等她說完，忽然躍起身，臉色有些陰沉。
趙琦第一次見他這般陰森森的模樣，也有些害怕，但還是壯著膽問：「你不高興喔？」
項俞衡也對自己怪異的反應感到錯愕，趙琦喜歡誰關他什麼事？她與別的男生做了什麼，他……
他用力嘖了一聲，趙琦下意識的縮了一下。
項俞衡看了她一眼，突然說道：「我要去看魚子醬了。」
提起這個久違的名字，趙琦還一臉懵，隨後喜孜孜的舉起手，一副自告奮勇的模樣，「我也想去。」
只見項俞衡朝她招手，帶著不容拒絕的口吻，「那妳過來載我。」
「我哪載得動你啊……」雖是這麼說，趙琦還是聽話的走上前。短腿跨過腳踏車椅墊坐穩，瘦弱的身體微微向前傾，踩下腳踏板時，硬生生的卡住了，完全踩不動。
項俞衡在後頭無良的催促著，也不想想自己腳長手長，坐在後座，要一個女生載，不會不好意思？
趙琦努力了半天，最終還是項俞衡看不過去，不耐煩的交換位子。
「妳怎麼這麼弱不禁風？」項俞衡跨上腳踏車，邊碎唸：「我看就是平常運動量不足，手臂才會完全都沒有肌肉，以後平日應該也來跑……」

話未落，後方的趙琦忽然抓住他的衣角，吆喝道：「出發嘍——」項俞衡說教起來也是很煩人的。

被打斷的項俞衡想掐死趙琦的心情都有了，這傢伙最近愈來愈得寸進尺，以前至少還對他敬畏七分，現在無時無刻都在頂嘴。

想當然項俞衡也不是沒辦法治理她，默默的加快車速，趙琦立即感覺生命受到威脅。

「項、項俞衡！騎太快了啦！我會怕……」

也不知道是故意還是巧合，他忽然一個加速，絲毫沒有心理準備的趙琦直接一頭撞上他的背。

「嘶……」

前頭項俞衡見狀，哈哈大笑，「抓好喔，別怪我沒提醒妳。」

「你騎慢一點，很可怕耶——啊！啊！」

項俞衡不但不聽，反而加快車速，「哈哈哈哈！」

趙琦一到學校立刻跳下車，覺得小命都要沒了。她瞪了一眼笑得前仰後翻的項俞衡。

他們又回到第一次見到彼此的祕密基地。

這是趙琦第二次來，因為之前項俞衡威脅她要是這裡被發現，她就完蛋了，所以她一直不敢自己來。

「魚子醬。」項俞衡輕喊，晃著手中的鮪魚罐頭。

一旁的草叢傳來窸窸窣窣的聲音，牠露出一雙金色的眼睛，潛伏在草堆中，確認是認識的人後，魚子醬才慢慢的走了出來，依舊甩著高傲的尾巴。

「嘿，好久不見。」趙琦朝牠揮手，「你好像變胖了。」她本來伸手想摸牠，但想到上次的慘痛代價，又默默的收回手。

項俞衡將罐頭打開推到牠面前，「附近的人都會餵牠，小小年紀就是中年身材。」他笑道。

魚子醬沒理他，仔細的吃著罐頭。

他們盤腿坐在樹蔭下，早晨的陽光緩慢的流洩而下，祕密基地瞬間金光四溢，趙琦不管看幾次都覺得很神奇。

她張開手不計形象的躺在草地上，大大的吐了一口氣。

「真羨慕魚子醬，想去哪就去哪，每天吃飽睡好又有人對牠好。」

「牠是貓。」

「貓都活得比人自在。」趙琦翻身，雙肘撐地抬眼看向項俞衡，卻發現他靠著樹幹似乎睡著了。

「喂，項俞衡，你睡著了嗎？」

「……嗯。」他答得懶散，眼都沒睜開。

她忽然問道：「舒苓不好嗎？」

「嗯，很好。」

「那為什麼你不喜歡她？」她小心翼翼的問，就怕項俞衡以為她別有目的。

「沒為什麼。」項俞衡懶懶的回道，呼吸聲也逐漸變得均勻。

「這樣不是很奇怪嗎？要是我就會喜歡她了。」

「唔……好啊。」

聞言，趙琦驚愕的看向他，才發現他真的睡著了。

「不要在這個地方睡，我不管你了喔，我要回家嘍。」她嘴裡雖然這麼說著，身體卻沒有移動半分。

項俞衡沉吟了一聲，只剩下低低的呼吸聲。

趙琦嘆口氣，發現自己從沒這麼近距離的安靜觀察過他，平時他總是吵吵鬧鬧的，張揚的出現在她四周。

沐浴在一片金黃色光線的他，慵懶的倚在樹旁，陽光將他的頭髮染成金褐色，瀏海稀鬆的半遮他俊挺的五官。

做什麼事都看似漫不經心，卻總有辦法搞定。活得隨心所欲，卻還是走在自己想要的道路上，也難怪明舒苓會喜歡他。

項俞衡醒來時已經接近中午了，恍惚間察覺眼睛上方有道陰影。他擰眉張著一隻眼適應刺眼的光。

定睛一看居然是趙琦的手，她溫柔的遮去了斜躺在他臉上的大半陽光。

他錯愕，轉過頭看著不知何時已經坐到他身旁的趙琦，而魚子醬正躺在趙琦懷中露出大白肚呼呼大睡。

趙琦絲毫不敢亂動，就怕吵醒牠，眉眼裡盡是溫柔的笑。

項俞衡忽然移不開眼。

趙琦的餘光注意到一道熾熱的視線，側過頭便和項俞衡四目交接，她忽然笑開了。「你醒嘍?」

他愣了愣，面對她突然的回眸，平時伶俐靈活的腦袋有些卡住。

趙琦伸回手，陽光在下一秒直直落在他的臉上，他微微蹙緊眉，一瞬間睜不開眼。

她笑他，伸手在他眼前揮了揮，「睡昏頭了?我剛想說要不要叫醒你，但是看你睡得很沉……」

「現在幾點了?」

「快十一點了。」

那她的手到底是為他遮陽遮多久了?他不自覺繃起臉。

「怎麼了？還是覺得很累嗎？」

「沒，我們回去吧。」他回過神來，有些倉促的起身。

「可是魚子醬……」她指了懷中睡得翻天的貓，項俞衡看著小傢伙大剌剌的睡趴在趙琦腿上，還睡得香甜，忽然有點煩躁。

他大步流星的朝趙琦走去，直接將魚子醬抱起，感受到動靜的牠，有點不悅的張牙舞爪，但在看到項俞衡的臭臉時，氣場瞬間被削弱。

牠討好的喵叫幾聲，往他手臂蹭了幾下，項俞衡不予理會的將牠放回地上，催促牠回家去。

「走了。」

「……喔。」趙琦應聲，心想項俞衡是不是有起床氣？感覺從睜開眼後，心情就有點不好。「魚子醬拜拜，改天再來看你喔。」

項俞衡將趙琦送到家門，趙琦本來是拒絕的，因為兩人的家完全不順路，但項俞衡沒有回答，趙琦也不敢惹他。

本來以為回到家就沒事，誰知居然在下車時遇見正巧要出門的劉子沅，趙琦忽然覺得天昏地暗。雖然和劉子沅坦蕩的說開了，但趙琦再也沒主動找他說話了。

「兩個人一起出去？」

所以當劉子沅先開口，趙琦著實愣在原地，她機械式的看向劉子沅。雖然知道他們不可能，但在他還沒交女朋友之前，趙琦心底還是保留著一些僥倖與期盼。

「呃，嗯。」

劉子沅抬手看了一眼手錶，「今天比平常晚回家。」

她瞪大眼，「你、你怎麼知道？」

他扯脣，「阿姨她打給我……」

「我媽打給你？」趙琦激動的語調都上揚了，全身的血液像是在燃燒。

今天本來打算心一橫直接不去圖書館，反正回來被罵一頓就算了，但媽媽都找到劉子沅身上了，感覺事情變得有點嚴重……

「我是說她或許會打給我，如果妳再不回來的話。」

聽了他的澄清，趙琦吁了一口氣，拍了拍胸，忍不住就對劉子沅板起臉，「你不要鬧，真的要嚇死我了。」

「這麼害怕，就不要老做忤逆阿姨的事。」

趙琦噘嘴，覺得劉子沅真的是一個不近人情的傢伙，小時候的自己到底是看上他哪一點……

「又在偷罵我。」劉子沅忽然揚脣，讓不擅長說謊的趙琦有些怔愣，下意識就忘記反駁。

劉子沅看上去也沒有生氣，反倒笑了笑，「改天我會找阿姨聊一聊，讓她給妳多一點自由。」

趙琦更加震驚了，劉子沅居然要幫她？她張嘴不知該接什麼，對於這麼順利的發展，她自己都一頭霧水。

「原來你們兩家這麼熟悉。」在旁看著的項俞衡忽然開口，語氣平穩淡然，聽上去很正常，卻不像平時嘻笑的他。

「你不知道嗎？我們從小一起長大。」

趙琦再次震驚，今天的劉子沅怎麼話特別多？是因為遇到勁敵項俞衡嗎？畢竟明舒苓喜歡他喜歡得很明顯，趙琦猜精明的劉子沅多少有察覺。

「我還真不知道。」他笑。視線移向趙琦，她一瞬間覺得背脊涼。

「……我、我以為舒苓會跟你說。」她為什麼會這麼害怕啊！

「這不是什麼大不了的事，琦琦沒必要什麼都跟你說。」劉子沅替趙琦反駁，稀鬆平常的語氣，聽上去特別挑釁。

琦琦？劉子沅今天到底怎麼了，話比平常多就算了，在補習班明明就趙琦、趙琦連名帶姓的喊。

他要跟項俞衡打口水戰，看不爽明舒苓喜歡他，也不要拖她下水啊。

項俞衡勾唇一笑，微微聳肩，「也是。我看你的樣子是要去補習班吧，很好，順路載我一程。」他自動的拿走他手上的安全帽，一點都不像是有求於人的那一方。

「憑什麼？」

「憑你有駕照，我沒有。」項俞衡戴上安全帽，羞恥心根本被狗啃。

劉子沅倒也不受影響，瞥了他一眼卻也沒拒絕。「厚臉皮的程度一年比一年精湛。」

「過獎、過獎。」項俞衡咧嘴笑，「出發吧，你也要遲到了，送我到你們補習班就好，剩下的路我可以自己走。」

趙琦忽然覺得平時項俞衡真的對她很好了，這、這不要臉的程度，讓人想揍他，都覺得浪費力氣。

「琦琦，我們走了。」項俞衡說道。

「複習卷記得寫。」劉子沅提醒道。

「喔、好，你們……自己小心。」她被動的舉起手朝他們揮了揮，看著他們揚長而去的背影，頓時覺得好奇怪。

這、這一大早到底是發生什麼事？風水運勢改變？還是……她抬頭，「好像要下雨了，快點回家好了。」

隔天，趙琦捧著英文單字本走在走廊上，嘴裡還唸唸有詞，明舒苓一見她就焦急的跑了過來。

「琦琦，妳問了嗎？」

「問、問什麼？」見她緊張的眼神，讓趙琦也跟著慌。

明舒苓左顧右盼了一下，臉頰浮起紅暈，「就是……項俞衡他有沒有喜歡的人啊？」

趙琦恍然大悟，想起前陣子畢旅才答應她要去試探項俞衡，但經歷了劉子沅的事後，她不想插手幫助任何人。與其說是自私，倒不如說公平。

因為不管最後誰贏了，勢必都有人會受傷。

「喔……還沒。因為最近我媽管我管得很兇。」

明舒苓有些失望的說沒關係，要她還是把重心放在課業上，「如果有什麼消息再告訴我喔。」

「……好。」她答得特心虛的。

「對了，我看妳最近跟劉子沅真的怪怪的，你們是不是發生什麼事？」

趙琦看著她擔憂的眼神，一時間說不上話。這又該怎麼說才好呢？「其實我想……」放棄兩字突然變得很難說出口。

「琦琦我告訴妳，妳要拿出勇氣才行。」明舒苓環上她的肩，「劉子沅他就是那種會把情緒埋很深的人，加上他話不多，如果連妳也不主動，你們之間要有什麼火花，真的有點難。」

明舒苓苦口婆心的說道：「先喜歡的人或是喜歡對方比較多的人，注定最倒楣了。」她的語氣有著深深無奈，趙琦看了也很不捨。

她很想說這些她都知道，劉子沅的喜歡是安靜的，靜悄悄的連她都沒發覺……原來那個人就是明舒苓。

她不知道該怎麼反駁，但是如果維持現狀，只會讓明舒苓做白工，自己也會更難堪。

「舒苓，我對劉子沅已經……」

「你們在說什麼？」從後門走來的項俞衡一臉好奇的走向前，打斷趙琦的話，也破壞她好不容易建立起的勇氣。

明舒苓率先露出若無其事的笑容，「喔，沒有啦，說一下補習班的考試。」

項俞衡聳肩，手臂惡質的壓在趙琦頭頂，趙琦側頭微微掙扎，但項俞衡就是橫了心要捉弄她，力道愈壓愈重，讓趙琦幾乎求饒。

他心情很好的說道：「我好像聽到妳們說劉子沅，該不會他又欺負我們琦琦了吧？」他低頭看了一眼趙琦。

明舒苓忽然沉默，她看著趙琦不滿的想避開項俞衡，但項俞衡說什麼都不讓她逃走，兩人一拉一扯的模樣讓她覺得心裡很不舒服。

她撐起笑，高興的語調聽起來意外的刺耳。「沒有啦，其實我們是在討論琦琦喜歡的人。」

語落，明舒苓不意外的看著前方兩人打鬧的動作一致定格，趙琦張大眼看向明舒苓，她怎麼可以說出來？這是她們的祕密啊！

「喜歡的人？」項俞衡疑惑的重複，眸色暗了暗，低頭看著還被他架住的趙琦。

趙琦低著頭不說話，突然覺得很丟人。

「有什麼好奇怪的？我們補習班有這麼多優秀的人。」明舒苓不避諱的繼續說道，一點也不認為不應該挑起這個話題。

「所以是補習班認識的？」項俞衡又問。

「還是初戀喔。」她笑著補充，「俞衡，琦琦真的很專情對不對？」

她伸手拉過滿臉尷尬的趙琦，項俞衡的手瞬間一空，他連忙問道：「我怎麼都沒聽妳們說？」

「這種事又不是那麼容易開口。」她親暱的挽著趙琦的手，「我雖然很想幫，但那個人真的太難懂了，所以希望你也能一起幫忙。男生比較懂男生，你就一起幫琦琦，不然讓她一直暗戀也不是辦法。」

趙琦現在極度想找洞鑽。舒苓為什麼沒有遵守約定？

項俞衡微微蹙眉，許久都沒有答話。趙琦還是一個勁的低頭看地板，眼神都不敢對上項俞衡，不知道為什麼覺得好羞恥。

「俞衡要不要一起幫忙？」

「咦……其實真的不用，我已經沒有那麼喜歡他了。」趙琦趕忙出聲制止，她不希望事情愈來愈複雜。

「琦琦妳不用不好意思，我們三個不是最好的朋友嗎？互相幫忙是應該的！」她另一手勾住項俞衡的手臂，將他拉了過來挽住，徵求他的認同。

項俞衡的眸光瞬然沉了沉，「喔……我只是有點驚訝。」

趙琦猛然抬頭，連忙搖頭又搖手，猛烈拒絕。「你們有這份心意我很開心，但真的不用！真的沒關係。」拜託！千萬不要！

「就某些點來說，我覺得俞衡跟那個人滿像的，只是一個是顯性，一個是隱性的，所以我覺得俞衡答案的準確率……應該有百分之八十喔。」明舒苓說出一些只會在生物課聽到的詞彙，口氣像是學者，實驗品則是劉子沅和項俞衡。

項俞衡不悅的繃緊下顎，「我是我。」

趙琦還在思考他們到底像不像時，明舒苓忽然強勢的說道：「你們都是我相處過的人，我說像就像。」她高傲的抬起下巴，有些傲氣還有些孩子氣。
「是、是！老大說什麼就是什麼。」
「乖。」明舒苓開心的摸了摸他的頭。
項俞衡搔了搔頭，似乎覺得很麻煩，「所以現在要怎麼做？」
「我們問你一些問題，你就憑著直覺回答。」
「就這樣？」
「嗯，要很誠實喔，不可以說謊。」
聞言，趙琦似乎懂了什麼。

「琦琦，對不起！」
下課時，明舒苓將趙琦帶到走廊轉角處，誠心誠意的雙手合十道歉，「我一不小心就脫口而出，對不起……」
趙琦見她頻頻低頭道歉，本來又氣又難過的心情頓時沒了，「沒關係啦……我只是有點驚訝，反正妳也沒說出名字。」其實也無所謂，當事人都知道了。
「因為我太心急了，我和俞衡最近只有討論課業才會說上話，他太忙了，我也很怕打擾他，但又克制不住自己想跟他變得親密的心情……真的很對不起！」明舒苓眨著小狗般的水潤眼神看著她，趙琦一下子就心軟。
「我知道，我們就趁這機會問他真正的想法。」趙琦說著，「學測也快到了，趕緊把這件事解決，妳也比較有心情唸書。」
明舒苓一聽，張著驚喜的眼眸，大力的抱住趙琦。「琦琦！謝謝妳！我好高興喔！」

趙琦笑著拍了拍她的背，同是為了喜歡一個人而煩惱，但明舒苓卻不像她，絲毫不畏懼的勇往直前，即便有些偏激，但趙琦還是好羨慕。

她太畏縮了，連說喜歡的勇氣都沒有。

中午，明舒苓特別製造機會給趙琦和項俞衡，讓她能順利問到項俞衡的答案。

「這事有這麼急嗎？」

「當然有！」明舒苓答得很快。見項俞衡疑惑的挑了挑眉，她立即辯解道：「呃，我是說趕快解決後，才能讓琦琦靜下心讀書。不然每天滿腦都是那個男生，怎麼會有心情唸書？對吧？琦琦。」

突然遭到點名的趙琦這才想起自己是這件事的主角，慢半拍的點了點頭。「嗯……對啊。」

真不知道項俞衡之後會怎麼想她……飢渴不懂矜持的女生？光是想到就覺得沒臉見人。

項俞衡輕笑，「看來琦琦真的很喜歡對方啊。」

「喔、嗯啊。」她真的好想死喔。

項俞衡瞥了她一眼就沒再說話了。

「因為班導找我，所以你們去吧。」

「妳、妳不一起嗎？」趙琦頓時覺得慌張，要她和項俞衡一對一嗎？

明舒苓悄悄的附在她耳邊說：「我現在超緊張，我實在不敢坐在你們旁邊任人宰割，我怕自己承受不住，所以還是妳先去替我消化俞衡的答案，我不想太難過。」

趙琦能理解她的心情，畢竟項俞衡的回答決定了明舒苓的喜歡能不能繼續。「可是我覺得很可怕啊……」

「沒事、沒事。」她拍了拍趙琦的肩。

為了避免項俞衡起疑，她接著轉頭刻意大聲說道：「沒辦法啊，班導的話我不敢違抗。記得回來告訴我結果喔，我很期待……」

明舒苓偷偷將筆記本塞到趙琦懷裡，「這裡面有一些我想知道的事，就麻煩妳了。」她誠懇的握住趙琦的手。「只有妳能幫我了。」

「好，我盡量……」

之後她和項俞衡面對面坐在操場的陰涼處，趙琦一臉憋屈，而項俞衡有點不耐煩的模樣。

趙琦一翻開筆記本，就被上頭密密麻麻的鉛筆字，弄得頭昏腦脹的。

「先說，我的答案只代表我的立場。」項俞衡面無表情的聲明，「到時不准回頭過來怪我。」

「好。」趙琦點頭，視線落在筆記本上的第一題，她深吸一口氣，「你……喜歡的女生類型？」

項俞衡直勾勾的看著她，「長髮、漂亮、強勢、有腦袋。」趙琦簡單做了紀錄，心裡暗想原來他喜歡女強人那類的啊，這點明舒苓應該還算合格。

「那……個性？」

「不能太溫柔，也不要太善良，自私一點，只為自己著想。」

「不能……等等！」趙琦正想做筆記，「吼！這是一件很嚴肅的事，你不要亂回答……」到底誰會喜歡壞女人？

「請尊重答題者。」

趙琦努嘴。這樣的話，舒苓就不符合了啊。

「介不介意女生先告白？」

「介意。」

「介意？」趙琦驚愕，那舒苓就不能先告白了。「為什麼介意？」

「我喜歡自己來。」

趙琦追問道：「可是現在這個時代，女追男的例子很多啊。你是覺得傷自尊還是……」

「妳如果自己心裡有答案就別來問我。」項俞衡冷道，「下一題。」

「好啦。」奇怪，為什麼他要這麼兇啊？「對於喜歡的女生的反應？」

「對她好。」

聞言，趙琦開心的唰唰寫在紙上，項俞衡對舒苓的體貼是有目共睹的，這樣的話就有百分之七十的成功率了！

「妳開心什麼？對方對妳很好？」

趙琦下意識的回想起與劉子沅的每次相處，「唔……時好時壞。」

「欲擒故縱倒是滿會的，妳確定他不是玩咖？」

「呃……」劉子沅這個人有朋友就該偷笑了，怎麼可能會是玩弄感情的高手。「當然不是啊，依照他一板一眼的個性，說話別傷到人就萬幸了。」

「妳在說劉子沅嗎？」

「對……」趙琦一頓，快速的捂住嘴，抬眼就對上項俞衡深邃透亮的眸光，「不是，我是說……跟劉子沅有點像的同學啦。」

「劉子沅都告訴我了。」

趙琦又倒抽一口氣，「他、他說了什麼？該不會連我告白的事都說了吧？」趙琦手上的筆咚的滾落在地上，想不到應該是最三緘其口的劉子沅早就先出賣她了。

「原來還告白啦？」項俞衡勾起笑，眸光很深，脣邊的弧度讓她覺得世界天崩地裂。

「你……騙我？」

「騙妳又怎樣，妳現在不也在騙我？」

趙琦無話可說，他們之間沉默了片刻。

「你是怎麼知道的？」

「照片。」他又說，「還有直覺。」

聞言，趙琦也怪不了別人，只能說項俞衡這個人完全不如外表般對事事無所謂，而是很聰明。

「為什麼喜歡劉子沅？」

「為什麼要問？」

「我認為一人訪談一次，挺公平。」項俞衡說得理所當然，完全不給趙琦逃避的空間。他接著猜道：「因為是初戀？第一個喜歡的人？」

「他是我在搬家前，對我很好的人。」

「對妳好，妳就要喜歡人家？」項俞衡冷哼，「琦琦，妳會不會太單純了？」

趙琦真的好後悔答應明舒苓這件事。

她憋著一張臉，瞅了一眼項俞衡不高興的樣子，接著又悲憤的低下頭，委屈的說：「你幹麼這樣說話？我喜歡他，就是喜歡啊，你自己也認同喜歡有時也是沒有原因的啊。」

現在倒反過來指責她。

項俞衡頓了一下，察覺自己反應過激，他也覺得尷尬，於是清了一下喉嚨，「喔……沒啊，只有我一個人不知道，當然不爽。」

「我也不是故意不說的啊，是因為剛好跟舒苓聊到，而且你是男生啊，跟你說這種事有點奇怪吧……」

項俞衡發現自己的立場變弱，臉色愈沉，接著像是想到什麼似的，抬眼看著趙琦。

趙琦真的好後悔中午沒把布丁吃完，有可能是最後一次吃了。

「等等，那妳跟劉子沅……」他停頓了下，好像不管怎麼問都有點奇怪。

他思考了一會兒，覺得他幹麼要顧慮這麼多？最後決定還是豁出去。

「我是說妳跟劉子沅進展到什麼程度了？」他一口氣說完，心裡頭果然還是覺得很不自在。

趙琦一瞬間也不知道該怎麼答，項俞衡見她猶豫的臉，又補了一句警告意味濃厚的話，「最好誠實說喔。」

都被這麼威脅了，趙琦也不敢隱瞞，於是就據實以告：「沒什麼進展，被拒絕了。」

他眼一瞇，居然有種鬆了一口氣的感覺，他咳了一聲，「被拒絕？什麼時候的事？」

「畢旅完隔幾天。」

「那就有段時間了啊，那他上次跟我說話怎麼會這麼挑釁？」他支著下頷陷入思考。

趙琦像是找到知己一般，抬起屁股雙手撐地朝他靠近，「你也覺得奇怪對不對？他在補習班根本不會主動跟我說話……」

如果說是刻意針對項俞衡，也沒必要挑在那種時候啊。尤其是在他們兩個關係都還很尷尬的時候，一定有什麼原因吧？

趙琦說到一半，赫然發現項俞衡的臉色有些僵，她這才發覺自己好像太激動了。

項俞衡睨她一眼，伸出手指抵住她的額頭往後推，「坐好。」

「喔。」

「是不是其實他……根本就喜歡妳？」

趙琦張大眼，連忙篤定的搖頭，「不可能！」

「妳是劉子沅啊？」項俞衡沒好氣的看她一眼，「怎麼知道不可能？還是他跟妳說他有喜歡的人？」

趙琦一頓，也不太敢說謊，於是點了點頭，模棱兩可的說道：「好像是……」

項俞衡瞇眼看向她，趙琦被他看得冷汗直冒，雙手死死的握著制服的一角，「如果是這樣的話，就更沒道理了啊。」

「……」

趙琦在心底倒吸一口氣，劉子沅喜歡明舒苓這件事，絕對要誓死保密！

項俞衡沉沉眸光瞟向她，「上次在我面前哭得那麼慘，就是因為他吧。」

「哎，真是。」他唾棄的睨了一眼趙琦，「所以說喜歡一個人有什麼好？最後還不是自己哭哭啼啼。妳看劉子沅多逍遙，拒絕完妳之後，照樣上班上課，過他的人生，真不懂妳在想什麼。」

這回輪到趙琦不滿了，「你沒喜歡過別人，所以你才不懂那種……就算被拒絕也覺得好險我說了的感覺。」

「我不懂？」項俞衡冷笑，「好，妳說妳小時候喜歡他，那妳中間搬家那麼多次，你們有聯絡嗎？」

趙琦抿了抿脣，「沒有……」

「為什麼沒有？」

「因為、因為我不知道該怎麼……」被他這麼一問，趙琦突然就答不上來。她就是回到了小時候住的地方，發現小時候對他好的男孩還在。

她記得他們很要好，小時候的劉子沅疼她、保護她，所以她下意識的就想依賴、靠近他。

「因為沒那麼重要了吧。」他替她回了，「如果是很重要的人，用盡任何方法都應該要找到對方吧？即使再遠、再困難。」

趙琦愣愣的看向他，項俞衡明明是個沒什麼戀愛經驗的人，卻在這一刻讓她覺得，他的喜歡或許比任何人都來得難能可貴。

因為他是一旦開始，就會執著到底的那種人。

「所以妳只是替小時候的自己覺得可惜而已。」他看著她，眸光熠熠。「這不是喜歡，我很清楚。」

❄

學長姐因為考完學測，幾乎都在教室外蹓躂玩鬧，教官都會在升旗時警告高三生要適可而止，而決定要指考的學生正如火如荼的看著書，儼然就是兩個世界。

趙琦趴在欄杆看著，想著萬一朋友都不考指考，就剩自己孤軍奮戰，那種感覺比考差了還不好。

項俞衡已經揚言說他要一次定生死，明舒苓則是說看成績決定，但如果成功申請到她喜歡的系所，她也不考。

「不知道到時候我要不要指考……」肯定是要的吧。她不覺得學測結果能一次就讓媽媽滿意。

身旁的明舒苓沒有答話，恍神的看著遠方操場。

「舒苓？」

「不知道我能不能跟俞衡同校？」她喪氣的說著，「我不想去沒有他的大學……」

趙琦抿了抿脣，揚起笑安慰她說：「一定可以的，你們的成績不相上下。老師說愈後面的模考愈準，你們的級分差沒多少啊。」反倒是她，根本不能比。

近期最好的成績，只能到後半段的國立大學。

「上了大學，勁敵就會變多，我們也不可能每天見面。」明舒苓嘆口氣，「俞衡最近也跟我家人說，高三想搬回家。」

「這麼突然？」

「說媽媽身體不是很好，想回去照顧她，也說白吃白喝了兩年，對我們很不好意思。」

「妳家人怎麼說？」

「我爸媽都說沒關係啊，多一個人比較熱鬧，我也跟他說，他在的話我們可以討論課業，互相督促對方讀書。」明舒苓無奈的垂眼，似乎勸了項俞衡不少次。「但他堅持，所以可能暑假就會搬回去了吧。」

明舒苓大大的嘆口氣，情緒低迷。「琦琦……妳覺得我該怎麼辦才好？自從上次問完問題後，就再也沒什麼進展了。明明他的答案大部分都和我相符啊，為什麼他一點動作都沒有啊？」

趙琦搖頭說她也不知道。

「唉——」

「唉——」

她和明舒苓同時嘆氣，明舒苓笑她，「怎麼？妳也擔心上大學後，跟劉子沅不能常見面啊？」

「沒有啦，我覺得現在的我……好像沒那麼喜歡他了。」

「哇，怎麼啦？」明舒苓驚訝的說道，「我看你們最近相處很自然耶，以前妳面對他都會很緊張很害怕，也不敢靠近他，現在我看妳偶爾還會對他使性子。」

「我、我有嗎？」趙琦指了指自己，腦中立刻浮現劉子沅的暴行，「是他自己不講理，每次都故意出一大堆作業給我，然後要我隔天交，我就是寫不出來啊。我也不是故意的，但他每次都要兇我……」她覺得無辜極了。

「看看！就是現在這樣！」明舒苓立刻指著她此刻的模樣大笑道，「以前別說是頂撞他了，妳連說話都不敢看著他。」

聽明舒苓這麼說，趙琦也發覺似乎真的是這樣，「可能是最近壓力太大吧。」她笑笑的搔了搔頭。

「我知道劉子沅這個人難搞，但妳也不能這麼快放棄啊。」明舒苓勾住她的肩晃啊晃的。

「其實……我被拒絕了。」

「什麼？」明舒苓瞪大眼，「妳、妳告白了？什麼時候的事？怎麼會這麼突然？」

面對明舒苓一連串的問題，趙琦也有些慌張。其實她本來不想提的，只是經過上回項俞衡的訓話，她回家認真想過幾回。

那時，劉子沅也說過類似的話，只是當時她情緒混亂，加上突然得知他居然喜歡明舒苓，有種莫名的背叛感，讓她無法理智思考。

她稍微說了當天的情況，「我覺得他說得沒錯，我或許只是想找個人依靠。」

即便小時候住過這裡，但人事已非，遇到劉子沅這樣熟悉的人，她只覺得慶幸，因為不用再重新適應。

明舒苓一手摸了摸趙琦的短髮，「琦琦變勇敢了呢，以前的妳一定不敢這麼做。」

趙琦握住明舒苓搭在她肩頭的手，「就是說啊，能夠遇到你們，我真的很幸福。」

「容易知足的孩子。」

接著她們準備回教室自習時，就見項俞衡一人站在樓梯轉角處，明舒苓高興的想和他打招呼，卻在舉起手時，發現他正和一位一年級的漂亮學妹有說有笑。

趙琦見狀，又瞥了一眼身旁的明舒苓，立刻覺得大事不妙。

「琦琦……」

聞聲，她微微打了冷顫，「嗯？怎麼了？」

「俞衡他啊，對每個女生是不是都這麼好？好到我覺得自己就跟一般的女生沒什麼不一樣。」

「怎麼會……妳也知道他是班長，有愛管閒事的毛病。」

「我覺得他根本就不喜歡我。」

「不然……試試看吧？」趙琦其實誰也不想幫，只是看著明舒苓無助與喪氣的模樣，她於心不忍。「或許他真的只是搞不清楚自己的感覺。」

項俞衡對誰都好，只要是朋友都很講義氣，也許是因為從未想過愛情這種可能，不代表不會發生。

聽聞，明舒苓帶著不安和一絲難以言喻的期待看著趙琦，「我、我真的可以嗎？會不會太突然？可是他不是不喜歡主動告白的女生嗎？我這麼心急，會不會顯得我太容易追到手，他反而不會那麼珍惜……」

她既擔心又害怕，握著趙琦的手沒頭沒尾的猜測著，忽然，一抹高大的人影隨意的晃了過來，他看了一眼她們交握的雙手，忍不住皺眉，「不就是學期末要到了，妳們有必要這麼誇張？」

一聽到是項俞衡的聲音，明舒苓精緻的小臉瞬間漲紅，人也開始焦躁了起來。「呃、你不懂啦！暑假就要來了，我們會有很長一段時間看不到對方。」

「不是還有補習班嗎？」

明舒苓瞬間啞口，隨後大聲嚷嚷：「你、你少囉唆，走開！不要擋我的路。」語畢，就撥了撥長髮，倉促的離去，只因劇烈的心跳聲好像要被誰聽見了。

項俞衡被罵得莫名其妙，側過身看了一眼趙琦，「這麼兇？妳們又吵架了？剛剛該不會不是在握手，是在比手勁吧？」

趙琦完全懶得回答，看著他，微微嘆口氣，有時都不知道該誇項俞衡聰明，還是這一切都只是巧合，他根本什麼都不知道。

放學，明舒苓先去上鋼琴課了，趙琦和項俞衡一起走在人行道上。

高大的男孩一邊打著哈欠，慵懶的半瞇著眼，一邊享受涼爽的風。趙琦仰頭看他，陽光渲染的髮飄動得張揚，帶著溫暖與活力。

他是項俞衡，活在眾人的擁戴之中，卻總是在她最困難的時候，漫不經心的經過，再若無其事的告訴她，這沒什麼大不了、不要怕，都能解決的。

如果不是因為明舒苓，她或許一輩子都無法跟這樣閃閃發亮的人說話。

這是她第一次覺得搬家或許不是一件壞事。

思及此，她微微揚起唇瓣，午後陽光落在她的眼睫，宛如盛滿金粉，項俞衡低下頭便見到這般景象，眸光微微一滯

趙琦察覺到他的視線，下一秒便與他四目相接。

就這麼安靜的凝望彼此。

趙琦的心跳莫名有些快，餘暉將她的臉曬得泛紅，但她知道這不是因為熱，而是內心深處一股無法言喻的悸動。

她不明白為什麼會這樣，想移開眼，卻發現身體因為太緊張而無法動彈。

齊肩的俏麗短髮隨風飛揚，沾上她的臉頰，項俞衡無意識的伸出骨節分明的手，輕撥開她的頭髮，向耳後勾去。

被項俞衡碰觸過的皮膚、耳垂微微發燙，趙琦始終低垂著眼，長睫輕顫，帶著不知所措與逐漸

加速的心跳。

正當趙琦思緒紛亂時，項俞衡已率先退開，接著露出平時張揚惡質的笑容，手一伸直接揉亂她的髮。

「再不走，劉子沅罵人我可不保妳。」

趙琦怔愣，見他還是如同往常一樣對她惡作劇，她皺眉將頭髮抓齊，不滿的看著前方的男孩，心跳聲逐漸平復。

「好啦……」

果然，是她想多了……

第七章　餘夏

雖然鼓勵明舒苓去告白，但趙琦心裡卻隱隱覺得不舒服，也不知道這種抗拒心態從何而來，但她就是不安。

明舒苓決定要在結業式那天和項俞衡告白，她自嘲道：「如果失敗的話，至少暑假有兩個月不用見面，在他面前不用裝模作樣，否則一定超丟臉……」

趙琦這幾天都在想這件事，一方面怕明舒苓被拒絕，一方面又想，如果項俞衡真的接受了呢？她想得入神以至於沒聽見劉子沅喊她的聲音，直到餘光瞥見有人擋住門口，趙琦才回過神。

「沒聽到我叫妳嗎？」

趙琦搖頭。

「妳最近都在忙什麼？」劉子沅挑眉，「不想考大學了？」

「哪有……我都有好好的上課啊。」一提到關鍵字，趙琦才看向劉子沅，免得到時他又跟媽媽打小報告。

「我不是今天才認識妳。」劉子沅沉聲道，看出她的答話避重就輕。

被他拒絕後，趙琦想的不是為什麼他不喜歡她？而是為什麼自己會喜歡上劉子沅？應該說小時候的她，到底是怎麼了？劉子沅不幽默，翻臉比翻書還快，既不愛說話，有時還很不講理。

「既然這麼了解我，那就不要問我啊。」明舒苓要告白的事已經夠她煩惱了。

劉子沅聽見她挑釁的語氣，話語不自覺冷了幾分，「妳現在是在對我生氣嗎？」

「沒有啊……」趙琦心虛的看向地板，一不小心就透露了情緒。

許久，卻聽見劉子沅的哼笑聲，趙琦餘光瞥見他抬手，下意識覺得自己會被揍，膽小的往後縮，直到感受到腦袋被人輕輕的揉了揉，「很好啊趙琦，就是這樣。」

趙琦傻愣愣的抬頭，卻見劉子沅彎起很淺的笑容。

他在誇她？

「你、你是不是有點被虐情結？」

劉子沅挑眉不語。

「不然我、我剛剛兇你耶，你為什麼還笑得出來？」

「這才是我們——」劉子沅輕笑，「原本該要有的樣子。」

趙琦也笑出口，「你是想說有些人當朋友比當情人好嗎？」

劉子沅沒打算繼續探討這個話題，又或者說他似乎不擅長跟人吐露心事，所以揮了揮手就讓趙琦滾去門口等媽媽來接，自己則走回座位。

趙琦忽然有感而發，「你還記得你高中的時候嗎？」她側過頭看他。

「嗯，前幾年的事而已。」

她嘆口氣，「我的高中生活就快結束了，怎麼覺得什麼也沒有做……」

「妳想做什麼？」

趙琦頓了頓，突然笑開來，「一輩子絕對不會做第二次的事。」

「幹麼活得這麼痛苦。」劉子沅壓根兒不懂那種感覺。

「因為搞不好現在不做，以後會後悔，或是更不會做了。」

「例如什麼事？」

趙琦沉吟了一下，「像是考個全班第一名，或是校排前三十。」

「喔，那妳可以考慮換做別的事了。」劉子沅最後還是忍不住笑出來，讓趙琦更氣惱了。

「那你呢？又做過什麼？」

「全班第一，校排前三十。」

「這對你來說又不算什麼。」趙琦不滿道，「告白！你告白過嗎？」這種事，對於劉子沅這種悶騷人絕對是不可能的任務。

果然劉子沅微微一愣，隨後輕聲說道：「高中的時候……我喜歡的還是妳。」

聞言，趙琦的小臉迅速漲紅。原來劉子沅不是悶騷鬼啊，他說這句話時，鎮定的不可思議。

「啊……對、對不起，我忘記了……」等等，她幹麼道歉？

許久，趙琦自己也覺得好笑，怎麼每次聊到這麼露骨的話題，還能這般自然。

她看著劉子沅沒好氣的側臉，內心有股衝動，「你知道嗎……舒苓喜歡項俞衡耶。」

恍惚之間，趙琦就這麼脫口而出，沒有預期的良心不安，反而覺得鬆了一口氣。

劉子沅沒有移開盯著電腦螢幕的視線，嘴脣抿成一條線，手繼續敲打著鍵盤，過了許久，他說：「我知道。」

「你、你知道？」

「我一直都知道。」

「那、那你怎麼會……」趙琦的腦袋一團亂。

「感情這種事怎麼控制。」

聽了他的話，她忽然覺得好心疼，只能沉默的垂下眼，「你怎麼都沒說啊？」

「說了會有什麼改變嗎？」

趙琦點頭，「那現在怎麼辦？」

「不能怎麼辦，喜歡到我不喜歡為止。」

劉子沅是個在感情上全心全意付出的人，不要回報，也不要同情。趙琦覺得這樣是何苦呢？

「你……沒有想過要和舒苓告白嗎？」

再怎麼鎮靜的人，提到感情這件事，果然還是會慌了心神。劉子沅原本流暢敲著鍵盤的手，忽然一頓，停了幾秒後才繼續敲敲打打。

見他不回答，趙琦不屈不撓的又問一次，反正劉子沅也說了，他喜歡這種像朋友般互動的感覺。

「幹麼裝沒聽到？都不怕舒苓被搶走？」

「想幫我？」

趙琦猛然搖了搖頭，「我只是一個局外人。」

「那就對了啊，所以要不要告白也是我的事。」

劉子沅的語氣依然討人厭，然而趙琦卻不生氣，反倒安慰的拍了拍他的肩。

自從回到這裡後，她覺得所有事都是那麼的不可思議。

交到最好的女生朋友明舒苓，還有項俞衡的義氣相挺，現在居然還跟拒絕她喜歡的人侃侃而談。

劉子沅睨她一眼，本想說些什麼時，電動門忽然打開。

項俞衡一進門就見到這般親密的畫面，他的眉宇不可察的皺了一下。

劉子沅看了一眼來人，本還有些懊惱的神情，在見到項俞衡不冷不熱的臉龐，立即勾起淺淡的笑容，這讓項俞衡充分感受到自己被挑釁了。

「來接明舒苓？她已經被接走了。」

項俞衡也沒看他，懶懶的環顧了四周，最後將視線落在趙琦身上，語氣清淡，「這麼晚了還不回家？」

莫名感受到威脅的趙琦，默默的收回手，下意識的吞了吞口水，「媽媽還沒來……」

項俞衡看似還有話要說，卻始終沒有出聲，眸色暗沉，趙琦也不敢先講話，總覺得氣氛令人窒息。

劉子沅見狀，「你來得正好，應該不趕時間吧？先顧一下這傢伙，別讓她干擾我工作。」

聽聞，趙琦覺得自己被栽贓，大眼哀怨的瞅著他，「剛剛明明就是你來跟我說話的，而且我又不是小孩，不用別人顧……啊——」

她話還沒說完，後方一股力道就把她拎走，「妳別吵人家，萬一他失業妳要負責嗎？」項俞衡淡淡的說道，聽上去像玩笑話，但口吻卻像真的希望劉子沅快點成為無業遊民。

他們在補習班旁的公園晃著，趙琦內心緊張萬分，她最近發現自己無法和項俞衡泰若自然的獨處。

會莫名覺得呼吸困難，不知道該說什麼才好，也不太敢正視他的臉。趙琦很鬱卒，總覺得有什麼地方變了……而她不敢亂想。

他們就這樣沉默的繞了公園幾圈，她心裡不斷期盼著媽媽快點來。

突然，餘光發現一隻黑漆漆的生物，是蟑螂！

她害怕的盯著蟑螂的動向，牠筆直衝來，她慌了手腳急著想閃避，但蟑螂似乎就是要跟她作對，硬是朝她閃躲的地方亂竄。

「嗚……」

項俞衡聽見她發出嗚噎聲，下意識的瞄了她一眼，同時趙琦的小手忽然攀上他的手臂，「項俞衡……」她求救的喊。

「怎麼了?」項俞衡回握住她的手，發現她想動又不敢亂動的模樣，往地上一看才發現是一隻超巨大蟑螂。

項俞衡見她一直甩不掉牠，忽然想笑，想都沒想就圈住她的腰將她抱起，直接換了一個位置。雙腳忽然離地，趙琦嚇了一跳，那種驚嚇不低於蟑螂追著她跑的程度。

項俞衡放下她，手還來不及抽離，就對上趙琦在黑夜中明亮的大眼。他一怔，感到一絲不自在的拿開環在她腰上的手。

趙琦拍了拍衣服的皺褶，項俞衡也略為尷尬的按著脖頸，他們之間又陷入寂靜，但這次多了一絲躁動。

所幸，趙琦的媽媽沒多久就來了，她逃跑的模樣就和之前見到劉子沅時如出一轍。

劉子沅見狀，有意無意的說了一句:「還真是好懂。」又看了一眼項俞衡繃著的俊臉，明顯不知道他在說什麼，緩緩勾起笑，「回去吧，謝謝你替我照顧她。」

❄

結業式當天，明舒苓特別畫了不惹眼的口紅，髮尾微微夾捲，身上的紫羅蘭香比平時更加濃郁，氣質出眾的她，成功引起眾人注目。

明舒苓本來就漂亮，加上成績優秀，榜上有名，不乏愛慕者，但只有趙琦知道，她別出心裁打扮自己的原因。

最近趙琦老覺得胸口悶，尤其是與項俞衡互動時，特別尷尬不自在，總想要逃跑。

「琦琦，我看起來怎麼樣？會不會很怪？還是太刻意？」明舒苓一邊整理儀容，裙襬隨著她的腳步飄動，襯著她的腿更加修長白皙，「怎麼辦？好緊張喔，我第一次告白……」

「很漂亮。」趙琦豎起大拇指，「一定會……成功的。」她彎了彎嘴角，笑容卻意外的僵硬。

趙琦隱隱約約察覺自己有點不對勁，但她不敢細想。

「學校待會就放人了，要不要一起去吃飯？」突然冒出的高大身影，伴隨著爽朗的笑語，順勢的將手臂擱在趙琦的頭頂上

趙琦被嚇得不輕，發現來人是項俞衡後，心裡又開始慌了。

明舒苓率先點頭，接著朝趙琦眨了眨眼，接受到她的訊息，趙琦移開項俞衡的手，不著痕跡的拉開了一點距離。

「呃……我等等還要去補習班輔導，因為上次化學沒過，今天就不跟你們一起了。」趙琦笑了笑，知道要給他們兩人私人空間，否則她會是最大顆的電燈泡。

明舒苓連忙接話，「啊，真可惜，那俞衡我們就去吃你最喜歡……」

「該不會是妳跟劉子沅單獨吧？」項俞衡忽然問話，唇邊的笑容淡了幾分。

「對啊，他是我的補習班老師，當然是給他輔導啊。」

「輔導是幾點開始？」

「一點半。」

項俞衡瞥了一眼手錶，「好，還有時間，妳現在過來我幫妳惡補一下。」

「為什麼？讓劉子沅教我就好了啊。」面對項俞衡突然的熱心，趙琦下意識就覺得他要捉弄她，「他比較知道怎麼教我……也知道我什麼地方會錯。」

趙琦倏地囁嚅，只因項俞衡的臉色有些不佳，她不明白……他為什麼不高興了。

察覺到氣氛怪異的明舒苓雖覺得奇怪，還是趕緊出聲緩頰，「就是說啊，劉子沅比較有經驗，而且你待會不是要打工嗎？這樣的話，你休息時間都沒了，你有這個心，琦琦就很高興了，對吧？」

明舒苓看向趙琦，她連忙點頭說是，「你們去吃吧，我們下次再約。」她說著，視線卻莫名不敢對上項俞衡。

結業式結束後，趙琦站在原地目送兩人的背影，內心突然湧上一股酸澀，無法抑止的在心口處擴散開來，導致她去到補習班後又心不在焉了。

劉子沅不耐的敲了敲桌子，「我講第三次了，趙琦妳……」

見他又要開罵，趙琦下意識縮了縮脖子。

其實根本沒有什麼輔導，應該說她今天根本不用來補習班。

不過她還是自願來這邊讓劉子沅荼毒她，因為總覺得待在家裡會胡思亂想，倒不如來這寫寫題目，讓自己分心。

然而，為什麼會這樣呢？

她想，或許是因為她很在意項俞衡的答案，如果他拒絕，明舒苓肯定要難過一陣子，但若是他答應……

她無意識的嘆了好大一口氣。

「既然這麼不願意，幹麼要勉強自己？」

趙琦愣愣的抬眼，她知道劉子沅是在說自願來輔導這件事，然而她內心深處的某個角落卻對這句話產生了共鳴。

勉強？難道她……不希望項俞衡和明舒苓在一起嗎？

「才沒有呢！」

她突如其來的大嗓門讓劉子沅皺了下眉，「這樣只是欲蓋彌彰，承認並不丟臉，說謊才是。」最後，劉子沅讓她寫完幾章習題就放她回家了。趙琦本來不想走，但劉子沅說她沒心就別在這給他添亂。

回到一個人的房間後，果不其然又開始胡思亂想了，趙琦逼迫自己先睡一覺，也不知過了多久，她被手機鈴響給吵醒。

「喂？」

另一端傳來高分貝的尖叫聲，趙琦的瞌睡蟲都醒了，「舒苓？」

「琦琦我跟妳說喔……」明舒苓掩藏不住喜悅，然而聽在趙琦耳裡卻異常沉重，「俞衡他啊，沒有拒絕我耶！怎麼辦？我好開心呀！」

明舒苓笑聲清脆。

「沒有拒絕？」

「他說現在想把心思都放在課業上，這我能理解。」明舒苓笑得眉眼都彎了，小臉洋溢著幸福，「最重要的是，他說如果畢業的時候，我還是喜歡他，而他也沒有喜歡的人的話，我們就交往。」

趙琦眨了眨眼，「所以是答應的意思嗎？」

「我覺得算是了。」明舒苓躺在床上，「從我認識他到現在，看過不少女生向他告白，可是他都直接拒絕，從沒有像今天這樣正面的回覆。」

「可是……他沒有明確的說好或是不好，我覺得一開始還是不要期望太高……」萬一結果不如所想，到時會很痛的。

聽見她的質疑，電話另一端沒了聲音，趙琦驚覺自己說錯話了。

明舒苓也察覺自己不悅的反應太明顯，連忙喜孜孜的回道：「我是一定會堅持到底的，畢竟我喜歡他那麼久，怎麼可能在最後一刻放棄！」她態度堅持，「至於項俞衡，他自己都說想專注在課業上，所以更不可能會去喜歡別人啊。」

「……這麼說也是。」

「所以，我們在一起只是時間早晚的問題。」說到此，明舒苓的臉頰微微漲紅，似乎已經想到他們在一起的模樣。她害臊的低聲尖叫，「怎麼辦？我覺得現在的我好像幸福得快死掉了！」

趙琦應了幾聲，思緒卻飄遠。

❄

這是高中最後一個暑假，但趙琦感覺像是進入另一個地獄。劉子沅宣布補習班兩週後就要開始上衝刺課程了，等於她的暑假只有短短十幾天。

趙琦癱在木椅上，她現在連一根手指頭都懶得抬。

最近跑步的公里數增加到五公里，趙琦好幾次都覺得自己要缺氧死在路邊了。

項俞衡笑著替她扭開瓶蓋，「喝吧。」

趙琦愣了愣才接下，她覺得自己愈來愈奇怪，開始無法正眼看著項俞衡，偶爾還會腦袋一片空白。

她覺得心煩，不知道自己是怎麼回事……聽到明舒苓說他們畢業後就會交往，她第一個反應居然不是祝福。

也許是壓抑太久，趙琦猶豫了一下還是決定問出口：「你和舒苓說了那樣的話……好嗎？」

「不好嗎？」孰料，項俞衡居然反問，深邃的眸光蘊含著著早晨的光，讓她一瞬間閃了神。

趙琦窘迫的移開眼，忽然皺了皺眉，「你該不會是為了贏我，所以才跟舒苓說畢業才交往？」

項俞衡沒好氣，「我看起來有這麼小人嗎？」

趙琦毫不猶豫的點頭，項俞衡二話不說扣住她的脖頸，掙扎之中，回過神來，兩人幾乎纏在一起，彼此也發現姿勢有些不宜，心照不宣的互相退開。

趙琦咳了一聲，「不然為什麼要說那種話？既然喜歡，何必要等到畢業？」

「……我也不知道。」

「什麼啊？」趙琦以為他又在耍她。「你自己說的話，怎麼會不知道？」

項俞衡吐了一口氣，「因為我找不出理由。」他的目光移向她，讓趙琦不禁低斂眉眼。「我不想看到她哭，妳也看過她手腕上的傷口，那是我這輩子最深的懊悔，所以我想保護她，想要她快樂。」

趙琦沉默。

項俞衡笑了笑，視線卻始終落在趙琦身上，「這不就符合妳之前說的條件？」

「嗯，沒錯……」趙琦應該要開心的，她的好姐妹能跟最愛的人在一起，她不是該第一個拍手叫好的嗎？

項俞衡望向她，趙琦下意識的也抬眸看向他，兩人的視線在空中觸碰交會，他們都有些怔愣，許久，項俞衡率先勾起壞笑，「怎樣，捨不得喔？」

趙琦一頓。「沒、沒有啊！我只是問問……」她匆忙的低下頭。

耳邊傳來項俞衡的哼笑，帶著他慣有的驕傲與隨性，「我不後悔就好。」

「是啊……」

不管結果是什麼，都是自己的選擇。

❄

趙琦暑假過得很充實，在補習班會聽見明舒苓分享她對項俞衡展開的各種積極攻勢，畢竟她現在算是明戀狀態。

而項俞衡搬回家了，他們見面的次數變少，這也成了明舒苓的煩惱之一。

趙琦安慰道：「他不是那種會隨便跟人約定的人，妳現在應該想的是怎麼跟他考上同一間大學，遠距離會很辛苦的。」

「對了，我們家下禮拜要去露營，妳要不要一起去？說是慶祝我最後的暑假，妳看我爸媽多興災樂禍！」

趙琦回過神，「我、我可以去嗎？」

「當然啊！人多比較有趣，而且項俞衡也會來。」

有項俞衡啊⋯⋯

「所以啊，妳一定要來，不然到時我們要是睡同一個帳篷，我一定會⋯⋯啊——」明舒苓完全不敢想像，「萬一讓他覺得我睡相很差，或是我其實會打呼磨牙什麼的，我真的會不想活了⋯⋯」

趙琦笑著答應了，心裡卻盤算著另一件事。

照現在的進展，他們交往或許真的只是時間早晚的問題，既然如此，身為她最好的朋友就不能做些讓人誤會的事。

她想了幾天，對著牆壁模擬了很多次，好不容易當天能看著項俞衡說出幾句話，「我覺得我們……不要一起跑步了，應該說，我可以自己跑，你不用再花時間來陪我。」

昨天凌晨才睡的項俞衡，本來還犯睏的臉忽然繃直，大掌漫不經心的摸著魚子醬的短毛，「現在是要拋棄我嗎?」

趙琦愣了愣，難道這句話的意思是……一定是她想多了!

「不、不是!只是覺得我們不能繼續這樣下去……」即便她和明舒苓是好朋友，但誰都不願意自己喜歡的人和其他異性太過靠近吧?

「為什麼不能?」他挑眉，眸眼隱隱帶著一些連他都沒有發現的期待，「我們不是朋友嗎?互相幫忙應該的。」

雖然話是項俞衡自己說的，他卻覺得不樂意。

趙琦微微斂下眼，打算好好和他劃清界線，「舒苓很喜歡你。」關於項俞衡的事，她得小心翼翼，「女生在這方面都很容易胡思亂想，你們現在也還沒在一起，她會更不安，所以你應該要適當的和異性保持距離，尤其是像你這種……呃，有點長相、腦袋的男生啊，會讓女生對你的好，產生一些別的想法。」

「這其中也包括妳嗎?」

趙琦不知道這樣的解釋項俞衡能不能理解，本來還在想需不需要補充時，項俞衡的話宛如一道雷，重重的劈上她的腦門。

「嗯?」

「我對妳的確不差，所以按照妳的話，這不就是在暗示我……」他刻意停了停，「妳對我有別的想法?」

「什、什麼?沒有!我、我哪有!我只是提醒你……」

項俞衡欣賞著她驚慌失措如同小倉鼠的模樣，嘴角翹得高，心情忽然異常的好。見項俞衡根本不在意她的辯駁，她深怕被誤會，怕事情導向不可收拾的地步，然而她卻無法忽視心底的悸動，彷彿快要掘開她的胸口，與他坦承相見。

下一秒，項俞衡突然問：「那妳也替別人遮過陽光嗎？」

「什、什麼？」

「劉子沅有嗎？」

「幹麼突然提到劉子沅？」趙琦一臉茫然。忽然明白他是在問上回他在這睡著的事。那時，她看他因為刺眼的陽光而睡不安穩，所以悄悄的抬起手替他遮了一下，那天回家手還差點舉不起來，甚至被爸爸笑，小小年紀就有五十肩。

「喔……你是說上次嗎？當然沒有啊，我下次絕對不做了，手超痠。」說起這話時，她似乎還能感受到肩膀的痠疼。

項俞衡釋然一笑，「是嗎。」原本凝重的神色霍然笑開了，大力認同道：「確實別再做了。」別對除了他以外的人做。

❄

露營那天，明舒苓的爸爸開車來接趙琦，上車時她看見項俞衡和明舒苓已經坐在後座。車程大概三小時，趙琦為了怕露營回來會累癱，前幾天瘋狂熬夜寫補習班的作業，邊罵劉子沅。

搖搖晃晃的車程，加上冷氣呼呼的放送，趙琦感到睡意撲天蓋地的襲上。車上有明舒苓一家交談的歡樂聲音，項俞衡偶爾的笑語，像是一首寧靜的催眠曲，她靠著車窗緩緩闔上眼。

顛簸的路程，讓趙琦睡得極不安穩，她微微皺了眉頭，半夢半醒中，似乎又夢見上回在明舒苓家的那陣暖風，溫煦的拂過她的臉頰。

她瞇著眼隱約看到有人逆著那片白光朝她走來，趙琦忽然覺得一陣鼻酸，她看著對方伸出手碰觸了她的臉頰，還來不及反應，她就醒了。

車內只剩溫和的輕音樂，趙琦眨了眨有些浮腫的眼，忽然覺得有些奇怪，怎麼臉頰抵著的地方不是堅硬冰涼的車窗，而是溫暖有彈性的……肩膀！

趙琦一驚，卻不敢亂動，因為她發現頭上也抵著一種不知名的觸感，還有這熟悉的味道，與柔軟的碎黑髮。

她轉著骨碌碌的大眼，環顧車內四周，再艱難的移向身側，發現明舒苓靠在項俞衡身上睡著了，那她旁邊就是……

她不敢再想了，要是被明舒苓看到……她試圖輕輕挪動自己的腦袋，看能不能讓項俞衡感到不舒適而自動調整位置，結果非但沒成功，還讓她的臉更加靠向項俞衡的脖子，一抬眼就看見他的喉結。

趙琦吞了吞口水，崩潰的閉上眼，連呼吸都不敢太用力，就怕吵醒項俞衡。所幸沒多久明爸爸就停下車，拍拍手讓大家可以準備下車，趙琦趁他說話時，快速抽離項俞衡的肩膀往車門一靠，假裝自己剛睡醒。

失去支撐力的項俞衡，來不及反應，脖子重重的扭了一下，「嘶——」他按著肩頸，發出低叫聲。趙琦一臉受驚嚇，又不敢承認是自己做的。

原本還睡臉惺忪的明舒苓聽到項俞衡喊痛的聲音，立即清醒，「怎麼了啊？讓我看看。」她湊上前擔心的看著項俞衡按著脖子，「媽，我們不是有帶醫藥箱嗎？在哪裡啊？」

「沒……事，用不著醫藥箱。」趙琦似乎聽見他咬牙切齒的聲音，陰狠的目光不偏不倚的射向她。

她呵呵一笑，「呃……我睡得好飽喔。」

他們將車停在露營區外，帶著烤肉架、睡袋和自己的隨身物品走入帳篷區，旁邊有條清澈的河流，可以看見小魚游動的身影，空氣清新怡然。

趙琦像是脫韁的野馬，四處跑跑跳跳，對什麼都感到很新奇，畢竟他們家從來沒有露營過，更別說是來這種知名景點。

帳篷已有工作人員替他們架好，明舒苓的爸媽便在樹蔭處準備烤肉的食材，催促著他們去玩。

趙琦聽了快速換上拖鞋，她今天穿著無袖上衣和短褲，完全做好玩水的準備。

「琦琦要擦防曬啊。」明舒苓戴著一頂草帽，穿著一席水藍色洋裝，在陰涼處塗塗抹抹，還噴了防蚊液。

「沒關係。」趙琦滿心想下水玩，也沒有擦防曬的習慣。

當腳趾碰觸冰涼的溪水，趙琦打了一個冷顫，隨後開心的咯咯笑，原先就不黑的皮膚被陽光照得更加明亮。

臉上的笑容宛如染上了盛夏的氣息，明豔開朗，「你們快點下來啊。」她招手。

「妳玩就好，我怕曬黑。」明舒苓套上薄外套躺在躺椅上，手裡拿著一本小說。比起動態活動，她更喜歡安安靜靜的待著。

趙琦也不介意，自個兒又往河水裡走了一點，冰涼清澈的水拍上她的大腿，趙琦能清楚看見小魚在她兩腿之間游動，她調皮的伸手想去抓，孰料施力過頭，踩在石頭上的腳因為青苔而打滑，讓她下一秒失去重心。

「哇啊——」

項俞衡不耐煩的提起她的手臂，「我就知道。」

幾乎被拎起的趙琦，傻傻的轉頭一笑，「謝謝喔。」

趙琦見他還按著拉傷的脖子，有些愧疚的問道：「那個……你的脖子還好嗎？」

「妳覺得好嗎？」他橫了她一眼。

「……對不起。」趙琦低下頭，「我不想吵醒你啊。」見他沒說話，趙琦以為他還在生氣，結果才剛要抬頭，一窪水就這麼潑上她的腦袋瓜，她的頭髮、衣服、褲子，幾乎溼了一半。

她拉起正在滴水的衣服，錯愕的看向笑得惡劣的項俞衡，「喂！趁人之危！」

「怎樣？不服氣就來抓我啊。」項俞衡朝她扮了鬼臉，澈底挑起趙琦的勝負慾。

「你完蛋了！」趙琦艱難的撥開眼前的河水，朝項俞衡走去。兩人在溪邊玩鬧拉扯，笑聲大的讓沉浸在小說中的明舒苓抬起頭看向他們。

項俞衡惡作劇的從後抱住趙琦，讓她整個人離開河面旋轉，趙琦邊笑邊叫，根本無從抵抗，「項俞衡！快放手啦！啊——」

明舒苓愣愣的看著他們玩在一起的畫面，不自覺的握緊手中的書。

「哎呀，好久沒看見俞衡笑得那麼開心。」明媽媽捧著菜笑盈盈的看了一眼遠處的他們，「平時就是愛逞強，她媽媽不知道跟我提過幾次，明明就是個孩子，卻背負著這麼多責任，有時想想也真難為他了。」

明舒苓黯然不語。她知道項俞衡心裡的壓力有多大，學校的課業，沉重的學貸，家中有一部分的經濟也落在他身上，就算高中畢業了，還要繼續唸大學，若是不幸上了私立學校，昂貴的學費她不知道項俞衡該怎麼撐過。

看著他每每展露的笑容，明舒苓有時都會忘了，項俞衡是這麼辛苦的在支撐著他的生活，儘管再怎麼努力笑著，但只要有一絲想放棄的念頭，他的世界或許就會崩塌。

「我就說妳是最幸福的小孩。」明媽媽沒好氣的說道，「對人家好一點，別動不動就鬧脾氣要人來安慰，俞衡很累的。」

明舒苓嘛嘴，「我哪有……」

「俞衡、琦琦吃飯嘍！」

在河邊玩得不亦樂乎的他們齊聲說好，誰也不讓誰的衝上岸，「……你、你幹麼脫衣服啦！」趙琦大叫，趕緊用兩手遮住雙眼，卻忍不住透著指縫偷看。

小麥色的肌膚和結實的肌肉，有著俐落完美的線條，趙琦的心跳忽然加速，遮著眼快步走開。

「溼掉當然脫掉啊。」項俞衡理所當然的答，他的目光正巧落在她也溼透的衣服上，黑眸倏然凝滯，「喂！趙琦！妳過來！」

「我才不要。」她側身朝他皺了皺鼻子，反正一定又沒好事。

項俞衡追了過去，趙琦見他氣勢龐大的出現有些嚇住，見項俞衡將自己的衣服扔到她的頭上，接著自己轉過頭說道：「披上。」

「你幹麼把你的溼衣服丟給我……」趙琦嫌棄的想拿走，項俞衡立刻阻止她，對視到她的眼睛，立即撇開視線，將他自己的黑色衣服套在她身上，趙琦太過嬌小，項俞衡的衣服直接變成了她的連身裙，趙琦瞬間覺得自己成了在滴水的大布袋。

「好噁心的感覺喔……」趙琦抗拒的想脫掉。

「敢脫掉試試看。」項俞衡神色嚴厲，趙琦膽小，默默的收手，帶著怨念跟在他屁股後。

「先去換衣服，免得著涼。」明媽媽提醒道。

他們應聲，走進一旁的公共廁所，趙琦邊嫌棄項俞衡的衣服，一邊脫掉身上的溼衣服，才發現自己今天穿白色的上衣，剛剛玩了一身溼，衣服貼在肌膚上，內衣的線條若隱若現，還有……

她慢半拍的用雙手遮住胸部。

「趙琦妳是沒神經嗎……」她懊惱的扶額。

換上乾淨的衣服後，她一走出來就碰見站在鏡子前整理頭髮的項俞衡，他們快速的瞥了對方一眼，又若無其事的轉過頭。

趙琦將他的衣服遞給他，「……謝謝你喔。」

「嗯。」項俞衡淡淡的看了她一眼，接過。

趙琦本來想走，但看著項俞衡煩躁的搓弄著頭髮上的細沙，似乎怎麼都弄不乾淨。啊……好像是她剛剛直接挖了河裡的碎沙，往正低頭找石頭的他丟了過去。

「我、我幫你吧。」

「喔，好啊。」項俞衡也覺得煩了，「妳幫我看看後面還有沒有。」為了配合趙琦的身高，他微微俯下身，趙琦則踮起腳尖。

她伸手輕拍卡在他頭髮中的細沙，再低頭仔細檢查有沒有遺漏的地方。

「好了嗎？」他的腰很痠，邊問邊直起身。

「啊，等等啊……」趙琦的手還擱在他的肩頸，孰料項俞衡就這麼起身，她反應不及，隨著他的起身，趙琦踉蹌幾步也隨之被拉近。

項俞衡聽見她的話，趕緊停下動作卻發現已經來不及。趙琦回過神，驚慌的模樣全落進項俞衡的眼底。

她倏地張大眼，她的手曖昧的勾著他脖頸，彼此的氣息極近，而項俞衡的臉就在她眼前！

她的身體忽然動彈不得，眼神開始胡亂飄移，項俞衡也察覺不對勁，兩人很有默契的放開、各退一步。

「回去吧。」

「嗯……」

他們吃了一頓豐盛的烤肉大餐，整個下午都悠閒的躺在樹蔭下的躺椅，享受明媽媽泡的冰紅茶，沁涼的夏風，耳邊傳來連綿不絕的蟬鳴聲。趙琦整個人呈現輕飄飄的感覺。

晚上他們三人坐在河邊的大石頭上看星星，山區少了光害，天空像是鑲滿水鑽，趙琦心情很好的晃著腳。

「琦琦最近和劉子沆似乎處得不錯喔。」明舒苓忽然說道，還附贈一抹曖昧不明的笑容。雖然趙琦知道這已經不是祕密了，但被拿出來公開討論不免還是有點不習慣。

「喔……我們只是朋友，很好的朋友。」趙琦補充道，嘴角翹著。

「我才不相信。」明舒苓推了她幾下，朝她眨了眨眼，「反正被拒絕又不代表不能繼續喜歡，很多人都是最後才發現，原來我也喜歡對方。」

她笑了笑，疲於解釋。

但明舒苓今天似乎就是要追根究底，「俞衡你說對不對？我以前還很擔心難搞的劉子沆會孤老終生，現在有了琦琦，人生似乎光明了一點。」明舒苓笑了起來。

「喔，應該吧。」

「你幹麼這麼沒勁？不替琦琦高興一下嗎？」

「這是他們的事，跟我又沒關係。」

語落，趙琦下意識的看向他，項俞衡的餘光也正巧瞟向她，當他發現趙琦的視線，便淡然的移開了，讓趙琦的心情瞬間也變得有點糟。

後來項俞衡說想先睡了，明舒苓也跟著他走，趙琦一個人盤腿坐在大石頭上，夜風徐徐吹來，她試圖釐清一些混亂的想法。

深夜，趙琦一進帳篷就發現項俞衡和明舒苓已經睡著了，明舒苓靠在他身上睡得香甜。趙琦看著這一幕，不知道為什麼，心裡頭又覺得怪怪的。

她甩開這樣的想法，打開睡袋鑽了進去，一個人窩在角落便睡了。

趙琦清晨就醒了，養成晨跑的習慣後，她便很少睡懶覺。

她揉著眼起床，卻發現帳篷只剩明舒苓還在睡。她看了一眼手機，才早上五點半，項俞衡去哪了？

她小心翼翼的起身，跑到公共廁所漱洗，早晨山上的氣溫還有點低，她套了一件外套，打算四處走走。

露營區的人大部分都還沒起床，趙琦沿著小路，呼吸新鮮空氣一邊伸懶腰，腳底傳來碎石摩擦鞋子的聲音。

趙琦心情愉悅的欣賞著沿途風景，卻在看見不遠處那抹佇立的身影而緩緩停下腳步。

項俞衡雙手插放口袋，沉沉眸光望著遠處的山腰，神色冷峻。不同於平時孩子氣的模樣，趙琦看著他，幾乎快認不得。

她不打算打擾他，準備轉身的時候，一道低沉平靜的聲音出乎意料的傳來，「為什麼不過來？」

「咦？」趙琦原地定格，她還以為能夠很詩情畫意的退場。「我、我以為你比較想一個人。」

「不想，所以過來。」比起趙琦的猶疑與心虛，項俞衡的回答很快，幾乎沒有思考。

趙琦看著項俞衡微微側過身，深邃的目光穩穩的落在她身上，抿著脣的他給人一種無形的距離感。趙琦又開始覺得心裡頭怪怪的，她揪著胸口的衣襟，再抬頭看著遠處的他，帶著一絲不安。如果走到他身邊的話，究竟會怎麼樣……她不敢想。「我真的……可以過去嗎？」她很害怕，總覺得如果跨出這一步，有什麼東西就變了。

而，這個改變她能不能承受得住呢？

微微升起的太陽，儘管隔著大片的山巒，仍舊抵擋不住滿溢而出的光芒。項俞衡就站在那片光之下，逆著光朝她伸手。

一直以來，趙琦害怕的事物有很多，沒把握的事也一籮筐，然而項俞衡總是這樣，在她最危難的時候出現，在她最脆弱不堪的時候給予最真誠的肯定。

總覺得待在他身邊，似乎什麼事都變得有可能。她忽然哪裡都不想去，只想待在看得見他的地方。

她微微踏出第一步，石塊碰撞的聲音讓她知道這一切都不是夢。她深呼吸又走了第二步。

項俞衡見她慢吞吞的模樣，疲憊的扶額，「真是！」他乾脆自己走了過去。

趙琦被他突然出現的高大身影愣住，原先編織的夢幻感全都碎裂了。

「吼！你幹麼走過來啦？」

莫名被罵的項俞衡露出荒謬至極的表情，「不然呢？妳走那麼慢，我不想等。」

「你這人怎麼那麼沒耐性啊？」

項俞衡雙手插腰感到無語，他們面面相覷，突然不知道該說什麼。

「你那麼早起來幹麼？」

「妳才是。」

「我、我就睡不著啊。」

「我本、本來也就睡很少！」項俞衡想回得理所當然一點，卻發現底氣不足。

趙琦見他困窘的模樣，忽然噗哧的笑出聲。項俞衡見她笑了，緊皺的眉宇也跟著鬆開，隨即勾起笑容。

「你走下去過嗎？」趙琦指了指前方蜿蜒的山路。

「沒有。」

趙琦試探性的問道：「那你想不想走下去？」她有點好奇。

項俞衡聳肩，「都可以。」

「好，那出發吧。」趙琦朝氣蓬勃的喊道，忽然回頭看了項俞衡一眼，「不過……你不冷嗎？」

語落，項俞衡才後知後覺的打了冷顫，趙琦笑他，結果馬上引來他的不滿，突然抓住趙琦的手臂取暖，緊貼著她開始向前走。

「幹麼啊？這樣很難走路。」

「不管。」他孩子氣的回絕，「妳要負責。」

「待會等到太陽再出來一點，就會暖和了。」

然而項俞衡的心思根本沒在這上面，揪著趙琦，說著前面的路感覺都沒有人，加上山上四周都飄散著薄霧，「妳覺得前面會不會突然有什麼東西跑過來？」

趙琦聽完，立刻背脊一陣涼。「你不要亂說啦……」

「誰知道。搞不好我們等等走著走著，其中一個人就會突然不見……」項俞衡故意放低語調，讓趙琦更加毛骨悚然。她下意識的挨緊項俞衡，就怕待會真如他所說，有人憑空消失，那、那她一個人要怎麼辦……

項俞衡見她雖然很害怕，還是繼續走下去，不自覺莞爾。

他低眸，帶著一絲猶豫與期盼，然而動作卻快過思緒，修長的手指觸上她微涼指尖。趙琦一頓，下意識的想要縮回，項俞衡卻比她更快的握上她的手。

兩種截然不同的溫度交錯在一起，卻意外的暖心，趙琦仰起略帶迷茫的臉看他，只見項俞衡義正嚴詞的說道：「牽著，才能兩個人一起活命。」

趙琦微愣，隨後笑道：「我們又不是在拍電影。」

「那我一定是男主角。」

「……臭美。」

項俞衡報復的輕捏了一下她的手，趙琦縮了一下，也不甘示弱的捏了回去，兩人一路上就這樣互相捏來捏去。

他們回到露營區時已經是早上八點了，明舒苓的爸媽一看到他們並肩回來，連忙招手讓他們過去吃冰，而明舒苓也正好起床。

「你們去哪了？」

「去附近逛一逛。」

趙琦默默的走到陰涼處啃著冰棒，讓自己的腦袋有機會放空。

她看了一眼和項俞衡交談而笑瞇眼的明舒苓，跟項俞衡在一起的她，是最快樂的，明舒苓不能失去項俞衡。

她愣愣的看了一眼自己的掌心，那她呢？沒有項俞衡也沒關係嗎？

下午，他們一起打包行李回家。趙琦心裡惆悵，回去之後又要開始面對一大堆的考試作業。

項俞衡率先彎身進入後座，趙琦低著頭跟在他後面，當她抬起頭看見明舒苓也在看她，微微一愣，下意識的就後退一步，明舒苓欣喜的跑上車坐在項俞衡旁邊，劈里啪啦的就和他聊起天來。

明舒苓是她最好的朋友啊，如果沒有她的話，自己就什麼也沒有了……

當她這麼想時，不偏不倚對上項俞衡灼熱的視線，她立刻移開眼，暗自告訴自己這樣做是對的。

❄

一晃眼暑假只剩兩星期了，趙琦簡直不敢相信，升高三的暑假居然就這麼在教科書和考試間悄悄流逝，劉子沅似乎也進入大魔王模式，她好幾次都差點被罵哭。

返校日那天，早上十點要集合。同學們一見面就開始分享暑假的趣事，互相揶揄對方改變多少。

學生陸續到齊，趙琦環顧了一下四周，沒有項俞衡的身影，連她自己都沒發覺，她怎麼不經意的就流露出對他的關心。

她斂了斂心神，就聽見身旁的明舒苓嘆口氣，「看來俞衡今天不會來了，只能等開學了。」

自從上回露營後，項俞衡變得更忙了，不再一起跑步的這些日子，他們也就不需要特別見面。

搬離明舒苓家後，就連明舒苓也常常不知道他在做什麼？讀書？打工？還是在家照顧媽媽？分擔家務？

趙琦沒敢主動問，暫時不聯絡的話，她也比較不會胡思亂想，然而明舒苓卻常常提醒她，「我真的好想俞衡喔，每次跟他講電話，都只能說一下子，他就說要去忙了。」

而趙琦就會感到一陣胸悶。

掃完外掃區，她想著時間還早，於是偷偷跑去看魚子醬。現在魚子醬已經慢慢會主動靠近她了。

「魚子醬，你有沒有喜歡的貓啊？」琦琦蹲在牠身旁，順著牠的毛問道，「不然等我們畢業，你會變得很孤單耶……」

「喵——」魚子醬露出舒服的表情，似乎一點也不在乎。

趙琦皺了皺鼻子，「我啊，最近真的遇到好多人生交叉口喔。」

變得不知道該怎麼面對項俞衡，不知道該怎麼安慰明舒苓，不知道現在所做的事是對還是錯？開學後的模擬考能考幾分？能不能考上好學校？

「我覺得啊，只是覺得啦，我好像有點喜歡……」她不敢再說下去了，就怕成了隱瞞不了的事實，「唉，我乾脆也當隻貓好了。」

她玩笑道，看著又在她懷中打盹的魚子醬。

趙琦發呆了一陣子，才準備回教室，卻在轉身時看見身後的項俞衡。

他皺眉抓了抓略為淩亂的髮，領帶鬆垮的掛在胸前，一肩背著根本沒書的書包，一副就是剛從家裡睡醒來學校的樣子。

「你、你怎麼會在這？」

「今天不是返校日嗎？」

「都要回家了。」趙琦無言，「你來這幹麼？不是應該先去找衛生股長嗎？」

項俞衡看了她一眼，趙琦下意識的畏縮了一下，他忽然勾唇一笑，指著她的臉略為驚恐的喊，

趙琦立即繃緊神經，心想剛剛說的話該不會被他聽到了？

「妳打掃偷懶，我要去打小報告。」

趙琦一愣，「哪、哪有！你別亂說……我已經打掃完了！」

她見項俞衡欲轉身的模樣，著急的追上前抓住他，畢竟班長的話和平民老百姓的話相比，當然是班長比較有公信力。

然而，趙琦因為太緊張了，笨拙的絆了自己一腳，項俞衡怕她摔倒，率先伸出手臂攬過她的腰際，腳步微微後退，碩長的背就這麼抵上他身後的牆，讓他發出一聲悶哼。

趙琦的臉頰抵著他的胸口，聽著他略快的心跳聲，項俞衡的身軀宛如一股暖風，輕輕將她包覆，讓她沒受到一絲碰撞。

趙琦有些震驚，想要掙脫時，項俞衡忽然按住她的頭，將她困在自己懷裡不讓她跑。

「先這樣待著吧，我好累。」他的語調輕緩低啞，疲憊的嗓音，竟讓趙琦有些心疼，只因他從不將這些脆弱展露在外人面前。

然而，他現在卻毫無保留的與她傾訴。趙琦的心微微悸動，早該發現有些情感已在不知不覺中滲進他們的友誼。

她不知道項俞衡是怎麼想的，但她有的只是恐懼和不知所措。

她告訴自己這樣不可以，然而這段期間的抗拒與自欺欺人，卻讓她更不可抑止的想起項俞衡。

就如劉子沅所說，感情是無法控制的，她的目光早已在不知不覺中追隨著項俞衡。

但是明舒苓該怎麼辦？

他們在一起很相配，畢業後他們就要交往了，她不能放任自己的愛慕滋長。

她不要失去最好的朋友……

思及此，趙琦抗拒的從他懷裡抽身，項俞衡心裡不願，但捨不得勉強她，索性還是鬆了手，當他還想說什麼時，趙琦打斷他。

「趕快回教室吧，要放學了。」趙琦抿了抿唇，刻意不對上他探究的目光，轉身就走。

她應該趁著這些曖昧還沒根深蒂固的時候，在最好的時機，慢慢抽離。她要對所有人隱瞞這些不該屬於她的情感，包括項俞衡。

❄

開學，馬上就迎來模擬考。

趙琦望著成績單深深的嘆口氣，雖然成績有一點起色，但還是不夠。

明舒苓安慰道：「沒關係，還有下一次，再努力就好啦，有進步才重要。」

趙琦喪氣的點頭，下一秒卻看見明舒苓和項俞衡在討論這樣的成績可以上哪幾志願，說著要選校還是要選系，已經不是在討論這次對幾題，又錯幾題。

趙琦看著自己的成績單，他們就連話題都不是同一圈的。

隔幾天，班導說要給他們一些放鬆的空間，帶他們來到柳高最有名的噴水池。這是一座由大理石砌成的雪白水池，水池中閃耀著七彩的波紋，裡頭散落著大大小小的硬幣。

只要是柳高的學生，都知道這座許願池很靈驗，只要帶著誠心祈求，就能實現。因此有人告白成功，也有人考上好學校，甚至也可以聯繫好朋友之間的感情。

「妳許過嗎？」

明舒苓的臉頰微微泛紅，「嗯，常許。之前還覺得被騙了，害我浪費好多錢。」

趙琦看著池面波光粼粼，裡頭的硬幣靜靜的躺著，她已經知道明舒苓許了什麼願，「真好，一定會實現的……」

她會讓它實現，因為明舒苓是她最好的朋友。

「就是說啊，我們也一起來許吧。」

明舒苓將硬幣放在掌心，然後兩手交握。「希望我能成功考上第一志願經濟系，然後拜託把這份好運也分給我的好姊妹趙琦，最後希望我能跟俞衡順利在一起。希望祢不要覺得我煩，這真的是最後一次了。」

明舒苓微笑將硬幣拋了出去，水池發出撲通的聲響，泛起陣陣的漣漪。

「換妳了。」

趙琦點頭也學她，將雙手交握，緩緩閉上眼，輕唸道：「希望我們三人永遠都是好朋友，不要吵架，不要分離。」

……不要說你也喜歡我。

她依舊閉著眼，深吸一口氣，什麼都不要多想，丟出去就對了……她心一橫將硬幣朝水池的方向投去，最後才緩緩張開眼睛。

忽然一抹身影用著從容腳步走至她的面前，輕輕一躍，制服衣角隨風而起，手一舉直接在空中抓住她的硬幣。

她微愣。

「喂！項俞衡，你又在欺負琦琦！」同樣被嚇到的明舒苓，回過神沒好氣的罵他。

「妳們要等我啊。」項俞衡不滿，將手中的硬幣還給趙琦，對她說道：「重新一次。」

趙琦看著手中的硬幣，再看向項俞衡，忽然覺得有些荒謬，似乎所有的事都慢慢的偏離了正軌，她的內心真的好慌……

注意到她的視線的項俞衡，疑惑的回望，眸眼卻不自覺透著溫柔，趙琦的內心微微撼動。

「幹麼？妳該不會在對我生氣？」

她搖頭，緊抿著唇。

項俞衡微頓，用著審視的眼神說道：「妳該不會許了什麼偷罵我的話？」

「沒有……」

項俞衡黑眸微瞇，「我覺得妳……很可疑！」

「沒有啊，琦琦許了很正常的願望，希望我們三個人永遠都是好朋友。」明舒苓回道，「不過這個願望不用特別許啊，一定會是的！」她親暱的挽住趙琦的手。

趙琦突然就不敢看項俞衡，連忙握住手中的硬幣，閉上眼默唸了幾句，直接拋了出去。

項俞衡措手不及，以至於沒能抓住那枚硬幣。

「我許好了。」趙琦很快的說道，視線意外對上項俞衡，他的眸光泛涼，她一頓，扯出一抹笑容，「換你了。」

他斂下眼，忽地冷冷一笑，摸出口袋的硬幣，帶著傲然與妄為說道：「那就許跟妳一樣的好了。」

他連看都沒有看水池一眼，目光始終落在趙琦身上，彷彿就是要確認趙琦會全程目睹這一切，想從她的神情看出一點端倪，只要一點點就好……

他隨意一扔，撲通一聲，真實的震懾了趙琦的心湖，她的瞳仁一緊，項俞衡不能……

然而這微小的變化並沒有被項俞衡看見，只因他退卻了，對所有事都勝券在握的他這回是怕了。

怕趙琦的答案不是他要的。

當趙琦回過頭時，項俞衡已經走遠了。

明舒苓也察覺到怪異，目光變得有些陌生，帶著試探性問道：「他……因為妳的願望生氣了？」

趙琦感到慌亂，「怎、怎麼會，我不知道他為什麼會這樣……」她不敢對上明舒苓的眼神，就怕被她看出什麼，「……我們回去吧，要上課了。」

她知道明舒苓一定發現了什麼，可是趙琦無力阻止，更不想用更多的謊言包裝。

「琦琦。」明舒苓輕喚，帶著一些懇求，「妳一定要幫我喔……」

趙琦茫然的抬頭，看著明舒苓水亮憂傷的眼眸。她是明舒苓啊，有著讓人羨慕的外表，聰明的腦袋，卻用著不應該出現在她臉上的卑微與哀求看著自己。

趙琦明白，明舒苓也很痛苦，項俞衡的若即若離，讓她感到不安。

「當然好啊，我不幫妳要幫誰？」趙琦撐起笑，「妳是我最要好的朋友。」她又怎麼能夠看著她受傷。

「謝謝妳！」

趙琦焦慮的站在交界處，究竟是要屈就成全明舒苓，還是應該要為了自己……可是明舒苓是她好不容易交到的好朋友，領著她熟悉班級，在她有困難的時候第一個跳出來幫她。

明舒苓很喜歡項俞衡，她不能夠因為自己的自私，讓明舒苓孤立無援。

應該在明舒苓最需要自己的時候，伸手拉住她才對。

於是，趙琦努力製造明舒苓和項俞衡的獨處時間，自告奮勇幫明舒苓出主意，一切都進行得很順利，按照著趙琦所想的。

順利得讓她覺得項俞衡根本是在配合她，但趙琦不敢多想。疏離項俞衡不至於讓趙琦太痛苦，因為項俞衡很忙，要打工又要讀書，而她也是天天學校、補習班兩邊跑，光是作業和考試就應付不及。

轉瞬間學測第一次英聽的成績寄來了。趙琦怕考不好，所以早就計畫好報兩次，知道成績出來時，趙琦還不敢上網查，就怕影響當天的心情。

當她攤開成績單時，簡直不敢相信自己的眼睛。

「考的怎麼樣？」爸爸見她久久不說話，緊張的問。

趙琦僵硬的拿著成績單，轉過頭對著爸媽不可置信的說道：「我、我考到A級！是A級！哇啊！」她第一次感受到努力終於有回報了。

爸爸一愣，也大叫一聲，用力抱起趙琦，但畢竟趙琦都已經高中了，體重再怎麼輕，抱起來還是有點吃力，只好緩緩放下，「啊……我們琦琦好棒啊！假日爸爸帶妳去吃妳最愛的義大利麵。」

「好啊！」

媽媽也隱藏不住喜悅，但隨即又板起臉孔，「這只是英聽，最重要的還是明年一月的學測。」

趙琦知道媽媽就是個不會說好聽話的人，也不介意，甩著成績單開心的說道：「我要去找劉子沅還有爺爺炫耀一下。」

「記得要有禮貌。」

「好！」

她興奮的在玄關處穿起拖鞋，推開大門走出庭院時，就看見劉子沅站在巷口，她正想招手，卻在見到他交談的對象時臉色僵硬。

興奮的心情瞬間消散，她緊張兮兮的轉過身，想偷偷溜回屋內，眼尖的劉子沅淡淡的出聲，應該說是項俞衡先看到了她，視線微微飄動，而劉子沅下意識猜測道：「找我什麼事？」

無處可逃的她只好手放背後站好，「我、我找爺爺。」

「他不在。」

「那、那我明天再來找他。」

她暗自鬆了一口氣，想衝回去時，劉子沅突然丟了一句：「妳朋友來了，不聊一下嗎？」

趙琦心臟一縮，有種不好的預感。「喔……我們在學校見過了啊，沒什麼好說的。」她感受到項俞衡冰冷的視線瞟了過來。

趙琦選擇視而不見。

「這樣啊。」劉子沅忽然勾起嘴角，「那我把妳小時候的事說給他聽嘍。」

「嗯？什麼事？」趙琦心裡的警報響起。

「例如去上幼稚園的時候哭得一把鼻涕，或是尿床那些的啊……」劉子沅細數著。

趙琦傻眼，「我、我哪有尿床啊！」

「喔，沒有嗎？」劉子沅佯裝失憶，「難道是我記錯？還是中午不吃飯被老師打屁股……」

趙琦急步走了過去，「……你可以回去了。」

劉子沅微笑，「真是幫了我大忙。」他拍了拍趙琦的頭讚賞道。

他們目送劉子沅走進家門，趙琦低頭尷尬的看了看自己蜷曲的腳趾，周圍安靜得不可思議，她抿唇強逼自己抬頭看他，「你怎麼會來找劉子沅？」

項俞衡低眸，卻是答非所問：「趙琦，妳贏了。」他說，「真的贏了。」

這是趙琦第一次見他這般低聲下氣，好勝心強的他，沒有任何怨言與藉口，一切都是如此自然，且甘願臣服於她。

趙琦脣一抿，眼眶紅潤，內心撼動不已，她張口卻說不出任何話，眼底眸光竄動。

這陣子，她對他盡力迴避與閃躲，甚至不敢多交談，她知道項俞衡一定有所察覺，然而他選擇什麼也不說，靜靜的配合她。

無疑是不想她為難，項俞衡顧慮她，然而她卻選擇犧牲他。這樣的她，憑什麼繼續踐踏他的真心？

「對不起……」她低眸，想果斷拒絕，然而那些字眼彷彿卡在喉嚨，她無法說出口。

同時，項俞衡卻說：「我不在乎妳的答案，願賭服輸。」他的眸光無波，嘴裡吐出的話冰冷無比，「我能為妳做一件事，只要是妳開口。」

趙琦仰眸，令項俞衡有些怔忡，「我們……會一直是朋友吧。」

第八章　鳳凰花開

那晚，趙琦一個人站在巷子口發愣，明明英聽拿了高分，她的心裡卻沒有半分雀躍。

直到有人在她肩上批了一件大衣，才讓她回過神。她忘了項俞衡什麼時候走了，甚至不記得當時的他是什麼表情，或是說了什麼，她的記憶好模糊。

劉子沅的手壓在她的頭頂，悠悠的說道：「妳知道當妳長愈大，所說的話、做的事，承擔的後果就愈重。」

趙琦抿脣不語。

劉子沅揉了揉她的頭，感嘆的說：「妳好像真的……長大了。」

原來長大的代價比告白失敗還要痛，痛過了頭，讓她忘了怎麼流眼淚。

一切又回到初識的時候，項俞衡調皮的惡作劇，對明舒苓的袒護，維護班級秩序的不留情，所有一切都回到了正軌。

明舒苓每天都會提到項俞衡，說著他們似乎更親密了，說著項俞衡為她做什麼。

明舒苓很努力的對項俞衡示好，而項俞衡也很努力的想要付出。這些趙琦都看在眼裡，所有的一切都是那麼美好。

只是項俞衡再也沒有去祕密基地了，她再也沒有在那棵樹下看見項俞衡睡著的身影，惡作劇的笑容，還有撫摸魚子醬而露出的寵溺表情。

現在這裡就像是趙琦一個人的地盤，她甚至還跟魚子醬變成了超級好朋友。

明明生活一片和樂融融，趙琦卻沒來由的覺得好想哭。

「魚子醬，再過一個禮拜我就要學測了耶。」她搔了搔牠的下巴，看著牠舒服的瞇上眼，「你覺得我會考得怎麼樣？能不能考到前幾志願？」

魚子醬喵喵叫了幾聲。

「你也這麼覺得喔！一定可以的對吧？」趙琦彎起嘴角，「怎麼辦？我現在就已經開始擔心大學交不到好朋友了。」

魚子醬慢條斯理的爬到她的懷裡，尋找舒適的位置準備好好睡一覺，壓根兒沒在聽趙琦的煩惱。

趙琦笑了笑也不在意，抱著牠毛茸茸的身軀取暖，心裡卻覺得好空好空。

❄

學測當天，爸媽都來陪考。趙琦緊張的一個字都看不進去，看著周圍的人都捧著書猛唸，趙琦焦慮的手心都是汗。但媽媽比她更緊張，替她準備了好多 2B 鉛筆和橡皮擦，藍色水性筆也準備了四、五枝。

考試鐘叮鈴叮鈴的響了，考生們魚貫而入，她和明舒苓不同教室，卻和項俞衡同一間。發現項俞衡坐在她的斜後面時，趙琦掩藏不住眼裡的驚慌。

這是他們少有的四目交接，趙琦知道那天之後的項俞衡一直在閃避她，她能理解項俞衡的用意，何況如果他們能保持距離，明舒苓也會開心一點。

所以趙琦始終沒有戳破，也很配合的與他保持友好的距離，所以沒有人發現他們哪裡怪，只有趙琦覺得異常疲憊。

如果現在她直接轉開眼神，會不會顯得太刻意？或是他們僅存的友誼，也會在這剎那被抹滅？思考的時候，她清楚看見項俞衡動了動嘴脣，無聲的說道：「加油。」

趙琦驚愕之餘，項俞衡已經將目光轉到前面的黑板，她愣愣的回身，隨後低頭一笑，在心裡說道：「你也加油。」

兩天學測，晃眼就過了。

趙琦回到家時還有些不習慣，本來應該匆忙上樓看書的腳步，在樓梯間停了下來。

倒數日從一百多天，到今天已歸零。

感覺一切都好神奇，看著仍舊堆滿講義考卷的書桌，想起前幾天還在拚命做考題的她，每天熬夜寫題本的她……

趙琦解脫的倒在床上，考生的日子結束了。她開了通訊軟體，班級群組的訊息已經爆掉了，大家都在討論學測的難易度，評估自己有幾分。

但她一點都不想面對，於是，她又跑去爺爺家玩。

爺爺前陣子和朋友們去了日本，帶了好多特產回來給她吃。趙琦跟老人家分享了最近的事，也偷偷和爺爺罵了劉子沅幾句。

全部都是開心的事。

「那怎麼會是這樣的表情呢？」

趙琦原本笑著的臉在聽見爺爺慈藹的聲音，眼眶莫名一溼，沒有忍住一直以來隱藏的情緒，眼淚啪答啪答的掉了下來。

「怎麼了啊？」爺爺心疼的用布滿皺紋的手指，輕輕刮去趙琦眼角不斷冒出來的眼淚，「為什麼哭得這麼難過？」

「爺爺……」趙琦哽咽出聲，久久都說不出話來。

帶著哭腔的話說得零零落落，她想要全部發洩出來，所以拚命的穩住自己的語調，「……我覺得這裡。」她拍著胸口，「真的好痛好痛喔……我是不是做錯了什麼，才、才會這麼痛……」她吸了吸溼潤的鼻子，滿屋都是她的哽咽聲。

「痛到我不知道該怎麼辦……」

爺爺心疼的拍了拍她的背，用著和藹的眼神望著她，「怎麼會痛呢？」

「……我不知道。」趙琦搖頭，眼淚淹沒了她的視線。

「怎麼會不知道？妳應該是最知道的人。」爺爺一笑，「一定是跟我家那臭小子待久了，都忘了有些事情要用心去談，不是用腦。」

趙琦抹著眼淚，卻克制不住自己顫抖的雙肩。

「用腦的結果就是跟子沅的爸媽一樣。」爺爺嘆口氣，「最後都會分開，這樣真的有比較好嗎？」

爺爺拍了拍她的頭，「感情上沒有什麼先後順序，也沒有什麼規則，只要對方是單身，人人都有機會啊。管別人用什麼方法，對方要是不吃這套，也不會順利在一起。妳說是不是？」

趙琦因為爺爺開放的愛情觀破涕而笑，「是，爺爺。」

「對方有女朋友了是嗎？」

趙琦想了想，微微搖頭。

「沒和前女友斷乾淨？」

「……沒有前女友。」

聞言，爺爺拍了下大腿，「零紀錄，這絕對是優良品種！」他老人家又八卦的問：「長得帥嗎？」

趙琦笑了出來，帶著濃濃的鼻音，「爺爺！」

「爺爺問這不是因為我膚淺，我怕我們可愛的琦琦被只會花言巧語的變態拐走。」

「長得好看的也有可能是變態。」劉子沅忽然從書房走了出來，「我拜託您不要再亂教了。」

趙琦沒想到劉子沅在家，連忙抹了抹臉上的眼淚。

「行了行了，妳哭我還覺得比較正常。」劉子沅瞥了她一眼。

趙琦生氣的鼓起臉。

「現在要怎麼做？」

趙琦根本毫無想法，只覺得哭了一場好痛快。「不知道，什麼都不做吧。」

她還是很顧忌明舒苓的感受，而且她根本不能確定項俞衡是不是還喜歡她。

❄

學測考完沒多久，過年就到了。

趙琦一家回奶奶家吃團圓飯、領紅包，看著親戚朋友放鞭炮、玩仙女棒，免不了還是要被問幾句以後想讀哪間大學。

趙琦說前三志願吧，因為媽媽這麼希望。

但她心裡早有了底，只是對還未定案的分數抱了一些期待，和或許會有奇蹟發生的僥倖心態。

他們趕在開學前幾天回去，補習班也放假，剩下的幾天趙琦都待在家裡。這期間也接到了明舒苓的祝賀電話，除此之外就是一些群組訊息，和群發的新年快樂。

實在無處可去的她，最後的選擇依然是泡在爺爺家，研究著那些古董。

劉子沅一回來就被坐在門邊的她給嚇到，「真是！妳真的把這裡當作妳家後院？」

趙琦無辜的瞅了她一眼，「我有什麼辦法……大家都出去玩，只有我一個人。」連爺爺都跑出去玩了。她講完，真的覺得挺淒涼的。

「明舒苓呢？」

「和家人一起去日本賞花了。」趙琦嘆氣。

「項俞衡？」劉子沅懶懶的提供名單。

趙琦將臉埋在膝蓋間，「……不知道。」她不敢想。

劉子沅懶得理她，走進浴室沖了澡，換了一套新的衣服。趙琦依舊坐在原處，看著他走進走出，直到劉子沅跨過她，直直走向大門。

趙琦隨口一問：「你要去哪？」

「不關妳的事。」

她哼了一聲，隨後露出精靈古怪的笑，「我也要去！」

劉子沅立馬沉下臉，「不要。」

「為什麼？我很無聊啊。」

他靈機一動，邪氣的勾起嘴角，「我要去那種很可怕的地方，有很多很奇怪的人，打架鬧事喝酒，有時候還會被變態騷擾。」劉子沅心想這樣的警告應該就夠了，趙琦那麼膽小……

「好！我想去！我沒去過！」她眨著星星眼，精力旺盛的喊著。

劉子沅差點昏倒。

「不准跟。」

「我才不管！你在這等我，不准偷跑，否則我哭給你看。」比起劉子沅的威嚇，趙琦的脅迫才真的是恐怖。

她迅速的衝回家，穿上大衣、戴上毛帽，腳上踩著黑色馬汀鞋，禦寒程度百分百。她和爸媽告知一聲後，不到十分鐘就帶著討好的笑容出現在劉子沅面前。

劉子沅按了按太陽穴，看著她發揮跟屁蟲的精神，彷彿又見到七歲的她。

他們搭了捷運到市中心的廣場，無論走到哪，過節的氣氛都十分濃厚，到處都能聽到應景的新年歌曲，整座城市被繽紛的紅色與喜氣覆蓋，趙琦的心情也跟著高昂。

看到新鮮的玩意兒都要看一下、摸一下，劉子沅覺得這比在補習班一次對付十幾個學生還累。

「走了。」

「你到底要去哪啊？」趙琦依依不捨的離開玻璃櫥窗，「怎麼像在漫無目的亂逛。」

「跟好，人很多。」

「喔……」

最後他們到了一家美式餐廳，趙琦雖然吃過晚餐了，但是剛剛因為太興奮的亂跑亂跳，肚子好像又餓了。

「我真的、真的都可以點嗎？」

他撐頰，「嗯。」

趙琦開心的抬手歡呼，嘴裡唸著什麼都想吃，「我想吃這個，也想吃那個……怎麼辦？」

「不如我們問問服務生推薦什麼？」劉子沅意外的勾起笑。

「喔！好主意。」

於是，劉子沅舉起手示意櫃檯的服務生可以過來點餐，趙琦開心的看著菜單盤算著，「炸物還是不要吃太多好了，我過年胖好多啊……」她捏了下腰間的肉，頭一抬才正要開口，視線就凝滯在笑容可掬的服務生臉上。

趙琦猛地張大眼，這、這是什麼情形？

她看向對面的劉子沅，見他悠哉的說道：「是妳說要跟的。」

她簡直快哭了！

「要吃什麼？」項俞衡用筆敲著手上的菜單，一點都不友善。

「新年快樂，好久不見。」劉子沅率先友好的打招呼，這對於平常待人苛刻的他來說是很少見的，但趙琦根本不在乎這件事。

「新的一年打算重新做人？」項俞衡的冷言冷語也沒在客氣，嘴上噙著笑，眼裡全是冷淡。

趙琦抹了一把冷汗，這種感覺她好像似曾相識，她想起上回在咖啡廳，當時她也是置身在充滿火藥味的現場。

只不過都新的一年了，為什麼受害者還是她？

劉子沅今天的話特別多，笑意加深，「妳不是有什麼想問的？」他偏頭，「問啊。」

她瞪了一眼劉子沅，他絕對是故意的！

但看在項俞衡眼裡，就像是兩人在進行眉來眼去的無聲交談，而現場就只有他一個人看不懂，他的臉更臭了。

「我很忙。」

聽到項俞衡不爽的口氣，趙琦才趕緊把注意力放回菜單，但腦子裡想的都是關於項俞衡的事。

全程趙琦都閉著氣點餐，幾乎連餐點內容是什麼都沒看清楚，就胡亂指著，反正劉子沅付錢。

「飲料會先送上。」項俞衡寫字的力道又快又重，趙琦在一旁聽得毛骨悚然。

「你不是要下班了，一起吃啊。」

劉子沅今天話真的很多！

不過趙琦知道項俞衡不可能會答應，因為有她。

「喔，好啊。」

趙琦驚恐的轉頭，項俞衡一如往常的勾著邪邪的笑容，「十分鐘後過來。」

待項俞衡一轉身，趙琦立刻發作，「你在幹麼？你不知道我們現在……」冷戰嗎？好像不是，因為他們也沒有吵架……

「現在怎樣？」

她根本不知道該怎麼和他解釋他們現在的關係……

「你到底是想幫我還是害我？」

「妳想太多了。」劉子沅喝了一口水，「我是來探班的。」

趙琦橫了他一眼，才、怪！

沒多久項俞衡真的脫掉工作服，一屁股坐在趙琦身旁，她的神經瞬間緊繃，周圍的空氣變得稀薄。今天明明是寒流來襲，她卻覺得自己一直在冒汗，她順手拉了拉套頭毛衣。

劉子沅點了啤酒，卻替趙琦點了可樂，當兩大杯黃澄澄冒泡的液體送上來，趙琦納悶道：「為什麼只有你們可以喝？我也滿十八了啊。」

「不准。」劉子沅強勢道。

「坐好。」項俞衡命令道。

趙琦看著他們一杯接著一杯，自己只能哀怨的吃著薯條配可樂。

「這次考得怎麼樣？」劉子沅除了面色緋紅，說話還是不冷不淡的。

「還行，推甄不到想要的學校就分發。」項俞衡聳肩看起來很豁達，替自己又再倒了一杯啤酒，除了眼神有些迷茫，項俞衡的腦袋還是很清楚。趙琦在心底評價，果然很能喝。

「是嗎，期待你的好消息。」劉子沅彎起笑，「喔，最近你媽怎麼樣了?身體還好嗎?」

「嗯，考上大學之後，應該會有比較多時間，到時可以接一些家教。」

劉子沅點頭，之後他們又聊了一些大學選系的事，而趙琦想的卻是項俞衡的生活。他明明也是個孩子，在這十七、十八歲正值青春的年紀，別人想的是要去哪裡玩?而他想的是家中的經濟。

趙琦兩手撐頰，默默的吐了一口氣。

突然有一群人浩浩蕩蕩的走了過來，有男有女，女的各個穿著火辣，緊身背心和超短窄裙，別說是男生，身為女生的趙琦，眼睛都忍不住黏在對方洶湧的某部位直看。

她忍不住又想，這些人的體感溫度和她不同嗎?今天不是寒流來襲嗎?

餐廳昏暗的燈光，讓那些女生的妝容顯得更加妖豔精緻，紅唇飽滿欲滴，「嗨。」一名染著亞麻金髮的女生，輕盈的勾起笑容。

項俞衡禮貌性的朝她笑了一下。

「我看你們三個人，我們有五個人，要不要併桌?過年大家一起玩比較有趣啊。」女生挑了挑眉，一舉一動都風情萬種。趙琦被她的氣勢給壓制住，忍不住就想點頭說好。

劉子沅端起杯子，悠悠說道:「滿了。」

「怎麼這麼說?我們這裡有很多女生，不然……讓你挑誰坐你旁邊?」女生勾起媚眼，一手壓著桌沿，胸前呼之欲出，趙琦都不敢看了。

女生見劉子沅不搭理她，轉而用著懇求和妖媚的姿態，看向項俞衡。

「不需要，我旁邊有人了。」項俞衡答道。

趙琦下意識的望著項俞衡的旁邊，嗯，好像是說她……

她們仍舊不放棄的繼續對著項俞衡撒嬌，趙琦真心覺得眼前的畫面有些十八禁。

「拜託啦……你們不要這麼狠心嘛，外面很冷啊……」

趙琦的疙瘩一下子全豎起，很冷那就穿多一點啊！

「我有喜歡的人了。」劉子沅忽然說道，成功讓那群人安靜下來。

他們一臉你在說什麼？接著紛紛看向項俞衡，期望他能解答，卻聽到他說道：「喔，我也有了。」那群人的臉更加疑惑了，他們又看向從頭到尾都沒發表過意見的趙琦。

忽然成為矚目的趙琦，完全沒有頭緒。

這是什麼暗號嗎？她第一次來這種地方，項俞衡他們看起來就是老手，那她是不是應該入境隨俗……

「呃……我也是。」

聞言，項俞衡眉一皺，俊臉已有些醉意，「誰？劉子沅？」

趙琦沒預料到他會這樣問，一時之間不知該如何反應，猶疑的模樣更讓項俞衡心生煩躁。

他沒再繼續問話，然而手邊的啤酒罐卻漸漸變多。

晚上十點。

她扶額，瞪著兩個喝了半醉，走路還搖搖晃晃的男人，張嘴想罵人，卻不知道該怎麼說。

項俞衡瞇著眼，半紅的臉頰，還帶著一絲傻氣，轉頭再看看劉子沅，雖然表情一切正常，但往下看，走路是歪一邊的。

趙琦真的想把他們兩個丟在路邊，自己回家去。

她招了一部計程車，將劉子沅丟到前座，自己則和項俞衡坐在後座，但她不知道項俞衡的家在哪裡。

「項俞衡……你家在哪邊啊？」她搖著坐在身旁的他，想讓他清醒過來。

「……」

「項俞衡？」

「……嗯。」

「我說你、家、在、哪、裡？你還記得地址嗎？」趙琦一字一字的說道，就怕他聽不懂。

項俞衡緩緩的張開眼，眸眼深邃，直勾勾的望進趙琦的眼睛，多了平常沒有的無辜感。趙琦的臉莫名一紅，他怎麼連喝醉看人的樣子都這麼讓人心跳加速。

但轉眼又變成嚴肅的神色，「喂！趙琦！」

「嗯？」她嚇得縮了縮。

「我說妳……怎麼會讓人這麼火大啊？」

趙琦眨了眨眼，「我、我嗎？」

項俞衡像是個好學生般，大力的點了點頭。

「我、我沒有對你做什麼啊……」

「就是什麼也沒、做這點，讓我生氣……」項俞衡疲倦的閉上眼，一直碎唸，像個得不到糖的小孩子在發脾氣，「很生氣，超生氣，這輩子沒這麼生氣過！」

趙琦被他的指控罵得頻頻往後退去。項俞衡也太生氣了吧。

之後，項俞衡又鬧了一陣子，一下要開車門，一下說想開車窗呼吸新鮮空氣，好不容易安靜下來，沒過多久又說想吐，怕他忍不住吐在車上，她連忙哄著，讓他再忍忍。

趙琦整路被他折騰的火氣都快上來了。

當他又準備開車門時，趙琦連忙抓住他的手制止，「項俞衡我真的要生氣了喔！你再這樣我就、我就……」趙琦真的沒兇過人，就連罵他的話，都像是在警告幼稚園小朋友。

她也不知道該威脅他什麼，他好像什麼都不怕，乾脆不說了。

「嗯，妳就要走了嗎……」

他清晰低啞的嗓音，迫使趙琦抬頭，探進他略為迷茫的眼眸，「你、你醒了嗎？」

四周安靜無聲，只剩車內播放的新年歌曲環繞不絕，而回應趙琦的是項俞衡傾身靠上她的氣息，和帶著酒氣的吻。

一剎那，時間在趙琦眼裡似乎慢下了。她的眼睛閉起又張開，看著距離極近的項俞衡和唇上柔軟的觸感，一再提醒這不是夢。

她無力推開他，倒不如說她還不清楚發生什麼事！她、她跟項俞衡……現在、現在是接吻了嗎？

項俞衡深深看了她一眼，緩緩闔上眼，最終直接睡在趙琦肩上，而他們的手還牽著。

趙琦像是重新取得空氣的魚，胸口大力的起伏，再看了一眼在她身上睡著的項俞衡，她驚魂未定的扶著額。劉子沅藉由後照鏡，靜靜的看著這一切，低頭淺淺的笑了。

之後，她和劉子沅將項俞衡合力扛進爺爺家的沙發。

「妳來負責他。」

「為、為什麼是我啊？提議喝酒的明明就是你！」

「看起來他是因為妳才喝那麼多。」劉子沅聳肩，「喔，不然隨便放著，他也能活。」

趙琦默然不語，見他當真沒有要理項俞衡，暗罵他沒良心。

看著睡得沉的項俞衡，趙琦心口傳來一陣劇烈的酸楚，她低斂下眸，手指帶著一絲輕顫，撫過他俊毅的臉龐，都是自我譴責。

明舒苓喜歡他，所以她不能夠動心，儘管項俞衡選擇越界，趙琦還是想守著最後的平衡，一旦她也淪陷……所有關係都會破裂。

他們兩人都是她好不容易結交到的朋友，是如此的難能可貴與不可割捨，所以如果、如果只是一時的情迷意亂，她能控制的，她能的……

同時，門把被人轉開，劉爺爺持著拐杖。「哦？有客人？」

「呃……這是我同學，因為有點喝醉了，可以暫時借住爺爺家一晚嗎？」

爺爺手一揮，「當然沒問題！不過怎麼會醉成這樣？」

「說來有點複雜。劉子沅也醉了，爺爺要不要去看看他？」她邊說邊替項俞衡蓋實棉被，怕他著涼。

「別管他，那小子很會喝。」爺爺露出賊兮兮的眼神，「是他吧？妳哭著說的那個優良品種。」

「爺爺！噓……」趙琦瞬間手忙腳亂了起來，「而且……優良品種明明就是爺爺說的！」

「哈哈哈！哎唷，看起來一點都不比我們子沅差，個性怎麼樣？跟我們琦琦一樣善良嗎？」

趙琦不假思索的用力點頭，「是個很孝順的人。」

「難怪我們琦琦喜歡。」

「爺爺！我、我才沒有……」趙琦辯駁，語氣卻不受控制的結巴與害臊。

爺爺也不拆穿她，「既然互相喜歡，怎麼不在一起試試看？」

趙琦愣了愣，忽然垂眸。這件事已經藏在她心底有段時間，她無法找人傾訴，就連劉子沅也不行。

「因為我最好的朋友喜歡他……」所以她怎麼能一意孤行？

語落，她感到胸口異常舒坦，抿著唇，眼底有些水潤。

反倒爺爺皺起眉，「妳顧慮妳的朋友，怎麼就不知道心疼那個喜歡妳的人呢？」

趙琦明白，只是如果她真的朝項俞衡走去，她根本不能想像明舒苓的打擊會有多深，那是一種被朋友背棄的痛，她是最能理解的。

「你醒啦？」爺爺的視線忽然越過趙琦，「感覺怎麼樣？要不要喝杯水？」

趙琦渾身一僵帶著不好的預感，難道她剛剛說的話……她遲遲不敢往後看，總覺得寒氣逼人。

「呃……爺爺！時間很晚了，我要先回去了。」

趙琦拔腿就跑，開門時還因為太緊張，笨手笨腳的被忽然打開的門撞上頭，「嘶……」

聽到撞擊聲的兩人紛紛嚇了一跳，一個是笑到不行，另一個想去看看她，卻發現頭暈得不得了。

顧不得疼痛，她立即奔出門，爺爺拍腿大笑，「我們家琦琦，可愛吧？」

項俞衡的視線凝視著關上的大門，低頭輕笑，微微點頭，「嗯。」

趙琦整夜都沒有睡好，想到項俞衡知道她喜歡他，她就坐立難安，心劇烈的跳動，伴隨著一股罪惡感。

約莫中午，趙琦才下樓，表情是一臉愁雲慘霧。

「琦琦，子沅來找妳喔。」

趙琦倏然繃緊神經，慢吞吞的走至玄關，「怎、怎麼了？」

「妳快過來，項俞衡有點奇怪。」

「奇怪？」

「嗯，有點嚴重。」劉子沅冷靜的說道，聽起來一點說服力都沒有，「搞不好會死掉。」

「死、死掉？」趙琦似乎意識到事情的嚴重性，「昨天不是好好的嗎？」她常看新聞報導，說什麼飲酒過量可能會酒精中毒，或是因為天氣太冷引發心臟痲痺而猝死……

趙琦根本沒辦法正常思考，滿腦就是項俞衡要死了。未等劉子沅回答，她匆忙套上鞋，連外套都沒有穿就衝出家門。

「項俞衡、項俞衡！」趙琦焦急的喊道，想到項俞衡可能會死掉，她的眼淚就不斷狂掉，「嗚嗚……項俞衡，你怎麼了？」

當她推開爺爺家的大門，映入眼簾的是一老一少各自坐在彼此的對面，桌上擺著一盤象棋，爺爺撐著下巴思考道：「你這臭小子……我就不信我贏不了你！」

「爺爺你已經輸了五盤，我們別再玩了。」項俞衡無奈的笑。

他們聽到趙琦大呼小叫，紛紛疑惑的看了過去，就見趙琦眼角的眼淚直直的滑落，但本來還哭喪的臉，立即恢復冷靜。

「怎麼哭了？」爺爺納悶道。「我只是讓子沅去叫妳過來一起吃飯，妳有這麼不願意嗎？」

趙琦倏地垮下臉，不高興的瞥了一眼後來跟上的劉子沅。

「我想不到更快的方法。」劉子沅聳肩。

「這、這種事怎麼能開玩笑啊？」趙琦氣鼓鼓的說道。

「不過我說的也算是事實啊，他確實快死了。」

「他明明就沒事！哪裡像要死了！」趙琦指著項俞衡。

在一旁聽著他們對話的內容，右一句死，左一句死，項俞衡一把無名火默默的升起。

「喂，我是得罪你們什麼，要一直讓我死？」項俞衡沉下臉，不悅的用手敲著棋盤。

劉子沅睨了一眼他，淡淡的說道：「昨天好像有人說，想趙琦想得快死掉，好想趙琦喔，在學校見面也不能說話，忍得快死掉了……這類的話。」

語落，大家一致安靜。

趙琦本來還氣著的臉，瞬間轉為疑惑，接著是害羞，最後小臉還不爭氣的漲紅。

項俞衡沉默的低下頭，嘴角微微抽蓄，「劉子沅你這王八蛋……」他低聲罵道，俊臉幾乎沉到膝蓋間，雙手崩潰的插入髮間。

他現在確實想立刻死掉！

劉子沅挑眉，一副理所當然，「我應該沒說錯吧？我看事態嚴重，才趕快叫妳來啊，我們家是賣古董的，可不是收集屍體。」

「我、我要回去了。」

「昨天說項俞衡歸妳，既然要走，人也一起帶上。」

「咦？他、他什麼時候歸我？」趙琦錯愕。

他露出充滿光輝的笑容，「即刻生效。」

於是，趙琦和項俞衡被劉子沅雙雙趕出他家，最後附贈一抹微笑，「不送。」

「喂！劉子沅！」趙琦瞪著毫不留情關上的大門，不敢置信他真的就這麼把他們踢出來了。

趙琦低著頭，沒有勇氣面對站在她身旁的人，她不知道他聽到多少事？昨晚爺爺和劉子沅有沒有亂說話？

「沒有什麼要說嗎？」項俞衡的語氣如同冰窟。

趙琦揪著衣角，頭更低了。項俞衡現在一定很生氣吧，她又騙了他。然而在她思緒混亂時，肩上一沉，一件外套包裹著她單薄的身形。

項俞衡忽然往前傾，在她反應不及時抱住她。

「項俞衡……」

「我冷。」他的下巴蹭了蹭她的腦袋，將她又攬緊了幾分。

「那、那你別把外套給我啊……我不冷。」面對他的靠近，趙琦無法思考，全身僵化，項俞衡身上的暖意一點一滴的侵占她的理智。

「騙人。」他的聲音很輕，聽不出情緒，「妳太常騙我，我不相信妳了。」

趙琦垂眸，帶著內疚與不安，「對不起……」

他置若罔聞，接著說道：「琦琦，妳知道嗎？」他的語氣溫柔，然而出口的話卻陰森至極，「說太多謊可是會下地獄的喔。」

趙琦一縮，默默的吞了口水。

「妳知道我是下了多少決心才跟妳說那些話？」溫醇的聲音在趙琦耳畔響起，激起她心中的漣漪。

「項俞衡……」趙琦試圖推開他，想與他解釋，然而卻被他愈抱愈緊。「我們不可以……」

「我不要聽。」

趙琦的話硬生生被打斷，她無奈的仰頭看他，倨傲的臉染著薄薄的怒氣。他很生氣，卻捨不得對她發脾氣。

他怕她走，如果是趙琦的話，她一定做得出來。思及此，他死死的再次圈住她，彷彿怕她消失。

趙琦清楚感受到他的不安，她告訴自己不可以，然而身體卻不聽使喚，當她回過神來時，小手已經揪著他的衣襬，回應他的擁抱。

項俞衡似是受到鼓舞，俯下身將自己整個人靠在趙琦身上，貪取她的溫度和擁抱。

半晌，趙琦的肚子煞風景的咕嚕一聲，她臉一紅，「我肚子餓，可不可以先吃飯?」

見狀，項俞衡失笑出聲，隨後咳了一聲，板著臉說：「我生氣，沒胃口。」

趙琦委屈巴巴的瞅了他一眼，「還是我先回家吃，你陪爺爺繼續下棋?等你不氣了，我們再好好說說話。」她自以為聰明的笑了笑。

聽聞，項俞衡差點氣結，然而平時威震八方的他，此時出口的話竟像孩子般任性，「不要。」

「不然……你要做什麼?」

「我想跟妳在一起。」他坦白的說道，沒有絲毫彆扭，眼眸中全是赤裸裸的渴求。

趙琦臉一熱，知道自己一定反駁不了他，「你今天不用打工嗎?」

「要，不過蹺班。」

「這、這樣可以嗎?」

「為什麼不行?我覺得現在眼前的事更重要。」

趙琦抬頭看他，他漆黑的眸光此刻正倒映她的身影，她其實也好想告訴他，她喜歡他，想跟他在一起，想和他牽手，想緊緊抱著他。

「項俞衡……別對我好，我不值得你這樣。」他是明舒苓喜歡了好久的人，他的好屬於明舒苓，她不能貪心的接收。

項俞衡見她退縮，隱隱嘆口氣，「是因為舒苓嗎?」他說，「那為什麼沒想過我?我不值得妳努力?」

趙琦猛然搖頭，「就算我承認又怎樣?我們不能在一起。」

「為什麼不能?」

「那舒苓怎麼辦?她喜歡你，她是我最好的朋友，我明明答應過會幫她，可是現在卻成了這樣……」她也好混亂，一瞬間所有事都失控了，她能做的只是拚命阻止，「我們在一起，對她來說不公平。」

「那對我來說就公平嗎？」他擰眉，完全不能理解。「我為什麼不能喜歡我想喜歡的人？」

趙琦沉默。

「我不懂現在應該要怎麼做才正確，但至少在我的認知裡，我喜歡妳，妳也喜歡我，我們為什麼不可以在一起？」

就如趙琦所說，項俞衡是個執著的人，想要的東西非要到手，所以她早就猜到他會不諒解。

「舒苓為了你做那麼多，你難道沒想過要回報她什麼嗎？」

「就如妳所說，那是回報，無關喜歡。」他誠實道，「我很感謝她為我做的一切，但我喜歡不了她。」

趙琦知道自己一定說不贏他，但愛情這件事，不是誰理性誰就贏，而是要能夠承擔伴隨而來的任何後果。

然而，趙琦清楚知道，她辦不到，與其勇敢開始，她還是選擇她擅長的逃跑，她無法想像明舒苓得知他們在一起的表情。

如果自己的戀情得不到好朋友的祝福，她覺得自己也不會幸福。

趙琦還想說什麼時，項俞衡不由分說的牽起她的手，「不用急著回答，妳想好再告訴我。」

項俞衡擺明不接受她的拒絕。

看著走在前頭的挺拔身影，為她擋住刺骨的寒風，輕鬆的撐起她的天空。趙琦低眸看了他們交握的手，透著早晨的暖陽，交扣的指縫流淌著陣陣暖意。

「你有沒有想過，有可能你只是會錯意，你對我其實不是喜歡……」她話還沒說完，項俞衡就鬆開手，忽然朝她傾身。

她來不及反應，脣上便一暖，如同蜻蜓點水一般，很快的他就退開了。

趙琦瞪大眼，項俞衡挑起眉，噙著傲然的笑容，與她平行對視，深邃的眼眸直勾勾的探進她略為驚慌的眼裡，「妳再說一次啊。」

她急忙捂住嘴。

「你怎麼可以……」趙琦滿臉驚慌。

項俞衡又朝她靠近一步，頭一歪，露出戲謔的笑容，「我怎麼不可以？」

趙琦有種被坑的感覺，而項俞衡居然又趁她恍神之際，俯下身快速輕啄她的臉龐。她完全無處可逃，禁錮在他的兩臂之間，腦子嗡嗡作響。

「妳要是再質疑我的感情一次，我就親妳一次。」

「哪有這樣子的啊……」趙琦傻眼，想罵他無恥，但現在項俞衡靠她那麼近，怕他會亂來，到時遭殃的又是她。

「妳可以試試看。」項俞衡勾起笑，眸光認真深邃，當真沒在開玩笑。「我一點都不介意。」

「項俞衡……」趙琦懊惱的喊，似乎是真的被親怕了，她將外套往上拉遮住半張臉，露出骨碌碌的大眼，「我不會了啦，你後退一點。」她快不能呼吸了。

「我好像找到比打勾勾更好用的方法。」

趙琦見狀，連忙快步走掉，項俞衡一跨步就握住她的手，接著走至她的身旁。

「妳跟劉子沅什麼時候變那麼好？」項俞衡朝她笑得很帥氣，忽然提起。

趙琦莫名有種不妙的預感，「我跟你說過啦，我們小時候很要好。」

「那是小時候，現在都長大了，過年夜還單獨出去？」他又說，「聽爺爺說妳很常去他們家，還有……」

項俞衡慢條斯理的列出趙琦平時做的事。

「琦琦啊，妳真的愈來愈沒把我放在眼裡了。」項俞衡發出讚歎聲，脣邊的笑意幾乎要滿溢而出，讓趙琦全身發毛。

「沒、沒有啊，這些事又沒什麼。」趙琦本來還想著要怎麼搪塞他，但仔細想一想，「那都是經過我爸媽同意的，你反對好像有點奇怪耶……」

項俞衡瞬間被堵得啞口無言，咳了一聲，立即指著她無辜的臉下令道：「從今天開始這些都不能做！」

「為什麼……」趙琦哀號。

「有我可以找，為什麼需要劉子沅？」他不滿。

「我不要……」

「妳現在是拒絕我嗎？」項俞衡覺得荒謬，「喂，我平時不是個能隨便找的人，我很忙。」

「那、那你就好好忙，可以不用管我。」

項俞衡哼笑出聲，下一秒立即變臉，抓過趙琦，「妳以後絕對不准跟劉子沅待太久，真是！變得這麼伶牙俐齒。」

趙琦瞅了他一眼，端起有些自豪的笑容，「就是……偶爾耳濡目染一下。」

「妳還說！」項俞衡將她固定在自己懷裡，讓趙琦的臉埋在他的胸口。

趙琦尖叫道：「啊……項俞衡！我不能呼吸了啦！」

她能不能相信，或許他們是能幸福走下去的……

他們先到市區吃中餐，接著項俞衡提議反正時間還早，就去看一場電影，看的當然是最近上映的超紅鬼片。

「為什麼要看這個……」趙琦光是看著眼前巨大的電影看板，就快嚇哭了。

「網路評論不錯，看鬼片就是要來電影院，音效和螢幕都是最好的。」項俞衡勾起不懷好意的笑容。哪有為什麼，因為這樣才可以讓趙琦投懷送抱啊。

趙琦就是標準的想看又膽小的人，當座位燈光全暗，詭譎的音樂隨之響起，趙琦還是抖了一下，項俞衡滿意的覷了一眼她的反應。

孰料，當電影都演了一半，幾乎是來到最高潮的部分，趙琦還是乖乖坐在位子上，除了偶爾因為害怕，用手微微遮住眼睛外，就沒有其他反應了！

項俞衡撐頰，百般無聊的看著女主角被奇怪的力量拖進地下室，淒厲的叫聲和滿地怵目驚心的血跡，讓整場的觀眾抽氣聲連連，然後他再看了身旁的趙琦一眼，她雖然依舊很害怕，卻沒有更進一步的動作了。

他敲著座椅把手，怎麼會這麼無聊？

最後他真的忍不住了，拉過趙琦的手臂，趙琦被他突如的動作嚇一跳，但又不想錯過電影的任何畫面，於是看他一眼後，便輕輕的掙脫他的手。

敷衍的動作引來項俞衡的不滿，他直接斜靠上趙琦的肩膀，腦袋抵著她的肩頸，甚至蹭了幾下，讓趙琦的脖子有點癢，她不自在的扭動身軀，低聲問：「怎麼了？」

「累。」項俞衡簡潔扼要的答道。

趙琦在心裡想，所以剛剛就讓他回家啊。拿他沒辦法，趙琦也只能讓他這樣靠在她身上睡覺，項俞衡又往她身上靠近一點，甚至拉過她的手十指交扣。

趙琦輕顫，鼻間全是項俞衡身上特有的清冽味道，她的腦袋登時一片空白。這、這讓她要怎麼看電影？倒是項俞衡心情愉悅的閉上眼。

電影結束後，趙琦按了按僵硬的肩頭，後半段的電影她幾乎沒看到什麼，還得全程維持姿勢不能亂動，就怕吵醒項俞衡。

她哀怨的看了一眼身旁因為睡很好而精神飽滿的男孩，嘀咕道：「還說睡很少，看鬼片都能睡……」

之後，他們就如同街上出門遊玩的人群，置身於熱鬧之中，歡笑聲不絕。趙琦笑瞇了眼，心中滿是膨脹而出的幸福感。

項俞衡見她又興奮的再一次要掙脫他的手，跑往別處，立即拉住她。趙琦一個踉蹌便跌入他的懷裡。

她疑惑的仰頭，便撞進項俞衡盛滿濃烈情感的眼，趙琦微愣，見他緩緩的俯下身，她知道項俞衡想做什麼，意外的這次她不想閃躲。

趙琦斂下眼，當兩人的呼吸融為一塊，距離近得她能細數項俞衡的睫毛時，趙琦屏息等待著。

砰！砰！砰！

趙琦被突如的巨響嚇了一跳，她望向聲音的來源，一朵一朵燦爛的煙花盛開在剛降臨的夜幕，她興奮的拉了拉項俞衡的手，眼底宛如載著星光。

被打斷的項俞衡本來還有點懊惱，但看著她開心的表情，好像也無所謂了。

後來，他們去趙琦最喜歡的義大利麵店用餐，最後兩人牽手沿著河堤散步聊天。他們聊著在遇到彼此前的大小事，項俞衡做的壞事，蹺課、惡整師長，都讓趙琦直呼他超壞。

趙琦則和他說起每次搬家的趣事，中、南部她幾乎都住過，最後才搬回北部。也說了劉子沅的事，想當然項俞衡臉色很不好，趙琦也很無辜，是他自己說要一字不漏的說給他聽啊。

他們仰頭看著星星，趙琦的頭擱在項俞衡的手臂上，一起蓋著他的外套，即便沒人說話，卻一點都不尷尬，對趙琦來說這是多麼難能可貴的事。

趙琦有些犯睏，然而眼一閉，就像是被迫回到現實，明舒苓憎恨她的眼神，朋友離她而去的背影……她真的不想再一個人了。

她抿了抿唇，忽然測過頭看向項俞衡，眼眶有些酸澀，趙琦極力彎起笑。「這次你跟我打勾勾好不好？」

項俞衡一笑，眸眼都是寵溺。「嗯？為什麼這麼突然……」

「快點伸出手。」趙琦抿起笑催促道，竟發現自己的話語裡滿是顫抖。

項俞衡沒有察覺，聽話的在布滿星光的夜空下舉高手，滿心期待著，「妳要和我約定什麼？」

「我想好了……」趙琦欲言又止，項俞衡也發覺她的怪異，準備抽開手時，耳邊卻傳來趙琦輕輕淡淡的聲音。「我們在開學的前一天分開吧。」

她終究還是無法看著明舒苓自己一個人……當她愈來愈幸福，罪惡感就愈來愈深重，她真的承受不住。

但是她想自私一回，他們的相愛是如此不容易，所以讓她貪戀一下子吧，在她還擁有項俞衡的時候，她想和他創造只有他們才記得的回憶。

然後，瀟灑的離開，別惦記也別留戀。

項俞衡呆楞幾秒，低頭笑了，無聲的。

趙琦看著他強顏歡笑，心裡滿滿的歉意與不捨，是她摧毀了一直以來自信從容的項俞衡，讓他露出如此手足無措的表情。

「這就是妳給我的答案，是嗎？」

趙琦咬著唇，忍住在眼眶打轉的淚水，話語梗在喉間，什麼也說不出口。

「那妳告訴我，妳喜歡我。」他說，儘管嘴角帶著笑，語氣卻有著刻骨的絕望，「我已經沒有自信能分清楚妳的哪句話是真的，哪句話是在說謊？」

趙琦狼狽的抬起紅了的眼眶，強忍住哽咽，彎起笑顏，「我喜歡你，真的很喜歡。」

項俞衡猛然抱住她，力道大的彷彿要將她揉進身體那般，他想讓她哪裡都不要去，不要丟下他，不要趕他走。

不要就這樣不要他。

趙琦真實的感受到項俞衡的恐懼，她討厭自己的無能為力，她沒有勇氣與他一起坦然的面對明舒苓，不管結果如何，總要有人受傷。

趙琦能給的只有回抱他，感受他暖燙的懷抱與氣息，聽著他穩健的心跳聲。以後一定會很想念這種被他抱著的片刻，是如此安心與令人鼻酸。

他垂頭，吻上她的眉眼、她的唇瓣，屬於她的每吋氣息，項俞衡都急切的想擁有，總覺得不夠，什麼都要來不及了……

接下來幾天，他們沒有特別約好時間，但總是很有默契的在巷子口遇見，趙琦不知道項俞衡是什麼時候來的。每每看到他，她總是不捨。

項俞衡排掉了所有的打工，為了和趙琦見面。每次見面的第一句話，永遠都是——「我想妳。」

然而趙琦就會笑說：「昨天才見過啊。」

「不夠。」項俞衡將臉埋在她的頸間，發出悶悶的聲音，「我覺得不夠。」

趙琦斂下眉眼，抱了抱他，便展開笑顏將他推出巷子口，免得被爸媽看到就真的完蛋了。

他們每天都沒想好要去哪裡，又要做什麼。項俞衡覺得只要跟趙琦膩在一起，就算一整天什麼都不做都無所謂。

今天他們依舊手拉手去了一些有名的景點，雖然以前就去過了，但因為身旁的人不同了，讓他們覺得原本很無聊的地方，突然也變得有趣。

趙琦從來不知道向來我行我素的項俞衡會這麼黏著她，怕她一轉身就不見，走到哪都要牽著手，無時無刻都想抱著她。

當他們在等公車的時候，他又像隻長手長腳的樹懶一樣，牢牢的環住她。趙琦轉頭將下巴抵在他的胸口，忍不住就挖苦他，「之前還有人說絕對不會喜歡別人。」

項俞衡點頭，「嗯，只能說話真的不能說太滿。」語畢，他順便低頭親了她一口，誰讓她自己主動送上門。

趙琦沒料到自己又被偷襲，生氣的瞇眼看他，惹得項俞衡哈哈大笑，順手將她抱緊。

晚上他們坐在公園，看著因為新年，每隔十五分鐘廣場就有的燈光水舞秀。今天是寒假的最後一天，項俞衡比平時更加黏著她。

趙琦窩在他寬大的懷裡，享受著他溫暖的懷抱。今天過後，她將不能再對他撒嬌，他們會是普通朋友。

突然，趙琦感到右頰被人輕捻起，映入眼簾的是項俞衡不悅的臉，「跟我在一起不能想別的事。」趙琦星瞳看著他久久沒說話。

下一秒，項俞衡微暖的指腹撫上她的臉，摩挲趙琦略為冰冷的臉頰，聲音低沉柔和，溫暖的令趙琦好想哭。

「趙琦，我後悔了。」

趙琦終究還是沒忍住眼淚，她明明決定至少在他面前不要哭，她不想讓他有負擔，也不想要他捨不得。

「妳那麼常騙我，所以讓我不遵守一次，應該不為過吧？」項俞衡的聲音低啞，帶著慣有的玩笑語氣，然而眼眸卻是黯淡。

平時在眾人面前總是唯我獨尊，說一別人不敢有二話的他，卻總是在第一時間考量她的心情，在意她的不開心，可是她從來沒有為他想過，推開他對不對？離開他好不好？一意孤行的做自己認為對的事。

「對不起……」而她直到最後能給他的依然是她的道歉。

這陣子儘管要自己別多想，把握這幾天和他在一起的時間，然而她的內心始終沒有一刻感到平靜。

每一天都過得心驚膽跳，尤其是收到明舒苓的問候訊息，甚至是與她抱怨項俞衡的冷淡與繁忙，都讓她極度不安，甚至自我譴責。

她知道項俞衡不認同她的作法，也知道他努力想跟她在一起的心情，但是趙琦知道他只是擅於把責任扛在自己肩上而已，他其實一點也沒有把握。

他已經有夠多的壓力了，她不能再成為其中一個讓他操心不完的人。

項俞衡抿起一道笑，彷彿早就知道她的答案，一直以來熠熠生輝的黑眸顯得空洞無神，他用力的維持笑意。

他只希望在這僅有的時光，牽著她的手，一起走過很多地方。儘管笑著的背後有著不可抗拒的現實，項俞衡還是一分一秒都不想浪費，每一天對他來說都有好多來不及。

來不及和趙琦去這裡、去那裡，來不及多抱她一秒鐘，來不及牽她的手，來不及看更多她笑時微瞇的雙眼，彷彿暖了他的世界。

春季讓冬意漸暖，趙琦卻覺得寒冷不堪。她試圖忍住眼眶打轉的淚水，項俞衡看著她滿臉都是心疼，他想好好抱她，卻怕自己眷戀。

最後他選擇撐起平時張揚明朗的笑容，拍了拍她的頭，呼了一口氣，用著自認輕鬆的語調，聽在趙琦耳裡卻是滿滿的逞強。

「謝謝妳，跟妳在一起的時光，一分一秒都是永恆。」

趙琦狼狽的抬起紅了的眼眶，強忍住哽咽，彎起笑顏，「不用送我了。」

「嗯，妳自己回去小心。」

趙琦看著項俞衡漸行漸遠的背影，直到他單薄的身影消失在黑夜，趙琦終究還是沒忍住洶湧的眼淚，揪著胸口哭得她幾乎喘不過氣。

怎麼會那麼痛……怎麼會那麼痛……

「哇嗚嗚嗚……」

與他在一起的時光，每個瞬間都像是擁有全世界，然而現在的她就像是被全世界拋棄般，因為她的身邊已經沒有他。

❄

四月初，大學第二階段申請結果出爐。趙琦未能如願申請到她的第一志願醫學系，連同第二志願的資工系也一併落榜。

趙琦早在收到成績單時就有預料，只是想到推甄還能有在校成績的加持，而媽媽雖然已有叫她指考的打算，但有機會還是試試看。

明舒苓放棄繁星，決定到國外讀書，聽說申請手續都辦得差不多了，趙琦有些意外，這也就表示她最好的朋友要離開她了。

而項俞衡一年級的在校成績實在慘不忍睹，但也憑著學測成績，順利的拿到第二志願的法律系。

趙琦很替他們開心，而她自己則是開始準備七月的指考。看著他們討論要去哪慶祝，趙琦感到一陣惆悵。

畢業典禮如火如荼的籌備，班上的畢聯會代表也開始收集大家的生活照，就怕大家一生一次的高中畢業時刻會有所差錯。

她和明舒苓各自翻找著手機的照片，「什麼時候拍這張的？我的臉怎麼看起來這麼大？」

趙琦笑著搖搖頭，明舒苓長得那麼漂亮，怎麼拍都好看。

她滑著手機裡的相片，滑著滑著，項俞衡和她的笑臉在下一秒映入眼簾，趙琦無預期的愣住，她怎麼會忘了刪……

明舒苓注意到她的反應，好奇的探頭，「怎麼了？看到什麼有趣的嗎？」

趙琦眼明手快的蓋住手機螢幕，佯裝沒事的笑道：「……啊，是我很醜的照片，很、很丟臉。」

明舒苓疑惑的眼神轉為了然，「好、好，我不看。」

趙琦本來鬆了一口氣，卻在轉身時，碰上一堵牆，清冽的氣息讓趙琦的神經下意識的緊繃。

「看什麼？」

趙琦沒有抬頭看他，「喔……沒什麼。」

「是嗎？」以為沒事的趙琦，在毫無防備下又被項俞衡的惡作劇擺了一道。他抽走她的手機，得逞的笑容惡質的鑲在脣邊，「那就讓我看一下。」

「喂，項俞衡……」

項俞衡不理會趙琦的阻攔，高舉著她的手機定睛一看，他壓了壓螢幕鍵，「關機了。」

趙琦頓時鬆了一口氣，「快給我。」趙琦伸手，當項俞衡溫熱的手掌拂過她的手心，在她心底泛起了一陣漣漪，項俞衡也怔愣了一下，隨即若無其事的抽開手。

「項俞衡你怎麼整天就知道欺負琦琦。」明舒苓看了他們一眼，忍不住說他幾句，接著挽著他的手說道：「我肚子好餓喔，陪我去一趟福利社。」

項俞衡回過神，扯脣應允。

趙琦看著兩人有說有笑的背影，嘴角輕輕提起。所有一切都是那麼歡樂、美好。她最好的朋友和喜歡的人相處融洽，而項俞衡如願以償的考上想去的系所。很完美，很幸福。

❄

準備參加指考的學生被集體分配到另一個班級，因此她和明舒苓還有項俞衡分開了，除了早自習和中午吃飯時間，趙琦又到了一個陌生環境。

不同以往，她不再那麼害怕新環境了，也交到了幾個要一同拚指考的朋友，每天一起上課、讀書，甚至到最後和明舒苓他們也會有一天以上都沒聯繫的狀況。

但趙琦不覺得擔憂，似乎真如劉子沅所說，她真的長大了。

由於在媽媽眼中，她的學測是考不好，而不是努力了才得到這樣的成績，所以趙琦除了被禁足外，也禁止使用3C產品。

她唯一的樂趣依然是去爺爺家放空，因為有劉子沅在，所以媽媽總是很放心的讓她去。

當劉子沅第N次進家門又看見滾在地上的趙琦，已經能夠無感的跨過她的身體進房去。而趙琦也能旁若無人的繼續躺著背英文單字。

五月，準備拍全班最後一張大合照，大家穿上夏季制服站在禮堂前，身後是斗大的校訓，師長坐在第一排的椅子上。

同學互相替對方整理亂糟糟的頭髮，繫牢皮帶，女生們別上三年沒戴過幾次的領結，男生們將總是鬆垮垮的領帶拉緊。

攝影師倒數著拍攝指令，忽然頭一抬，「喂！那個同學，往旁邊女同學靠近一點，幹麼？又不是感情不好。」攝影師總是很喜歡賣弄幽默。

感覺到身旁的人朝她靠近，趙琦原本還不在意，卻在感受到對方熟悉的氣息時而僵硬，強烈的存在感，讓趙琦不自覺吞了吞口水。

項俞衡什麼時候站在她旁邊？他們已經有段時間沒有交談了。

「好！三、二、一！」

趙琦倉促的揚起笑容。

喀嚓！

「謝謝同學的配合。」攝影師說完後，大家就三三兩兩的散開。

趙琦因為項俞衡的靠近，內心有些慌亂，加上所有人同時走動又推擠碰撞的，趙琦一個閃神就被前方的椅子絆倒，一雙有力的手臂瞬間圈住她，將她扶起。

她的手揪著那人潔白的制服，抬頭想道謝時，便直直撞進那抹深似海的眼眸，她愣了愣，「……謝謝。」

「嗯。」

項俞衡收回手，趙琦開口想和他聊些什麼，卻遲遲說不出話。何時他們之間連一句問候都變得這麼難以開口？

「俞衡走吧，我們還得去彩排，真麻煩……」明舒苓走了過來打斷趙琦的思緒，「咦，琦琦妳怎麼了？看起來臉色不太好。」

趙琦微笑搖頭，「你們去忙吧，我還得回去上課。」

明舒苓抱了抱趙琦，順了順她已經長至鎖骨的頭髮，「辛苦了，指考完我一定會幫妳辦超大的派對！所以妳要加油！」

「嗯！去吧。」

明舒苓和她揮了揮手，而項俞衡雙手放進口袋頭也不回的走了。這是趙琦不知道第幾次看著他們並肩談笑的背影，她低頭笑了笑。

沒關係，都會好的。

參加指考的人多半是自己決定的，所以沒有藉口說是被逼迫的。劉子沅理所當然更嚴苛了，人數減少他也更好掌控每個人的狀況。

趙琦每天都埋在一堆複習考中，累得暈頭轉向，在考卷背面不知道寫過幾次「劉子沅不是人」這句話。

畢業典禮那天，鳳凰花如同火焰一般盛開在整座校園，燃燒著高中最後的夏季。

項俞衡站在臺上叮囑大家別上胸花，十分鐘後要進禮堂了。趙琦望著操場，畢聯會將氣球和七彩的緞帶綁在樹上隨風飄揚。

全校沉浸在歡樂慶祝的氣氛中，校門滿是賣著畢業花束的攤販，學弟妹捧著花束已經先進入禮堂，家長們也坐在二樓尋找著自家寶貝兒女的身影。

身為班級代表的項俞衡領著隊伍走在前頭，放眼望去全是一片白黑交錯的畫面。他們陸續入座，因為身高的關係，趙琦坐在第一排第一個，而她身旁正是待會要去獻花給導師的項俞衡。

她揪著裙襬，沒有主動交談。

而明舒苓得了校長獎，班上的同學激動的鼓掌，喊著九班班花最正點，歡呼成一團，明舒苓笑得像朵花一樣燦爛奪目。

之後輪到各班三年級導師致詞，不少導師說著說著就哽咽了，臺下的學生不捨的喊著老師的名字，也有班級很歡樂，大喊著老師快交女朋友，他們想要師母。

氣氛歡樂卻又帶著離別的憂傷。

當畢業生代表致詞，好多人都哭了，最後一次校歌響起時，大家聲嘶力竭的齊聲合唱。

雖然搬家過很多次，趙琦還是沒能適應這種離別場合，扁著嘴一副要哭不哭的樣子，大眼盛滿水光。忽然一個溫熱的大掌揉了揉她的腦袋，上頭飄來他輕淡飽含笑意的嗓音，「真是的……」

對於項俞衡的安慰，趙琦內心有千萬種情緒，但無論是基於什麼，她的眼淚一下子就奪眶而出。她低著頭，肩膀微微顫抖，項俞衡轉而無奈的拍了拍她的背。

其實大家早就哭成了一片，女生們相擁，男生們拍著彼此的肩，豪氣萬千的說終於要上大學了。沒有人注意到項俞衡在安慰趙琦，在流動的人潮之中，他們彷彿置身於彼此的世界。

除了站在他們身後的明舒苓。

最後的校園巡禮，大家依依不捨的繞著校園，說著誰在那爬牆，誰又在那偷抽菸被教官抓到。

曾經習以為常的上學風景，如今都將成為回憶。

趙琦望著沿路的景象，眼睛被風吹得有點乾澀。當經過靠近祕密基地的位置時，他和項俞衡不約而同的望向那裡，發現彼此的視線，他們愣了愣，隨後都覺得很好笑，不自覺的彎脣。

倏然，一抹黑影躍進草叢，「魚子醬！」他們異口同聲喊道，最後又一起笑了。

「算牠還有點情義，知道要來送我們。」

「總不能白吃你三年的罐頭。」

兩人皆因為這自然的對話而愣住，他們已經好久沒有這樣交談，就怕不該有的情緒湧現。

趙琦突然說道：「不知道畢業後牠會不會忘記我們。」

「那我們就一直回來看牠。」

「嗯？」趙琦以為自己聽錯，仰頭看著在烈日下背著光的項俞衡，他的嘴角沾著笑，宛如盛夏驕陽。

他朝她伸出手，「過來打勾勾。」

趙琦幾乎將手藏在懷裡，就像平時一樣露出委屈至極的表情，「為什麼又要……」

項俞衡露出明朗的笑容，如同趙琦第一次見到他時，無賴的像個流氓，「說了就是要做啊。」

趙琦看著他忽然就笑了，微瞇的雙眸看在項俞衡眼裡依舊閃耀無比，笑意彷彿滲進他的骨子裡，所以才會在每次想起她的時候，全都是無法解釋的痛楚。

他們回到教室，準備離校。大家趁著空檔趕緊找老師和同學拍照，明舒苓和趙琦手勾手去了一趟福利社。

「以後也會很想念這裡的食物吧。」

「就是說啊。」趙琦仰頭看著福利社的字樣。

「琦琦。」

「嗯?」

「我是不是一個很壞的人?」

她皺眉,緊張的問道:「怎麼會?誰跟妳說了什麼?」

「因為我總是先考慮我自己……」明舒苓垂下長睫緩慢的說道,「自私的想著妳可以,為什麼我不可以?」

趙琦愣住,趕緊扺起笑,「妳別想太多,我跟項俞衡……」她忽然就說不下去了,以前擅長的安慰,似乎都成了藉口。

「我啊其實看得比誰都清楚。」明舒苓故作輕鬆貌的說道,「卻認為是自己不夠好,殊不知是他不夠喜歡我。」

明舒苓笑坐在矮牆上晃著腳,忽然轉頭對著趙琦笑道:「前幾天,我被他狠狠的拒絕了,他跟我說他有喜歡的人了……」明舒苓笑得苦澀。

趙琦心一緊。

「枉費我喜歡他那麼久,居然也不安慰我一下。」

趙琦看著她垂下的眼簾,拍了拍她的手,「大學、大學一定能碰到更帥氣、更優秀的人!妳這麼厲害,長得也漂亮,一點都不用擔心。」

明舒苓微笑點了點頭,轉頭望著天空沒有再看趙琦。

許久,她緩緩說道,聲音宛如來自遙遠的時空,既飄茫又虛幻。

「如果我出國的話,妳可不可以答應我……」她頓了頓。

「嗯?」

「絕對不會跟項侖衡在一起。」明舒苓幽幽的聲音傳進趙琦耳中。

「班長！我也要跟你合照。」

「嗯。」

「我們偉大的明舒苓班花在哪兒？來跟我一起拍照吧！」

「當然好。」

「可愛的琦兒！妳怎麼又在發呆，快過來跟我們一起拍照。」

「……我、我來了。」

「喂，我們三人是不是該合照一下，以後我要是真的出國唸書，可以洗出來當紀念。」

「嗯。」

「好啊。」

「來！我要拍了，看鏡頭喔！」

「笑一個——」

喀嚓！

離別曲迴盪於整個夏季，有的人抱在一起興奮的大呼小叫，有的人笑著笑著就哭了。蟬鳴伴隨著鳳凰花落下的剎那，彷彿再次宣告他們的青春正式告一段落。

「畢業快樂，友誼長存。」

正文完

番外　時光盡頭

「妳給我重考！我現在馬上幫妳換補習班……這種成績要怎麼申請上第一志願！」媽媽氣得甩著剛寄來的指考成績，趙琦不知道該辯駁什麼，冷靜的看著媽媽因憤怒而顫抖的手，她滑著手機激動的開始找重考班。

「我告訴妳不是前三志願的學校，我不會讓妳去讀！」

趙琦覺得好累，真的好累，累得不想說話，累得哭不出來。

「媽媽……」以往趙琦不會說出口，可是她真的不懂，不懂為什麼要強加那些她根本就不喜歡的事在她的身上，「我為什麼不能選我喜歡的學校？」

媽媽瞪向她，「妳可以選啊，前幾志願隨便妳選。」

趙琦斂下眼，一股怒氣油然升起，一直以來她順從、聽話，可是媽媽始終不能諒解，認為她不夠努力。

「可是我考不上啊！不管怎麼努力就是不行！」

媽媽也被趙琦突然提高的音量嚇到，眼神變得凌厲，「妳現在是在跟我頂嘴嗎？我跟妳說過多少遍，叫妳認真一點、少玩一點，結果妳考成什麼樣？媽媽花了多少錢讓妳補習？外面多少小孩沒錢補習，妳有比別人好的資源，卻考這種成績？」

「所以誰讓妳給我補習！」趙琦真的忍不住了，她覺得壓力大到喘不過氣。她就是不會唸書啊，這難道是她的不對？趙琦張嘴還想說什麼，忽然一陣風伴隨著響亮的巴掌聲，狠狠的搧在她的臉頰，劇烈的疼痛彷彿炙熱的火焰，一瞬間在她臉上延燒開來。

趙琦全身一僵，眼睜瞠大。心裡的委屈如同潮水般拍打著她殘破不堪的內心。

媽媽似乎也被自己的行為嚇住，但她並不想承認這是她的失手。

「妳這是什麼態度？我是這樣教妳和長輩說話的？現在做錯事的人是妳，妳沒資格在這邊對我大小聲！」

趙琦捂著逐漸紅腫的臉，微微攥緊拳頭，她忍住滿肚子委屈的眼淚，抬眼盯著媽媽直看，用著超乎冷靜的口吻說道：「對妳來說成績就是比我還重要吧！妳不在乎我在學校過得好不好？搬了那麼多次家還適應嗎？新環境還習慣嗎？永遠都只是問我今天考幾分？名次出來了嗎？每次我都只能自我安慰，趙琦妳可以的，趙琦沒關係的，一切都會好的……」

她已經不想再顧慮別人的感受，指考的日子讓她很難熬，看著同學出去玩，甚至在討論什麼時候該辦同學會，她都不能參與，因為她在準備考試，未來什麼事都還不確定。沒有學校，沒有朋友，當所有人在歡慶的時候，她一個人拚命的在讀書。

所有的一切都只能靠著她的意志力支撐，好不容易熬到指考結束，她最能依靠的家人，卻是質疑她的努力，而不是一句：「辛苦了，妳已經做得很好了。」

趙琦提起蒼白的微笑，「我不會重考，因為我知道我已經夠對得起我自己。如果真的不想讓我讀，那就這樣吧，因為我也反抗不了妳。」

趙琦說完，毅然轉身上樓，從頭到尾一滴眼淚都沒有掉，而媽媽在身後也不知該如何是好，拉不下臉道歉，也不想要她這麼自暴自棄。

她和媽媽冷戰了幾天，眼看申請分發的日期就要過去了，爸爸也拿她們沒辦法，兩邊都勸過了，但始終得不到明確的答案。

「我吃飽了。」趙琦將碗筷放入水槽，接著又說道：「我出去了。」

這幾天趙琦都會跑去圖書館吹冷氣、看漫畫，然後什麼也不想。她不想屈服，可是心裡卻好想唸大學。

她的指考成績比起其他人來說進步很多，但是離媽媽心目中的志願，還是有段距離。

她依舊混在爺爺家，看著劉子沅已經在準備下屆升高三的講義。前陣子明舒苓去英國了，也不知道劉子沅告白了沒。

劉子沅皺眉，「現在不是暑假嗎？不出去？」

「你還不是，暑假了還在補習班上班。」項俞衡果然說對了，和什麼樣的人待久了，就會被同化，趙琦最近也變得很會頂嘴。

「我聽妳媽說了。」劉子沅說道，「真的不上大學？」

趙琦望著天花板發愣，「……不知道。」

劉子沅也拿她沒辦法，卻在轉身進入書房時，聽到趙琦悠悠的聲音響起：「明舒苓去英國讀書，你會不會想她啊？」

其實趙琦想問的是，想著有心上人的明舒苓，你不難過嗎？

「不是很好嗎？出國留學不是一件容易的事。」

趙琦知道劉子沅又在答非所問，於是決定直接講白話一點，「沒有告白不後悔嗎？」

他頓了一下，依舊繃著萬年一號表情，「那妳呢？推開項俞衡的妳，不覺得自己很白痴？」

趙琦哼了一聲，虧她說得那麼委婉，結果劉子沅直接對她人身攻擊。「對啦！我就是白痴，你最聰明！那麼聰明還不是什麼都說不出口。」

她暗罵劉子沅膽小。

「我說了。」

聞言，趙琦瞬間從地板躍起身，頂著一頭亂糟糟的頭髮，瞪大眼說道：「你、你真的……說了?你怎麼開口的?不對……你為什麼沒跟我說！」

劉子沅看著她狼狽的模樣，沒忍住笑意。他清了清喉嚨，恢復平時的淡然，「告訴妳有什麼用?」

趙琦氣得牙癢癢，一直說她沒用、沒用的，真的很討厭！

「那、那舒苓說了什麼?」

「這是我跟她之間的事，妳現在該擔心的是妳自己吧?」劉子沅瞥了她一眼，「真的要這樣無所事事下去?」

得不到答案的趙琦噘著嘴，「你不跟我說，我也不要跟你說！」語畢，她咚咚的跑回家去。

「這傢伙最近叛逆期到了是嗎……」劉子沅一臉無語，一邊走進書房，「那也太慢了吧。」

趙琦一回到家，就發現爸媽都坐在沙發上，桌上擺著有些皺的成績單，看似就是有話要說。但趙琦不想聽，反正一定又是勸她重考，她寧願現在出去工作，也不要去一個她根本沒興趣的系所。

「琦琦。」爸爸率先喊住她。

趙琦無奈的只能停下腳步，「什麼事?」她已經準備好要進入放空狀態。

「去申請吧，去妳想去的學校。」

趙琦驀地睜大眼，下一秒拍了拍自己的臉頰，藉由痛感確認這不是夢，「真的可以嗎?」

爸爸見她一臉不可置信的模樣，忍不住失笑，「很抱歉我這個爸爸做得這麼不稱職，沒有在乎過妳的感受。想一想妳從來沒有要求過我們什麼，這一次就照妳的意思去讀想要的大學吧。」

趙琦喜出望外，喜悅和委屈交織之下，下一秒眼眶立刻含著淚，像是要把這一陣子的痛苦和難熬發洩完畢，抱著爸媽放聲大哭了起來。

他們也沒料到趙琦會哭得這麼悽慘，心疼地拍了拍她的背。

但只有趙琦知道，除了學校，更讓她心碎的還有別件事。她一直不敢放肆自己太想他，就怕情緒一發不可收拾，然而就像繃緊的弦，終究還是有斷裂的一天。

那一天，趙琦嚎啕大哭了一整晚。

放下心中的大石頭，趙琦之前申請的花東地區打工渡假的錄取信件也剛好寄來，雖然爸媽都有點擔心她，但看著趙琦一個人獨立的處理大小事，連去火車站也不要他們陪。

他們這才發現，他們的女兒不知何時已經長那麼大了，還這麼勇敢。

趙琦這一去就是一個月，回家的時候也就是要開學的前幾天，雖然學校和她家都在同一縣市，但每天通勤還是太辛苦了，而她也想多認識一些朋友，所以就決定申請住宿。

很慶幸，趙琦住的寢室，室友們都很和善很照顧她。她一開始還怕自己和她們處不來，但後來證明是她想多了。

大一就在忙碌充實之下渡過了，趙琦真的很喜歡她的系所，她第一次知道原來讀書一點都不痛苦，覺得當初堅持的很值得。

回到家的時候，爸媽見她滔滔不絕說起學校的事，也都感到欣慰。趙琦偶爾也會和明舒苓視訊，時差的感覺讓她們都覺得很神奇，明舒苓說她在英國過得很好，雖然一開始有點語言障礙，但久了也就適應了。

還說了英國和臺灣的不同，總而言之她在那邊一切都很好，要趙琦不要擔心。「對了！我發現了好多好玩的地方，等妳來找我玩。」

「好啊。」

「項俞衡……過得還好嗎？」明舒苓忽然提起，表情沒有異樣。

反倒趙琦不自覺的愣了愣，「不清楚耶，學校不同，我們也就沒什麼見面。」這是她們第一次談論項俞衡的事。

「這樣啊，我也都聯絡不到他。」明舒苓笑了笑，趙琦下意識的想從她的表情看出一點端倪，然而她什麼都看不出來，彷彿她只是單純想起這個人，所以提起。

不是刻意，而是朋友間的噓寒問暖。

「我現在才發覺要找他其實很不容易，很多時候是他自願留下，而不是他不想走。」

趙琦垂著臉，一股無法言喻的酸楚被人毫無預警的勾起，猝不及防的在她的心口處蔓延開來。

她一直不敢放任自己去想他，所以克制，她以為自己可以了、夠了，所有的怯弱都會隨著她的年紀消逝。她會變得成熟，釋懷所有選擇……

「琦琦，妳後悔嗎？」

趙琦猛然抬起頭。

她笑，「我後悔了。」

趙琦暑假除了和大學朋友偶爾約出去玩，要不就是在爺爺家耗一整天，陪他老人家聊天、下棋。但趙琦的棋藝沒有項俞衡厲害，讓爺爺完全沒有挑戰性，一下子就嚷著不玩了。

「怎麼都沒見到妳的小男朋友，叫他過來陪爺爺下兩盤啊！」爺爺完全被項俞衡挑起勝負慾，「上回輸他那麼多，這次一定能贏回來！」

「爺爺，他不是我男朋友。」

「還沒在一起呀？」

「都分手了。」路過的劉子沅丟了一句。「不對，項俞衡根本被耍了吧。」

「你很囉唆，都要大四了還不趕快交女朋友。」趙琦沒好氣的看他一眼。

「什麼時候的事？是不是那臭小子做了什麼惹我們琦琦生氣，爺爺這就去打斷他的腿！」

趙琦正想阻止起身的爺爺，耳邊又傳來劉子沅悠悠的聲音：「是對方被你的乖琦琦甩了。」

「劉子沅！」

趙琦真後悔當初將這件事告訴劉子沅，因為當時的她無法排除心裡的痛楚，她急需發洩的窗口，所以她想到了劉子沅。有一部分的原因也是因為他一定會為她守住祕密，孰料卻成了他日後攻擊她的好材料。

「我又沒說錯。」他聳肩。

趙琦一股氣無處發，但更氣的是劉子沅說的一點都沒錯。

她的心情陷入一陣惆悵，於是漫無目標的搭著公車打算四處晃晃。回過神時才發現自己居然走在前往高中的人行道上。好像從畢業後就再也沒有回來過了，大一辦的同學會也因為她當時去了志工營沒能去成。

她心想，回去看看也好。

忽然，一隻小小的身影跳到她身旁的石牆，趙琦驚叫了一聲，發現是一隻小花貓。

「這個花紋……跟魚子醬好像啊。」

趙琦皺了皺眉，但魚子醬的體型沒有這麼小隻啊。就在她陷入思考時，小花貓踏著輕盈的腳步穿梭在石牆上，趙琦連忙喊道：「喂！你要去哪？等等我啊。」

基於好奇，趙琦跟著小花貓四處跑。趙琦走著走著，忽然覺得這個場景似曾相識，不就是她轉到柳高時，第一次在校園迷路的時候！

她還記得魚子醬當初硬是挑難走的路，害她跟得好辛苦。當趙琦再次看到眼前的灌木林時，忍不住哀號一聲：「不是吧……」是不是貓都喜歡走這種路？

不過至少這次好一點，她是穿褲子，但要鑽進狹小的灌木林，依然很難。當趙琦好不容易走過，眼一抬，她不自覺笑出聲，果然還是這裡。

陽光透著茂密的綠葉，點點落在青翠的草地上，即便是炎熱的七月天，這裡的陽光卻溫暖宜人，四周飄散著泥土清新的溼潤氣味。

祕密基地，完全沒變。

「你怎麼發現這裡的？」就像當年一樣，趙琦好奇地問著小花貓。

「不是喔，正確來說是我發現的。」

趙琦一愣，這個聲音……

「妳不是知道嗎？」她竟不敢回頭。

趙琦聽到那人起身發出的窸窸窣窣聲，忽然胸口湧上一陣酸澀。

「妳沒有遵守約定喔。」那人輕淡沉穩的嗓音，帶點戲謔的輕佻，緩緩傳進趙琦的耳朵，一再說明這不是夢。

趙琦因為他口中的約定，倉促的回頭。飛揚的長髮，透著陽光變得閃閃發亮，讓項俞衡一瞬間感到怔愣，他噙起笑，緩緩說道：「好久不見。」

她看著項俞衡，眼眸還是這麼深邃漂亮，在陽光的暈染下成了發亮的玻璃珠，許久不見，他的身上流露的爽朗依舊，卻也多了一絲沉穩與成熟，脣畔的笑都讓趙琦覺得好想念。

「好久不見。」她啟脣，抑止住哽咽輕問道：「你怎麼會在這？」

「等妳啊。」少年的模樣依然爽朗乾淨，彷彿他從不曾離去。

「嗯？」

「我們不是說好了，每年都要回來看魚子醬。」

趙琦一直以為那是隨口的玩笑話，沒想到項俞衡竟然遵守了，趙琦一瞬間說不上話，眼眸溼潤。「你、你怎麼還是這麼執著啊？」

「那妳怎麼總是食言？」項俞衡的眸眼含笑，絲毫沒有責備的語氣，卻讓趙琦愧疚的幾乎快控制不住即將奪眶而出的眼淚。

「誰叫你……每次都強迫我。」

項俞衡失笑，緩緩朝她走來，趙琦下意識的後退，他卻早一步伸出手撫上她的臉頰，語氣溫柔，卻帶著一絲心疼，「所以是因為這樣才哭的嗎？」

趙琦這才發現一抹鹹落在她的脣瓣轉而化開，她咬著脣，眨著泛紅的雙眼，努力克制不讓自己哭出聲，卻讓項俞衡看得更加心疼。

他伸手攬過她，將她擁進懷中，堅毅的下巴抵在趙琦的腦袋。清冽的氣息仍是趙琦記憶中的味道，就連擁抱都還是她熟悉的溫度，她幾乎是壓抑不住的緊抓著項俞衡的衣角大哭。

趙琦哭完就後悔了，她應該忍住的，她不能再這麼依賴項俞衡了，她不能……

「抱歉。」半晌，趙琦主動推開他，語氣帶點疏離，吸了吸剛哭過的紅鼻子，「讓你覺得困擾。」

被推開的項俞衡沉默的看著她擦淚，微微擰眉，眼神複雜不悅，卻說著不同於他此刻沉重神情的玩笑話：「都上了大學還這麼愛哭。」

「我才沒有。」趙琦努嘴，「我是太想魚子醬了。」

項俞衡聳肩，忽然說道：「妳知道他當爸爸了嗎？」

「真的嗎？所以剛剛那隻小貓……難怪長這麼像。」趙琦有種豁然開朗的感覺，左顧右盼就看見被三、四隻小貓圍繞的魚子醬，花色一致，讓趙琦覺得好笑。

「怎麼沒有看到媽媽？」

項俞衡也蹲在她身旁，微微一嘆，「大概也是被老婆拋棄了吧。」

趙琦咳了幾聲，裝作聽不懂他的弦外之音，「是喔……真可憐，那牠要怎麼養這麼多小貓？」

「我前陣子已經跟警衛說過了，學校應該會處理。」

趙琦喔了一聲，他們之間又陷入沉默。趙琦用手指逗著幾隻剛睡醒的小貓，魚子醬看到她也很開心，輕盈的跳到趙琦的腿上，趙琦順了順牠的毛。

項俞衡坐在她身旁，靜靜的看著她，忽然覺得這樣的自己真的很愚蠢，想轉頭的同時，趙琦剛好仰頭，下一秒兩人四目相接，彼此都愣了一下，馬上低頭佯裝做自己的事。

「你、你真的每天都來看牠嗎？」

「不一定，有空的話。」項俞衡搔著頭說道，「六法全書有太多東西要背，我當初怎麼會有自信我可以成為律師……」

趙琦見他懊惱的模樣，莞爾一笑，「可是你還是做到了啊，考上了法律系。」

項俞衡嗯一聲，轉頭問道：「妳呢？後來指考怎麼樣？」

「唔……怎麼說呢？」趙琦調皮的拉了長音，讓不知情的項俞衡有點心急。「還不錯！選到了我滿喜歡的科系。」

項俞衡沒好氣的睨了她一眼，「學校呢？離家遠嗎？」項俞衡其實是想問，想要見她的話，距離有多遠？

但趙琦卻說：「離你的學校，大概十五分鐘的車程吧。」

「這麼近？」

趙琦點頭。

「那為什麼我們連一次巧遇都沒有？」項俞衡蹙眉，他以為兩人之所以這麼久沒見，是因為趙琦去了外縣市讀書，不常回家。

她聳肩，隨口說道：「無緣吧。」

這一句話澈底惹毛項俞衡，他以為自己早就麻木，什麼都可以忍著，也能夠盡情去談一場戀愛，就算那個人不是趙琦也沒關係。

儘管在夜深人靜的時候，他總會想起她，儘管嘗試牽著別人的手時，也總是該死的想起她，儘管和有好感的女孩子一起出去……都是因為像她。

他以為他能夠適應的，時間會帶走一切，可是當他準備好要跟別人在一起的時候，趙琦又再次無預警的闖入他原以為停擺的世界，然後輕描淡寫的訴說兩人無法在一起的事實。

他自嘲，「……是啊。」所以無論怎麼努力，他們還是分開了。

趙琦注意到他異常低落的語氣，轉頭看他時，卻被他毫無血色的臉色嚇住，「你怎麼了？怎麼都是汗？」趙琦焦急的用手覆上他的額頭，「你發燒了，你沒有發現嗎？」

項俞衡感覺到一絲冰冷觸上他發燙的額頭，頓時覺得全身的力氣彷彿被抽光，他疲憊的眨了眨眼，趙琦擔憂的模樣逐漸模糊，他扯起有些蒼白的微笑。

「可是怎麼辦……我還是好喜歡妳。」

趙琦一愣，看著痛苦閉上眼的他，心口忽然好悶。

她帶著他到學校保健室，幸好暑假學校的教職人員還是要上班，護士阿姨給了趙琦一包退燒藥，建議讓項俞衡吃完先在保健室睡一會兒。

在項俞衡熟睡的時候，她和護士阿姨聊了幾句，說他們兩以前都是柳高的學生。

「真難得，是高中就在一起的情侶嗎？」

「呃……」趙琦也不知道該怎麼回答，畢竟他們算是交往過一段時間，雖然只有短短幾天。

「老師我啊，看過太多情侶高中愛得死去活來，結果上大學不是劈腿就是分手。」她笑著說，「所以大家都說畢業就是分手潮，你們能堅持到現在，真的很不容易。」

趙琦笑而不語。原以為避不見面就能減少一些思念，她也能好好的過她的大學生活，卻總在校園看到成雙成對的情侶時而感嘆。

聯誼她也去了，有些學長紛紛對她表示好感，可是她卻怎麼都心動不了，反而更想那個人。她看著項俞衡熟睡的臉龐，微微一嘆，心裡五味雜陳。

項俞衡醒來時已經是下午，陽光斜斜的曬著床邊，刺眼的光芒讓他瞇起眼，起身的同時壓在頭上的冰袋也隨之落下。

上了大學，他睡得更少了，長期的失眠讓他的免疫系統也跟著降低。他看了一眼手錶，然而今天出乎意料的睡很熟，精神也好很多。

他伸手想按一按僵硬的肩頭，卻在移動手時，發現有隻手輕輕拉著他的小指。指尖傳來的微暖溫度令他微愣，轉頭便發現趙琦趴在床邊睡著的側臉。

一股暖意衝上心頭，他好像知道原因了。

他彎起還有些虛弱的笑顏，盡可能不打擾她。眸光一瞬不瞬的盯著置身在陽光中的女孩。頭髮長了，不安分的飛揚在她的頰邊，皮膚也黑了一點，比起高中時的蒼白柔弱，這樣的她顯得更有精神，也更加讓他移不開眼。

「喔，你醒啦？」護士阿姨拉開簾子，卻見項俞衡放了食指在脣邊，示意她別吵醒趙琦，護士阿姨笑著搖頭，默默的拉上簾子。

趙琦做了一個很長的夢，夢到她在搬家，夢到爸媽，夢到總是毒舌的劉子沅，夢到總是對她伸出援手的明舒苓，夢到總是欺負她的項俞衡。

高中那段日子，是她最幸福的時光。

「絕對不會跟項俞衡在一起。」

「琦琦，妳後悔嗎？」

趙琦忽然驚醒，她眨了眨有些乾澀的雙眼，迷茫的起身，忽然感受到一隻手被人緊緊攥著。她帶著惺忪睡眼看了過去，發現項俞衡已經醒了。

「你什麼時候醒了？怎麼沒叫我？」趙琦的睡意全消，她起身下意識的靠向他，伸手覆上他的額頭，「好像退燒了耶，太好了！」

她慶幸的笑道，卻在對上他深沉的眼眸時立即僵住笑容，她不自在的將眼神瞟向別處，卻發現她居然從頭到尾都抓住項俞衡的手不放。

她緊張的想抽手，卻被項俞衡反手握住。

「擔心嗎？」輕淡的聲音宛如夏季熱風搔過她的頸間，泛起心裡的漣漪，讓她覺得心跳好快。

「當、當然啊，你當時看起來那麼嚴重，怎麼會連自己生病了都不知道？」

項俞衡哼笑，「是啊，我怎麼會過得一團糟……」

趙琦心疼的看著他，沒有再說話。他們和護士阿姨道謝後，便離開校園。

途中，他們經過了許願池，依舊灑著晶瑩剔透的水珠，伴隨著叮咚的水聲，儘管人事已非，景物卻依然。

趙琦不自覺停下腳步，項俞衡對這有著不好的回憶，所以匆匆一瞥就走了。

「許願池真的很靈驗。」趙琦忽然說道。

項俞衡聞言，俊朗的臉立即沉下，一絲冷意攀上脣，眸光沉沉的望向趙琦。「其實妳大可不必提醒我，我不會再像今天一樣失控。」

他真的太累了，所有的一切都讓他覺得筋疲力盡，隱瞞真實的情緒卻是讓他受盡相思的折磨。「以後在路上遇見就裝作不認識吧，我沒辦法看著妳……」項俞衡欲言又止，微微斂下眼，「我真的沒辦法和妳以朋友的姿態相處。」

他克制不住。

趙琦垂眸，「我其實後來換了願望。」就一次，她想偷偷的借用十七歲時的勇氣，即便怯懦，卻擁有最純粹的喜歡。

項俞衡擰眉，不明白她的意思。

她噙起笑，目光無懼的望著他，餘暉落進她剔透的眼瞳，她的笑容溫暖且明亮，是項俞衡至今仍割捨不下的疼痛。

「琦琦，妳後悔嗎？」

「我後悔了。」

「趙琦，我後悔了。」

「我說，我喜歡你，真的很喜歡。」

周圍一片寧靜，趙琦心裡其實很慌，這是她頭一次如此順從自己的感覺。

是的，她後悔了。

少年的背後是一片無止境的落日，光褪去了他所有的孤傲與沉痛，他緩緩地開口：「這次……我可以相信妳嗎？」

項俞衡模糊的身影此刻正佇立在她眼前，她的目光凝結在他總是清朗的臉上。夕陽染紅了他的髮，如同狂傲的火焰延燒著夏季最後的熱度。

他的眼角緩緩的落下淚，灼熱了趙琦的胸口，漂亮且無聲的沾溼了他俊朗的臉龐。

趙琦怔然，眼角也隨之流下眼淚，她不捨的看著項俞衡，破涕而笑的伸出小指，「要打勾勾嗎？」

項俞衡死死的看著她，就怕一個閃神趙琦就會消失，而他夢寐以求的此刻，都會碎裂成灰燼。他點著頭，明朗的臉特別委屈可憐，還未等趙琦走向他，他便跨步用力擁住她，像是要將他揉進他沸騰不已的血液裡。

突然被抱住的趙琦，鼻間環繞著她熟悉又想念的味道，她撒嬌的蹭了幾下，在他懷裡仰起小臉，踮腳含笑的用著指腹輕抹掉他的眼淚。

項俞衡彎身吻了吻她眼角的淚光，兩人互看了一眼，相視而笑，隨後又緊抱在一塊。

「讓我哭的人，這輩子妳還真是第一個。」項俞衡不滿的捏了捏她的手，揶揄道：「妳真行啊。」

趙琦失笑出聲，知道他在鬧彆扭，然而她卻不氣惱，「謝謝你還在等我。」

「我項俞衡怎麼可以吃這麼多次虧？而且還是因為同一個人。」他睇眼瞪著趙琦，不悅道：「妳最好識時務一點，多討好我，看能不能減刑。」

「是、是，律師大人。」

一隻強而有力的手臂，在她沒注意時，從後環過她的腰際，趙琦踉蹌幾步，準確落入身後溫暖清冽的懷抱，項俞衡堅毅的下巴溫柔的抵在她的肩頭。

頑皮的宛如初見的稚氣，卻也堅定的帶著無比的勇氣。

「我喜歡妳。」

回到家後，趙琦帶著忐忑不安的心情打了視訊電話給明舒苓，她一定要好好的和她說清楚，不管她能不能諒解，她都要明白的表明自己的立場。

「喂？」

趙琦深吸一口氣，「……舒苓。」

「怎麼了啊？怎麼會這個時間打給我？」明舒苓看上去正在走路，有些氣喘吁吁的回道。

「喔，因為有些話想跟妳說……」

「嗯，我在聽。」

「就是我、我……」趙琦還是說不出口，萬一明舒苓崩潰了怎麼辦？在大街走路的她會不會有危險？失神的話她還能自己回家嗎？

趙琦好擔心，而明舒苓也察覺到她的掙扎。

「知道了、知道了。」她嘆口氣，語氣帶笑，「就知道你們會一起打電話給我，絕對沒好事。」

「我們？」

「我剛接完項俞衡的電話，那傢伙手腳比妳快。」

「……」

「似乎很怕我會兇妳，先跟我解釋了一次，還特別跟我說，是他強迫妳的，妳一點都沒有錯，所有的責罵他來承擔。」明舒苓搖頭失笑，「我在你們眼裡到底是多難相處啊？還要這樣一前一後的問候我。」

趙琦仍處於震驚狀態，項俞衡已經把交往的事情告訴明舒苓了嗎？那、那現在明舒苓不生氣嗎？

「交往就交往啊，幹麼要問過我的意見？我又不能擔保你們的幸福。」明舒苓努嘴，隨後釋然一笑，「對不起，因為我的任性，讓你們為難了。」

趙琦扁嘴，努力的想從鏡頭中看出明舒苓微笑的臉龐，是不是帶點強顏歡笑，卻發現怎麼看，都像是真心的祝福。

「每次都是你們在為我著想，我卻只想到自己……所以我就說我是電視上那種壞女人啊。」

「不，妳不是……」趙琦立即搖頭，聲音哽咽了幾分。

「真是，這樣妳也要哭？這樣會顯得我更像壞人……」雖然嘴上嫌棄，明舒苓的聲音也啞了。

趙琦拚命擠出笑容，眨了眨紅成一圈的眼眶。明舒苓看著她因為自己的一句話，要哭又不敢哭的模樣，不自覺笑出聲。

「雖然畢業那天是不甘心才會說出那種話，但更多的是，希望妳能勇敢，為了喜歡的人努力一次，而不是顧忌我的私心。」明舒苓說著，「我才不要把項俞衡讓給這麼膽小的人呢，所以只要妳肯踏出一步，他就是妳的。」

語落，趙琦終究還是沒忍住眼眶的酸勁，豆大的淚珠啪答啪答的落下，感動得什麼話都說不出來。

明舒苓微微扶額，鼻頭泛酸，最後玩笑道：「妳再哭下去，項俞衡都要飛到英國來追殺我了，為了我的生命安全著想，妳還是忍著點吧。」

趙琦破涕而笑，馬上正襟危坐的點了點頭，胡亂抹了抹臉上的淚水，「我、我覺得現在的我真的好幸福喔，嗚嗚……」

「幸福就要笑啊，哭多掃興啊……」雖然這麼說，明舒苓也不自覺的抿緊脣，透亮的淚光悄然的滑落，「我現在才知道，原來祝福真的不難，所以妳一定要很幸福喔，把之前我欠你們的份一起用力補上，知道嗎？我最好的朋友。」

「哇嗚嗚……」趙琦哭得上氣不接下氣，用力的點著頭，臉上盈滿著幸福的笑。

如同高三與項俞衡正式交往那一天，這次，趙琦依舊失眠了，依然是早晨六點，清透的光芒洋洋灑灑的曬進她的臥室，而他們依舊沒有約好要見面的時間。

趙琦下床漱洗，想著時間還早，心血來潮的晃到河濱公園，自從不再跑步後，她就再也沒來過這裡，沒想到景緻完全沒變，翠綠圍繞著湛藍色的河流，隨著天色愈亮，周遭漸漸多了人聲、汽車聲，宛如世界正在甦醒的聲音。

望著亮澄澄的河面，趙琦用力吸了一口氣，直到胸腔盈滿清新的空氣，她閉眼伸了懶腰，身心從沒感到這麼舒暢。她將手抵在額頭，阻擋已經高掛上空的烈日。

旋過身準備回家時，剎那間，視線晃過一抹人影。她瞇眼定睛一看，那人俊挺的身影置身於一片暖黃之中，修長的身形若隱若現恍如夢境，但這次趙琦卻一點都不害怕他會消失。

因為，此刻那人正毫不猶豫的走向她。

隱藏版番外　時光碎片

初戀，再見

明舒苓一直沒忘記她和項俞衡的約定，如果畢業的時候，他沒有喜歡的人，而她也還在等他，他們就在一起。

天知道，她盼望這刻有多久。

謝師宴那天，項俞衡和明舒苓在眾人起鬨的歡樂氣氛下離去。

明舒苓的內心是雀躍的，盡可能的忽略那不時出現的不安，覺得是自己想太多，她喜歡了這麼久的人，如今要跟她在一起了。

他的側臉、笑容，明舒苓看了好幾年，渴求這些美好的事物能專屬她一人。她是那麼的了解他，知道他所有的喜好，知道他的情緒起伏，知道他……

她真的好害怕。

「怎麼了?」毫無預警的，項俞衡撇過頭，輕輕牽起笑容，「為什麼一直看我?」

「看你帥呀。」她也不覺得害羞，大方的說出口。這麼久了，她的目光一直都追隨著他，而他為什麼總是視而不見?

項俞衡微頓，隨後加深了笑意，「我早就知道了。」

「臭美。」

「哈哈哈!」

「喂，俞衡。」

「嗯？」
「我喜歡你。」
「……」
「你是不是也早就知道了？」
項俞衡停下前進的腳步，輕輕斂下眼，渾厚卻沙啞的聲線微微應聲。「知道。」
明舒苓微微一笑，也不生氣，輕聲問道：「那為什麼什麼都不說？」
項俞衡緊抿著唇，陷入漫長的沉默，深邃的眸光，顯得清冷閃爍。他的語調不帶任何情感，僅僅只是陳述事實，「我喜歡的是趙琦。」
聞言，明舒苓眨了眨眼，緩緩的低頭笑了，「嗯，我知道。」
項俞衡疲憊的閉上眼，微微啟唇道：「對不起，我……不能一直陪在妳身邊。」
她顫著唇，強拉起笑容，「幹麼道歉啊？這又不是你的義務。」
「我對妳有太多的抱歉，舒苓。」
「那……為什麼不能對我好一點？」明舒苓的聲音微咽，已無力撐起嘴角的弧度。
「我試了。」項俞衡擰起眉，眸光鬱鬱，「可是這樣只是讓我更加明白，一切都太勉強了，妳不會快樂，我也不會。」
靜默無限蔓延在他們之間，寂靜的夏夜，卻有些涼意。
「所以你打算什麼時候拒絕我？如果我一直都沒說的話，你是不是一輩子都會陪在我身邊？」
「我之所以不說，是因為我顧忌趙琦的心情。」
明舒苓忽地笑出聲：「看來我好像成了拆散苦命鴛鴦的罪人。」
項俞衡看著她失神的模樣，有些擔心的抓住她的手臂，「妳不需要自責，這都是我們認為最好的選擇。我真的很慶幸能遇見妳，也很感謝妳為了我做那麼多，只是……我們真的沒辦法有愛情。」

明舒苓深深嘆口氣，低垂著眼沒有說話，發呆般的盯著地板。不知過了多久，或是因為感受到許久未眨的眼有些酸澀，明舒苓緩慢的回過神，而項俞衡仍舊陪著她站在原地。

「如果、如果……趙琦一輩子都不會跟你在一起，你也要等她嗎？」

項俞衡扯了扯嘴角，眼底流露出的堅毅，令明舒苓深深感受到他的痛苦與煎熬，「嗯，等。」

她突然明白，原來自己錯得這麼離譜。

不說喜歡

這陣子，明舒苓都在見朋友，享用道地的臺灣美食，因為一去英國不知道什麼時候才會回來。

除了同學，還有一個人，陪了她渡過高中三年。雖然話少得可憐，總是愛雞蛋裡挑骨頭，怎麼也不肯稱讚她一下，還患有顏面神經失調，笑一下都覺得是奢侈。

但明舒苓覺得以後一定會想念他這些缺點，所以特別找了一天假日，約他去了遊樂園。

對方一開始拿到入場卷還覺得疑惑，「妳給錯人了吧？」

「沒有啊，就是你，劉子沅。」

「……」

這也就是為什麼劉子沅一早要犧牲睡眠，開車來到這鳥不生蛋充滿鬼叫聲的地方。

倒是明舒苓精力滿滿，看到各種遊樂設施，她掩藏不住興奮說道：「以前就想著要跟男朋友來這種地方，不過現在沒法等了，我也沒什麼異性的朋友，乾脆就找你來代打。」

「為什麼我沒選擇權？」劉子沅滿臉不願。

明舒苓不滿的斜睨了他一眼，不由分說的拉著他衝進遊樂園。「我看看先玩什麼好……」

劉子沅看著排隊人潮，加上天氣炎熱，心情實在鬱悶。

「海盜船好了，走吧！走吧！」

明舒苓整天拉著劉子沅跑上跑下，雲霄飛車、鬼屋、大怒神，幾乎所有熱門設施都玩一遍，甚至連旋轉木馬和咖啡杯都不放過。

一天下來，劉子沅身心俱疲，手也一起殘了。他暗嘆，無論玩什麼，明舒苓都死死的揪著他的手臂，什麼都想玩，但什麼都害怕。

即便不敢，還是去做了，是挺像她的個性，死心眼的讓人心疼。

「你笑什麼？」明舒苓怪異的瞅了他一眼，但沒想太多，馬上就發現新奇的東西。「喂喂！我們去吃棉花糖吧。」

劉子沅無奈的掏出零錢給她，她喜孜孜的遞給老闆，「我要兩枝。」

「好！」老闆發動機器開始製作，一邊熱情的和他們攀談，「暑假情侶出來玩呀？」

劉子沅皺了皺眉，看似沒有要回答，於是明舒苓開朗的接了話，「嗯！對啊！」

「……」

待接過老闆的棉花糖後，明舒苓蹦蹦跳跳的準備去坐摩天輪，剛好趕在太陽下山的前一刻，滿天落霞雲彩，像是潑上一層橘子香味的汽水，令人陶醉。

「為什麼說謊？」劉子沅看著盯著外頭彩霞的她，淡淡的問。

明舒苓盯著窗外，「我沒有說謊啊。」

聞言，劉子沅似是有點不自在，她……不可能會知道的，除非趙琦告訴她，但他知道趙琦一定會為他保密。

明舒苓轉頭看向他，黑髮飄動，襯著她的五官白皙精緻，一舉一動都挑動著劉子沅本該是平波無瀾的心跳。

「我失戀了啊，所以讓你來當我的一日男友。」明舒苓微微一笑，沒有這句話該有的悲傷表情，而這就是她的死心眼，「我就是太任性了吧，所以他才不喜歡我。」

劉子沅只是看著她，始終沉默。

她呼了一口長氣，聳了聳肩，帶點無奈和苦澀，「原來……喜歡這麼久的一個人，也有可能不是你的。」

「時間跟愛情一直都不是成正比。」

她眨了眨眼，「哇喔！真不像你這種老古板會說的話。」明舒苓驚奇萬分的看著他，「而且還滿有道理的嘛。」

劉子沅哼笑，「我是大人。」

「呿，不過大我兩歲，到底有什麼好驕傲？我上大一之後，我們就都是大、學、生了。」

「是啊，時間真的過得好快。」

「不過你都要升大三了，還不交女朋友啊？真的要孤老終生，還是要賣身給補習班？」明舒苓調侃他幾句。

「我現在不就有女朋友了。」劉子沅輕描淡寫的說著，嘴角勾起若有似無的淺淡笑容，讓明舒苓微微一怔，隨後也笑開來了。

「以後我應該會滿想你的。」望著天空第一顆亮起的星星，明舒苓有感而發。「想念你的毒舌、討人厭，總是敷衍我也不誇我，但我卻都不討厭……」

明舒苓說著說著，忽然感到纜車微微晃動，她下意識的轉頭，劉子沅正站起身，她本來還覺得危險，想叫他快坐下，卻見他略顯單薄的身影微微向她靠近。

恍惚之間，劉子沅溫熱的掌心觸碰到她纖弱的肩膀，最後進而環抱。一股清淡的香味撲鼻而來。明舒苓的心跳霎時失了節奏，她能清楚聽見劉子沅的心跳聲，撲通撲通的，意外的讓人覺得安心。

許久，明舒苓哼笑出聲，帶著些微的鼻音與哽咽，「……你幹麼啊？」

「行使一下男朋友的權利啊。」劉子沅語氣輕揚，不同於平時的冷漠與一板一眼，竟多了一些溫柔，讓明舒苓又笑了出來。

他們就這樣靜靜的相擁，直到摩天輪繞完了一圈，又繼續再坐了一圈，這次他們誰也沒說話，靜靜的看著鑲滿星光的夜色。

當他們搭乘了第三圈，明舒苓忽然淡淡問道：「我去英國的話，你會想我嗎？」劉子沅一如她所想，又開始漫無止境的沉默。明舒苓自討沒趣，「啊……算了，問你這個不懂人情世故的傢伙……」

「會。」

「……」

「很想。」

明舒苓錯愕，神情有點緊張，「你、你為什麼要這樣啊？你還是保持平時的寡言難相處就好。」

劉子沅抽了抽嘴角，現在到底是誰比較難相處？

最後他們在遊樂園關閉的前十分鐘離開。一上車，明舒苓仍舊很聒噪，就和第一次見面的時候一樣，又吵又煩人。

但劉子沅沒發現，自己的嘴角一直是上揚的。

車內漸漸沒了說話聲，取而代之的是沉穩的呼吸聲。當劉子沅的車在紅燈處停下，他終於有時間能夠好好端詳她睡著的臉龐。

微皺的眉頭，似乎是夢到了不好的事。

是什麼呢？去英國前的緊張害怕？還是……項俞衡？

他的指腹輕輕撫平她的眉，「我忘了跟妳說……喜歡的再多，對方還是有可能感受不到，這也是不成正比的。」

綠燈亮了。

直到送她到家門口，劉子沅都沒有再說話了。

「謝謝你！各方面。」明舒苓揉著睡眼，透過降下的車窗和劉子沅說話。

「上去吧。」

「嗯！老……啊，劉子沅再見！」她改口，現在的他們已不再是師生關係了，是真的朋友了。

劉子沅應聲。

看著明舒苓上樓的背影，直到最後他還是沒說出口。

他想，就讓她無負擔的走吧，寂寞就由他來承擔。如此一來，他也能期待下次的見面了。

交往紀念日

他們一直在猶豫要不要把高三交往那天當作紀念日，應該說只有趙琦在煩惱。

項俞衡完全無所謂，反正最重要的是現在，趙琦在她身邊沒有離開，而他真實的擁有她，所有的一切都很美好。

「這樣的話，紀念日很難訂耶。」趙琦從他懷裡起身，頭髮都揪在一塊，她皺了皺眉，「要算在高三的春天呢？還是升大二的這個夏天？」

她可懊惱了，雖然她也不是很重視慶祝的人，但如果連紀念日都沒有，似乎說不過去。

項俞衡看她苦惱的樣子，覺得可愛極了。放下手中的書，輕輕用手指替她梳開打結的頭髮，接著從後抱住她晃啊晃的。「對我來說哪一天都沒關係，妳出現在我眼前就夠了。」

趙琦仰頭看他，說這種肉麻話怎麼都可以臉不紅氣不喘？

她忽然靈光一閃，從他懷裡爬起身，「不然這樣好了，就選我們在祕密基地遇見的那天好了。」

項俞衡見她笑眯了眼，似乎很得意自己的小聰明。他心情也跟著愉悅了起來，深邃的眸光滿是溫柔，吻了吻她的頭髮。

「都好。」

有妳都好。

他們的改變

剛開始交往時，項俞衡對趙琦的印象仍舊停留在高中那個膽小容易害羞，哭的次數總是比笑的時候多，而且非常怕生的趙琦。

在外人看來對她是百般呵護，但只有趙琦知道，項俞衡惡質的劣根性，分明就是張揚的宣告，全世界只有他能欺負趙琦，誰都不能越界。

她很想抗議呀！

他們分開之後，她其實獨立很多，在學校也可以說是相當活躍，雖然還是沒辦法和帶動氣氛的主持人相比，至少在面對陌生人時也能夠侃侃而談了。

明舒苓是最感欣慰的，常常在視訊那端，感嘆她的琦琦終於長大了。

趙琦總笑她像個老媽子，跟項俞衡一樣。

「妳那是夫管嚴，我這是身為閨密的感動。」

「妳也去找一個吧，就知道我有多難做人。」趙琦發自內心的感嘆道。

「我啊每天都過得很充實，這裡金髮帥哥很多，別替我擔心。」明舒苓朝螢幕聳了聳肩，話題一轉便帶著警示意味，「倒是妳要顧好妳家那隻知道嗎？現在大學誘惑多，法律系聽說高手雲集，一不小心啊！項俞衡就跟著別人跑了。」

「會嗎……」依照趙琦簡單的思維，壓根兒不懂那些小手段、小心機。

「當然！尤其項俞衡那張被打腫都好看的臉，還有人人都好的臭個性……」明舒苓激動的用手在自己臉上比劃著，「我好不容易讓給妳，妳可不能讓他跑了，不然我一定會超生氣的！」

趙琦忍不住噗哧一笑，明舒苓彷彿要從螢幕穿過來揪住她的衣領，要她好好振作，顧好項俞衡！

「好——」趙琦笑著回道。

現在的生活，有她最好的姊妹擔心她男朋友會不會跑掉，關心她有沒有吃飽睡好的爸媽，還有……

叮咚！

「考試怎麼樣了？」趙琦一開門就見一抹高大俊挺的人影直直向前傾，下一秒重重的靠在她身上，溫熱清冽的氣息劃過她的鼻尖，他漂亮的手指穿過她的髮絲，俊毅的下巴輕抵著她的肩頭。

他搖頭。

「不好啊？」

他悶悶地說道：「我好想妳。」

聞言，趙琦愣了愣，隨後笑了出來。「我也好想你。」

他室友眼中的趙琦

項俞衡的室友私下都稱趙琦是一手遮天的霸王，而遮的當然就是項俞衡的無法無天。想當初大一時的項俞衡，除了不蹺課外，誰都沒放在眼裡。

狂傲不羈，也不懂得看人臉色。別人兇，他比對方更兇。他的兇是會讓你涼到骨子裡的那種，跟路上隨便叫囂的混混不同，是發自內心讓你覺得，這個人千萬別惹，會死。

當然，這些都只是朋友間浮誇的玩笑話，雖然有一半屬實。

基本上不太有人會去騷擾項俞衡，也知道他沒有心思建立男女關係。偶爾還是會遇到幾位躍躍欲試的選手，但結果通常都落敗。

好不容易在大一下學期接近期末時，項俞衡總算有意願要去參加他人生首次的團體活動，其實也就是他大四直屬學姊的畢業舞會。

似乎認識了幾位優質的美女，項俞衡沒特別提，但那群室友憑著男性的直覺，掐指算出應該是有點譜了。

也確實是有了。

項俞衡破天荒的和一位社會系的同齡女生單獨出去過幾次，但每當他們問起，項俞衡依舊一聲不吭，但整體來說算是一大發展。

誰知暑假一過完，就冒出趙琦這號人物，還是外校，著實震驚了他們。一寢人晚上全失眠，開始了男人之間的對話。

「她很正對不對？」

項俞衡揚眉。大概是法律系待久了，說話變得精準理性又實事求是，還有點吹毛求疵。「依我是她男朋友的角度，當然。而依社會大眾對於漂亮的定義，不然。」

語落，寢室又鬧翻了。項俞衡的高顏值，在法律系數一數二，大家都以為他是眼光高，所以想慢慢物色女朋友。

其中一名室友色咪咪的問：「該不會是……」他用著上揚猥褻的聲音，在空中描畫出一道葫蘆形狀，「身材很好吧？」

下一秒，所有人跟著起鬨。

項俞衡笑瞇了眼，嘴角翹起。室友們見他高興，也一股勁的想繼續討論下去，話才到嘴邊，項俞衡的嘴角立即沉下，眸光陰狠的掃過所有人。「想死是不是？」

他們連忙一致搖頭，趕緊轉移話題。「什麼都不是……那怎麼會交往？不對，你們怎麼認識的？她是外校，也不是法律系，所以不會是因為去對方學校旁聽，或是同系之間交流認識的。」

「你們是徵信社？」項俞衡鄙夷的冷瞥他們一眼，「我們是高中同學。」

「什麼！你怎麼倒吃回去啊？」他們一片震驚，甚至露出瞧不起的眼神，「害我們以為是有什麼命中注定的關聯……」

「你們厲害，怎麼不去找一個？整天窩在宿舍……」項俞衡看他們的眼神之同情啊，揮揮手說算了，叫他們滾開。「我要去找我女朋友了。」

語畢，立刻引起一寢單身人士的哀號，紛紛對他露出不齒的嘴臉，甚至豎起中指，「又不回來了喔？」

「你這學期幾乎沒去上課吧？教授都在問了，有了女朋友就得道升天了是不是？」他們一句接著一句的叫罵，語氣滿滿積怨，最後還小聲補充道：「靠……臭小子，沒來還每次都考那麼好！」

「有本事期中、期末考都不要出現啊！」

「我也不想，但我女、朋、友會生氣，所以你們知道的……」項俞衡無辜的彎起笑容，手一攤，「我也是逼不得已。」

「幹！」

「打他啊！」

「有琦琦沒室友啦！」這一聲喊下去，吵雜聲驟然安靜，讓舉手吆喝的那個人狐疑的望著周圍，發現大家都用下巴示意他看項俞衡。

沒為什麼，因為當事人變臉了啊。

「這、這句話有什麼問題嗎？一個髒字都沒有耶……」他深感惶恐，項俞衡生氣不是鬧著玩的啊。

他走向前，拍了拍他的肩，唇邊的笑容蕩漾著，口氣溫和的令人發毛。「她叫趙琦，不叫琦琦，懂？」

語落，他甩著鑰匙，雙手漫不經心的插放褲帶，瀟灑的舉起手，「走了。」

待門關上，所有人先是冷靜的面面相覷，最後哄堂大笑，「搞什麼啊？他、他剛在吃醋？哈哈！趙琦根本是生來剋他的，我決定先跟琦……呃，趙琦！打好關係，讓她來治治項俞衡那臭小子！」

「我也是！」

「讓他稱霸太久了……可是要怎麼弄到琦……啊，我是說趙琦的聯絡方式，項俞衡絕對不會給。」

「你也會怕說錯名字齁？哈哈哈！」

吃醋

趙琦很少去項俞衡的學校，因為他總是不請自來。

今天難得教授調課，所以趙琦下午是完全沒課的。她想著乾脆就給項俞衡一個驚喜吧，畢竟早上他才因為不想去上課，想來找她卻被阻止而鬧彆扭。

「總覺得只有我一個人很在乎我們的關係。」語落，他一聲不響的掛了電話。

因為趕著上課，趙琦也沒有立即安撫他，趁著下課時間傳訊息給他，平常秒讀秒回的他居然到現在都沒回。

「明明就在線上……」

趙琦知道自己完蛋了，這麼明顯的反抗，不安慰個幾天絕對沒完沒了。

她想著今天就特赦他一回，看他想做什麼都陪他。

因此趙琦還特別梳妝打扮，想著要去他們學校，總覺得會遇上不少認識他的人，加上他又那麼顯眼，站在他旁邊太邋遢好像不太好。

趙琦知道他的課表，很快的就到了法學院，下課鐘聲也恰巧響起，她暗自高興自己抓的時間很剛好。

等了差不多十分鐘，趙琦看了一眼腕錶，心想他該不會連課都沒有來上吧……正想打電話給他時，就看見三五成群有些吵鬧的人群從大樓走了出來，有男有女，項俞衡也在其中。

趙琦本來想走上前，誠心誠意的和他道歉，再哄哄他，然後這件事就能完美落幕。當她想得正美，視線就這麼觸及到他身旁一位身材纖瘦，笑容美麗的漂亮女子，親暱的挽上項俞衡的手臂。

「學長，你待會有沒有空？有些條文我一直弄不太懂，你可不可以教教我……」她的聲音溫柔好聽，趙琦自嘆不如，下意識的咳了幾聲。

「他沒空啦，我看等等又是直奔女友學校了。」

「女友？學長有……女友了？」

「因為他都偷偷來啊！」他們一群人以調侃項俞衡為樂。

項俞衡難得沒有給他們臉色看，他倏然彎起一抹謙和的笑容，「喔，好啊，我有空。」周圍抽氣聲四起，包括不遠處的趙琦都有點震驚。

除了覺得自己真的惹火他了以外，還有點不是滋味。

趙琦看著他態度大方的回應，眸眼笑得溫柔，學妹見狀心花怒放，攀在他手臂上的纖纖玉手一絲都沒有要放開的打算。

趙琦深吸一口氣，本來想轉身就走，然後直接跟他來一場死都不說話的超級冷戰，但就在轉身時，突然又覺得太便宜他了。

平常都是他在惡整她，偶爾也該風水輪流轉。她又想，讓他去上課也是為他好，趙琦才不希望自己成了他的絆腳石，交往之後反而拖累他。

趙琦愈想就愈覺得惱火，說什麼只有他在乎，難道讓別人隨便勾肩拉手就是比較在乎的表現？

趙琦呼了一口氣，撥了撥烏黑的長髮，整理了一下儀容。用手指將臉頰的肉輕輕往上一推，露出一抹極其燦爛明媚的笑容，雖然現在心裡極度想揍扁項俞衡……

她昂首闊步的朝他們走去，自信明亮的模樣立即就招來側目。涼風吹動了她亮麗柔順的長髮，脣邊的笑意宛如秋陽，不刺眼灼熱，顯得溫柔可人，靈動的眸光像是一抹皎潔的月光。

「喂喂！快看！那女的好正喔！是學妹嗎？」

「這麼漂亮的女生我怎麼可能沒印象啦！」

「要不要去搭訕？她要走了啦！」

人群騷動全入了趙琦眼裡，項俞衡也看見她了，墨色的眸光閃過一絲訝異和不易察覺的喜悅，他本來還想說就忍到晚上再去見她，雖然好幾度受不了，但他都忍下了。

趙琦朝他們的方向揚起笑容，項俞衡見她來了，所有不愉快去掉一大半，想回以一笑，卻見趙琦將視線刻意下移至女子勾著他手的地方，最後當著他的面頭也不回的走了。

項俞衡感到錯愕。

「你們剛有沒有看到？那個女生對我笑耶？」

「哪是啊！是我吧？你自戀狂喔！以為女生看你就是對你有意思喔？」

他們在項俞衡耳邊開始鬥嘴，他今天一早心情就不好了，然後趙琦又……

「都給我閉嘴。」他猛地冷斥，眸光陰沉的黯下，所有人聽聞立即噤聲，「那個女生，是我的。」語畢，他不留情的甩開學妹的手，轉身朝趙琦離去的方向急步而去。

「他現在是光明正大的搞劈腿嗎？」

「喂！會不會那是他女朋友啊？畢竟我們都沒看過啊。」

「真假啊？死定了，剛剛還說了一大堆渾話。」

趙琦現在手心全是冷汗，萬分懊悔自己怎麼有膽做這種事。生氣的情緒果然是惡魔，完全蒙蔽她的理智。她現在羞愧的想找洞鑽，絕對不能被項俞衡抓到啊……

思及此，手腕忽然被人從旁扣住，往一旁的小路拉去。她踉蹌的跌入一股清冽溫暖的懷抱，熟悉的味道鋪天蓋地的湧上來，灼熱的手環過她的腰際，讓她不自覺的縮了一下，對方極為不滿她的反應，微微施力將她攬得更緊。

趙琦還來不及喊疼，脣就被來者穩實的封住，進而輾轉啃咬，甚至惡質不給她喘息的空間。她抵著項俞衡微燙的胸口，幾乎快承受不住他給的熱烈親吻。

直到趙琦幾乎可以說是奄奄一息，項俞衡才肯罷休的退開。一手撐著她身後的牆，額頭貼著趙琦微垂的腦袋，彼此的喘息聲幾乎交融在一塊。

趙琦幾乎羞赧的不敢抬頭，見項俞衡又傾身想親她，她立刻抬頭早一步伸手捂住他的嘴。「……不要了。」

項俞衡沉得發亮的眼眸，直勾勾的望著她，緊蹙著眉宇，輕拉開她的手扣住。他還是覺得不高興，但已不是因為要不要上課這件事，而是趙琦對著別人笑得那麼美這件該死的事！

趙琦無辜的看著他，見他一聲不吭，深沉的眼眸寒光四射，她只好先認錯，「好啦，對不起嘛，我應該多體諒你想多跟我在一起的心情，可是也不能因為這樣荒廢課業……」

「以後，不准來我們學校。」他們學校男生多。

「啊？為什麼？」他們現在是在講同一件事嗎？趙琦忽然想起來，語氣倏然冷道：「你不想讓我來，該不會是因為我打擾到你和學妹快樂學習的時間吧？」

他皺眉，本來還想解釋，但第一次聽到趙琦酸溜溜的吃醋語氣，他心情似乎好了不少，於是故意說：「漂亮吧？我的學妹。」

果然，趙琦身後的火山一觸即發，她用力拐了下項俞衡的腰側，準備鑽出他懷裡。「那我就不打擾了！」

趙琦那一下對項俞衡來說根本不痛不癢，他心情甚好的將她再次抓回自己懷裡抱著，語氣難掩愉悅，「生氣了？」

「……」

項俞衡見她不說話，俯身就吻了她一下，趙琦抗拒的想避開，下場就是再次被吻得喘不過氣。她現在的嘴唇肯定很腫……

「妳一點都不用擔心。」項俞衡溫柔的擁住她，下巴靠在她柔順的髮絲上，「要是我這麼沒毅力，早就不等妳了。」

聞言，趙琦愧疚的斂下眼。

「好不容易等到，怎麼可能輕易放掉。」

趙琦仰頭輕笑，「你果然很執著，從以前到現在。」

他不可置否的聳肩，語氣透著渾然天成的驕傲。「當然，我不能忍受我的所有物落到別人手中，我得捍衛我的權益。」

趙琦失笑，看來平時真的有在法律這方面好好學習。

當他們牽手走出校門，趙琦懊惱的說：「我的口紅……都被你弄掉了。」

只見他大爺不屑的哼了兩聲，鄭重向她說道：「以後出門沒有我在，不能太好看。」想到剛剛眾人在他眼皮子底下對趙琦充滿興趣，他就滿肚子火。

她幾乎是一秒笑出口，「這是什麼規定啊……」

趙琦的笑，宛如花開一般鑲著溫暖的光。項俞衡見又有人在偷瞄，氣得揉亂她的頭髮，將她拐進他高大寬實的懷中，讓她只能露出一雙明亮的眼睛眨呀眨。

「真煩人，以後沒我在，也不准笑了。」

「……」

開始同居

趙琦其實完全沒想過他們要住在一起這件事，總覺得他們已經夠常見面，加上他課業繁重，趙琦也不希望自己干擾他。

她也聽幾個好朋友說，要給對方一些自由，感情才會長久。趙琦也認同，所以完全沒有放在心上。

直到某天，窩在沙發上的某人若有似無的提起道：「下學期我們同居吧。」

趙琦敲著鍵盤的手瞬間靜止，「為、為什麼？」

「過來和我一起分擔房租。」他歪頭一笑。

「……」

大三那年，他們真的同居了。

趙琦原本是反對的，就算交往一年了，她看到項俞衡時，一顆心還是會跳得不像話，遑論是一睜眼就看見對方睡在自己身側。

當然這件事項俞衡是不會知道，免得他得意到不行。

她抱著之前項俞衡在夜市套到的超大兔娃娃，拖著行李箱面色憂鬱的站在門前，遲遲不想進去。

「進來啊。」項俞衡轉頭看她，先前他早已察覺趙琦的異狀，但單純以為她只是習慣性的緊張，過陣子就能釋懷，但現在似乎不是這樣。

「怎麼了？」他放下手中的東西，朝她走去，大掌揉著她的頭，「不想搬嗎？」溫和如水的口氣讓趙琦覺得自己真的很不配合。

於是，她揚起嘴角，抬頭朝他笑了笑，「沒有啦，只是想到要整理就覺得好累喔。」

聞言，項俞衡擔憂的臉色才好轉，隨後俯身緊緊地抱住她，吻了吻她的額頭。

恍惚間，趙琦聽見他胸口傳來的劇烈跳動聲，忽然明白，其實他也很緊張呀。

同居日常一：女朋友兼保母

同居的日子沒有趙琦想像中拘謹與難受，反而讓她多了更多自己的時間。

事實上在大二的時候，項俞衡早就把趙琦的租屋當作後院在走，三天兩頭就說要留宿，學校的寢室形同虛設。

室友都戲稱，趙琦是紅顏禍水，讓他們法律系的活招牌，教授的寵兒，果斷荒廢課業，澈底見色忘友。

趙琦每次都覺得很冤枉。

現在他們同居了，趙琦也比較好掌控他，例如，阻止他蹺課。

以前他會耍賴說趙琦家離他的學校遠，所以他不想上個一小時的課又要回來，趙琦說他可以回宿舍不用再過來，而項俞衡就會生氣。

現在他們搬到兩間學校的中間路段，項俞衡已經沒有藉口說不去上課。

「趕快起床，上課要遲到了。」趙琦將他從被窩中用力拉起，結果反倒讓對方反手輕輕一拉，她就滾進他懷裡，被他緊緊纏住。

「項俞衡……」

「再一下好不好。」他低沉帶點沙啞的嗓音在她後頸響起，有些麻癢。趙琦絲毫不敢亂動，靠著他裸露的胸膛，讓她不自覺起了點雞皮疙瘩，明明常常看啊……

最後項俞衡不甘願的起身，帶著惺忪睡意走進浴室漱洗，過沒幾分鐘皺了皺好看的眉宇走出來，有些孩子脾氣和不耐煩。

趙琦失笑，從衣櫃拿出毛衣替他套上，跪在床上替他整理領口。項俞衡撒嬌般的抱住她，貼著她的腰際繼續打盹。

「好了，出門吧。」

「好討厭啊。」項俞衡攬過她不想放，要起任性。

趙琦簡直哭笑不得，苦口婆心勸道：「大一課最多的時候，你都撐過來了。」

「那不一樣。」

「哪裡不一樣？」

「沒有妳。」項俞衡悶著臉，俊朗的臉滿是委屈。

趙琦一瞬間啞口，突然又覺得對不起他，但是……

「裝可憐沒有用，快、點、去！」

同居日常二：玩偶爭寵

情侶睡在一張床上，嗯，很正常，但是中間多了一個「東西」，項俞衡就不滿了。

「我關燈了。」

「嗯。」

趙琦打了哈欠，順手抱起身旁的兔娃娃。她今天的課是滿堂，累到已經不想說話，準備進入夢鄉時，忽然感覺有人試圖拉走她懷中的兔娃娃。

她下意識的緊抱，對方依舊不屈不撓的扯著。

趙琦不高興的皺眉，「項俞衡，快睡覺，我很累。」她簡單的交待完，再次準備入睡時，某人又開始亂扯兔娃娃的耳朵。

「幹麼？不要玩了。」趙琦緊抱，不抱東西睡覺她很不習慣呀。最終她還是抵擋不住睡意的侵襲，睡得一塌糊塗。

安分好一陣子的項俞衡，聽見她沉穩的呼吸聲，忽然睜開眼，連忙小心翼翼的抽走她懷中的布偶，隨手扔至一旁。自己則彎身靠近趙琦，將她輕輕拉至他的懷中，輕手抱著。

突然被迫換睡姿的趙琦不習慣的動了動身體，一個翻身就滾出項俞衡的懷裡想睡回原位。項俞衡不開心的又拉回她，將她緊而牢的牽制在自己懷裡。

趙琦往他懷裡蹭了又蹭，像是終於找到舒服的姿勢，安穩的睡在他的手臂之中。

見狀，項俞衡的嘴角滿意的浮起一絲寵溺的笑容，心裡也平衡許多。

「嗯，這樣好多了。」

至於那隻兔寶寶，趙琦直到現在都以為是自己睡相太差，所以才總是在睡醒的時候，發現它孤苦伶仃的被甩在地上。

後記　敬青春，我們不醉不散

在成長的道路上，很高興我們又見面了。

這是我第一次寫這種題材，卻是我寫得最投入的故事，彷彿他們四人真實的存在世界的某個角落。

當初寫這本的原因，是想寫與《前男友》的輕鬆搞笑完全相反的感情，也就是略帶青澀、莽撞的青春歲月。

國高中時，想必大家都有一段感情，無論是親情、友情還是愛情，我們都會迷茫。

我很喜歡《被討厭的勇氣》裡頭說的一句話：「所有煩惱都是來自人際關係。」

趙琦是我寫過流最多眼淚的女主角。

我想有些人一定會覺得趙琦怎麼會這麼聽明舒苓的話，不管做什麼事都顧慮著明舒苓的感受，而到最後，甚至是選擇放棄自己喜歡的人。

如果你們真的這麼想，恭喜你們！你們是一位勇於追愛的人。世界上的每段相愛都是得來不易，你們很懂得這個道理，而趙琦也知道。

對趙琦的作法心有戚戚焉的，我也很恭喜你們，你們都是注重友情的人，知道友情是所有情感中最容易得來，卻也是最容易被取代的一種關係，所以一旦找到了知心好友，你們會加倍珍惜。

你們知道，趙琦理所當然更能體會。

我們都曾做過選擇，點頭和搖頭，說要和不要，沒有什麼最好最壞，終究是我們的選擇。

明舒苓，一個讓人又愛又恨的女孩。

其實認真要說她有什麼錯，似乎也沒有，她沒有傷害任何人，更沒有因為這樣而冷落趙琦。

我在留言中看到了好多想法，其實大家都比我還明白她的感受。與其說討厭她，倒不如說不敢勇敢追愛的自己才是最討厭的。

之所以討厭明舒苓，無非就是不顧趙琦的感受，努力的想靠近項俞衡。可是說真的，趙琦如果當時喜歡項俞衡，就不應該只是傻傻的站在原地，看著明舒苓前進。

現實中有很多人因為害怕受傷，所以不敢說喜歡。

但即便結果不一定是好的，可是為了一個人很努力很努力的心情，回想起來都會是慶幸的。

因此趙琦並沒有怪明舒苓，她選擇放棄項俞衡，是她的選擇。

劉子沅的喜歡是安靜的，不擅於說愛，卻默默的關注，儘管知道自己沒有勝算，還是選擇踏入這沒有結果的泥沼。

他像是旁觀者，明明自己也是局內人，卻靜靜的看著一切發生、結束，在必要的時候出手，這是他的善良，卻也可悲。

直到最後，他都沒有得到想要的。

我曾說過劉子沅拿來當情人真的太浪費，因為他好適合讓趙琦撒嬌，卻不適合與她牽手。

我們往往會在剛體驗愛情的時候，認定第一個人就是一輩子，但是一輩子說長不長，說短也不盡然。趙琦認為劉子沅就該和小時候的他一樣，還是喜歡自己，但是時間總是會帶走一些東西。

不過我相信劉子沅能遇到更好的，生命讓你等待，總有它的意義，而劉子沅一定知道。

最後說說項俞衡吧。

陽光開朗思想正面，有著讓人喜愛的個性，卻藏著許多壓力。他習慣自己扛起許多事，無論是媽媽，還是明舒苓，甚至是他喜歡的趙琦。

他將所有好的一面呈現在眾人面前，在外人看來他光鮮亮麗、無所不能，但只有他知道自己有多努力。

項俞衡是個很懂得體諒人的男孩，儘管什麼都看起來很上手的他，對於愛情卻完全一竅不通，或許是父母離異讓他對愛情觀有些偏差。

在書中我們看見他的成長，他明白趙琦的考量，所以雖然很喜歡她，最後還是選擇放手讓她走。沒有挽留，是他最後的溫柔。

最愛的人不能在一起，喜歡的人不喜歡自己，真的不會怎麼樣，因為這種事天天都在發生，你我還是吃飽、睡好、活得很好。

不否認有點遺憾。

青春就是這樣，過了就不會再回來，總要留點什麼，讓日後有點回憶。

紀念年少輕狂的自己，用力喜歡、用力捍衛友情，對於未來感到渺茫害怕。

別擔心！大家都是這麼過來的。

你的迷茫我們都知道，你的選擇不會是最壞的，是十七歲的你認為最好的決定。

無論是已經走出青春的你們，還是正在青春的你們，所有一切都會好的，如同趙琦他們一樣。

願我們都有一段難忘的青春，想起來丟人，卻能成為日後談笑的回憶。

LaI

國家圖書館出版品預行編目資料

淺青色時光 / LaI 作 . -- 初版 . -- 臺北市 :
POPO 出版 : 家庭傳媒城邦分公司發行 , 民 107.07,
面 ;　公分 . -- (PO 小說 ; 27)
ISBN 978-986-95124-8-0(平裝)

857.7　　107010135

PO 小說 27

淺青色時光

作　　者／LaI
企畫選書／簡尤莉
責任編輯／簡尤莉、吳思佳
總 編 輯／劉皇佑
行銷業務／林政杰
版　　權／李婷雯

總 經 理／伍文翠
發 行 人／何飛鵬
法律顧問／元禾法律事務所　王子文律師
出　　版／城邦原創 POPO 出版　城邦原創股份有限公司
台北市中山區民生東路二段 141 號 6 樓
電話：(02) 2509-5506　傳真：(02) 2500-1933
POPO 原創市集網址：www.popo.tw　POPO 出版網址：publish.popo.tw
電子郵件信箱：pod_service@popo.tw
發　　行／英屬蓋曼群島商家庭傳媒股份有限公司城邦分公司
聯絡地址：台北市中山區民生東路二段 141 號 11 樓
書虫客服服務專線：(02) 25007718．(02) 25007719
24 小時傳真服務：(02) 25001990．(02) 25001991
服務時間：週一至週五 09:30-12:00．13:30-17:00
郵撥帳號：19863813　戶名：書虫股份有限公司
讀者服務信箱 email：service@readingclub.com.tw
城邦讀書花園網址：www.cite.com.tw
香港發行所／城邦（香港）出版集團有限公司
地址：香港灣仔駱克道 193 號東超商業中心 1 樓
email：hkcite@biznetvigator.com
電話：(852) 25086231　傳真：(852) 25789337
馬新發行所／城邦（馬新）出版集團 Cité(M)Sdn. Bhd.
41, Jalan Radin Anum, Bandar Baru Sri Petaling,
57000 Kuala Lumpur, Malaysia.
電話：(603) 90578822　傳真：(603) 90576622
email：cite@cite.com.my

封面設計／苡汩婞
印　　刷／漾格科技股份有限公司
經 銷 商／聯合發行股份有限公司
電話：(02) 2917-8022　傳真：(02) 2911-0053

□ 2018 年 (民 107) 7 月初版　Printed in Taiwan.
□ 2020 年 (民 109) 7 月二版 2.5 刷

定價／ 280 元

 ISBN 978-986-95124-8-0